Victoria Brownlee
Liebe ist ein Bauchgefühl

GOLDMANN
Lesen erleben

Buch

Nachdem sich ihr Freund nach acht Jahren Beziehung aus heiterem Himmel von ihr trennt, weiß die Australierin Ella nur eines: Sie muss ganz neu anfangen. Sie kündigt ihren Job und zieht einem spontanen Impuls folgend nach Paris. Schnell findet sie ein Zimmer zur Untermiete bei der sympathischen, aber mysteriösen Clotilde. Als sie eines Tages die Fromagerie von Serge betritt, ist es sofort um sie geschehen – so viel köstlicher Käse! (Und Serge ist auch nicht ohne …) Ella beschließt, ein Jahr lang jeden Tag eine neue Käsesorte zu probieren und darüber einen Blog zu schreiben. So trifft sie auch den charismatischen und unverschämt gut aussehenden Gaston, der als Restaurant-Kritiker arbeitet. Doch zwei Männer sind bekanntlich einer zu viel, und während ihr turbulentes Jahr in der Stadt der Liebe sich dem Ende zuneigt, muss Ella sich entscheiden …

Autorin/Autor

Victoria Brownlee stammt aus Melbourne, Australien. Sie arbeitet als freie Journalistin und schreibt über Essen, Reisen und allgemeine Lifestyle-Themen. Nach einigen Jahren als Redakteurin bei *Time Out Shanghai* lebt sie nun in Paris und legt mit *Liebe ist ein Bauchgefühl* ihr Romandebüt vor.

Victoria Brownlee

Liebe ist ein Bauchgefühl

Roman

Aus dem Englischen
von Silvia Kinkel

GOLDMANN

Die englische Originalausgabe erschien 2018 unter dem Titel »Escape to the Paris Cheese Shop« bei Quercus Books, London.

Dieses Buch ist auch als E-Book erhältlich.

MIX
Papier aus verantwortungsvollen Quellen
FSC® C014496

Verlagsgruppe Random House FSC® N001967

1. Auflage
Deutsche Erstveröffentlichung Februar 2019

Umschlaggestaltung: UNO Werbeagentur, München
Umschlagmotiv: FinePic®, München
Redaktion: Gisela Klemt; lüra – Klemt & Mues GbR
em · Herstellung: kw
Satz: Vornehm Mediengestaltung GmbH, München
Druck und Bindung: GGP Media GmbH, Pößneck
Printed in Germany
ISBN: 978-3-442-48845-2
www.goldmann-verlag.de
Besuchen Sie den Goldmann Verlag im Netz

Für Jamie und Clementine,
meine kleine Pariser Familie

Teil eins

Kapitel 1

Auf einem Bein hüpfend zog ich den Seidenstrumpf hoch, und da sah ich sie – die Härchen an meinem Knöchel, die dem Rasierer entgangen waren. *Verdammt!* Ich drehte den Kopf in Richtung Uhr, um zu schauen, ob die Zeit für eine Notfallrasur reichte. Tat sie nicht. Also schnappte ich mir das rote Kleid, das ich am Vortag während der Mittagspause in einem Korb mit heruntergesetzten Artikeln entdeckt hatte, und streifte es über. Dann zog ich den Reißverschluss des leicht zerknitterten Kleides hoch, stellte mich kerzengerade hin und überprüfte die Wirkung im Spiegel. *Nicht schlecht, Ella.* Ich zwinkerte mir zu. Das Kleid war eine Nummer kleiner als meine übliche Größe – was meine ohnehin schon üppigen Brüste noch mehr betonte –, aber es sah gut aus, und heute Abend wollte ich gut aussehen. Diese Verabredung würde nämlich vielleicht mein Leben verändern.

Als ich gerade auf allen vieren unter dem Bett meine schwarzen Pumps suchte, hörte ich das leise Vibrieren meines Handys. So schnell es in diesem beengenden Kleid möglich war, kroch ich hervor, stand auf und suchte unter den herumliegenden Kleidern und Büchern nach meinem Telefon. Vielleicht war das Paul, mit einer Planänderung.

»Hallo«, keuchte ich in den Apparat.

»Ella, Schatz. Ich wollte nachhören, wie du dich fühlst.«

»Mum.« Ich seufzte. »Du bist es. Es geht mir gut. Ich mache mich gerade fertig.«

»Gab es noch weitere Anzeichen, bevor er heute Morgen zur Arbeit ging?« Seit meiner ersten Verabredung mit Paul hatte sich Mum auf diesen Heiratsantrag vorbereitet. Sie nennt Paul immer einen »guten Fang«.

»Mum! Hör bitte auf. Ich weiß doch gar nicht, ob etwas passieren wird.« Aber selbst als ich es laut aussprach, überzeugte mich das nicht. In mir schwelte die leise Ahnung, dass der heutige Abend besonders werden würde.

»Erzähl mir einfach ganz genau, was er gesagt hat, als er dich zum Abendessen eingeladen hat.«

Nun, da gab es nicht viel zu erzählen. Paul hatte eher beiläufig erwähnt, dass er einen Tisch bei Francine reserviert habe, unserem französischen Lieblingsrestaurant, und mich gebeten, ihn dort zu treffen. Vermutlich wollte er das Überraschungsmoment auf seiner Seite haben.

»Er muss etwas vorhaben …«, beharrte sie.

Und dann verstieg sie sich in die Fantasie, dass Paul einen Ring in das Champagnerglas geschmuggelt oder im Dessert versteckt haben könnte. Ihr zuzuhören brachte meine eigene Vorstellung in Gang, und ich sah lebhaft vor mir, wie er um meine Hand anhielt. Plötzlich flatterten Schmetterlinge in meinem Bauch herum. Während der vergangenen acht Jahre hatte ich das Gefühl gehabt, dass Paul und ich auf diesen Moment hinarbeiten. Natürlich überfielen auch mich, während die Jahre dahinzogen, die typischen Zweifel der Mitte Zwanzigjährigen, ob wir wirklich zusammenpassten – ich, eine unentschlossene

Weltenbummlerin, und Paul, ein Realist auf der Überholspur zum Hedgefonds-Partner. Aber unsere Leben hatten sich immer enger miteinander verflochten, und nun fühlte es sich an, als sei unsere Zukunft in Stein gemeißelt. Andererseits hatte ich schon bei etlichen Gelegenheiten damit gerechnet, dass er mir einen Antrag macht, es war jedoch nie passiert: Wochenendausflüge, Urlaube im Ausland, Sonnenuntergänge am Strand. Jedes Mal lief es darauf hinaus, dass ich am Ende auf meinen ringlosen Finger hinunterschaute. Deshalb gab es eigentlich keinen Grund, wegen heute Abend hysterisch zu werden, und ich hatte den ganzen Tag dagegen angekämpft, dass sich meine Fantasie verselbständigte. Leicht fiel mir das nicht. Als Paul Anfang der Woche im Fitnessstudio war, durchkämmte ich die ganze Wohnung nach einer Ringschachtel – erfolglos.

»Mum, im Ernst, lass es. Ich bin schon spät dran und muss mich noch fertig machen. Sollte es etwas zu berichten geben, rufe ich dich an. Hab dich lieb.«

»Ich drück dir die Daumen, Liebes. Halt mich auf dem Laufenden.«

Es war eine Erleichterung, sie aus der Leitung zu bekommen. Ihre Nervosität färbte immer schnell auf mich ab, und ich wollte bei diesem Abendessen die Ruhe selbst sein, zumindest äußerlich.

Ich ging ins Bad, um eine zweite Schicht Deo aufzusprühen, und schminkte mich gerade genug, um zwar meine grünen Augen zu betonen, aber immer noch wie die Art Mädchen auszusehen, die ein Kerl gern heiraten will. Nach ein paar gescheiterten Versuchen, Eyeliner aufzutragen – die mich eher wie eine Femme fatale aussehen ließen als wie eine potenzielle Ehefrau –, schaffte ich es endlich und bewunderte mein Werk. Die Haare steckte ich hoch zu einem Messy Bun, der meine dunklen, wilden Locken ein bisschen zähmte. Adrett, aber sexy, eine erstrebenswerte Kombi.

Rasch lief ich die Treppe hinunter in den offenen Wohn-Küchenbereich, schnappte mir Pauls Autoschlüssel und schob sie in meine Clutch. Trotz der Eile ließ ich erst noch einen bewundernden Blick durch sein Apartment schweifen – *unser* Apartment – und über die glitzernden Lichter der Stadt, die durch das bodentiefe Fenster am anderen Ende des Raums hereinfielen. Nachdem wir fast ein Jahr nach der perfekten Wohnung gesucht hatten, zogen wir im Januar hier ein, und so langsam fühle ich mich zu Hause. Meine Gedanken wanderten zurück zum Besichtigungstermin, als wir uns gegenseitig wortlos anstupsten und beide wussten, dass es perfekt war. Mich hatte zwar der Preis ein bisschen abgeschreckt, aber Paul versicherte mir, dass es okay sei. Schließlich war er kurz zuvor befördert worden und hatte dadurch Geld wie Heu. Er machte, wie er es ausdrückte, fette Abschlüsse im Job, und das Apartment schenkte er sich als Belohnung für seinen Erfolg. Plötzlich meinte ich förmlich zu spüren, dass Paul hinter mir steht und mir ins Ohr flüstert. Genauso beschrieb er mir damals die Möbel, die er für uns kaufen wollte.

Am Abend unseres Einzugs, bevor unsere Sachen eintrafen, baute Paul uns ein provisorisches Bett, in dem wir die ganze Nacht wach blieben, uns an unser erstes Apartment erinnerten – klein, vollgestopft und abgewohnt; Lichtjahre entfernt von dem hier – und davon träumten, wie wir dieses hier einrichten würden. Es war aufregend, sich in Erinnerung zu rufen, wie weit wir gekommen waren, und dieses neue Apartment hatte sich angefühlt, als würden wir das nächste Kapitel in unserem Leben aufschlagen. Wir waren auf einem guten Weg. Und trotz unserer unterschiedlichen Werdegänge hatte ich mich zunehmend auf Paul und dieses Leben eingelassen. Früher hatte mir die Vorstellung, mich mit einem Menschen an einem Ort niederzulassen, Angst gemacht. Bei dem Gedanken, Ehefrau und Mutter zu sein, war mir richtiggehend übel geworden. Aber Schritt für Schritt begann ich die Freuden zu erkennen, ein wunderschönes Zuhause und ein zuverlässiges Auto zu haben, einen sicheren Job und ein festes Einkommen. Und ich schwöre, während ich mit ihm auf diesem provisorischen Bett saß, hörte ich meinen Uterus johlen.

Nach ein paar Monaten in unserem neuen Zuhause hatte ich Paul gegenüber angedeutet, dass ich nun bereit sei, mich zu binden. Ich war nicht sicher, ob er meinen Hinweis verstand, aber als er mir ein paar Wochen später erzählte, dass er wieder angefangen habe zu sparen, jubelte ich innerlich. Und seitdem wartete ich gespannt wie ein Flitzebogen darauf, dass er mir einen Heiratsantrag macht. Meine flatterhaften Tage als Rucksacktouristin, die allein die Welt bereist, um Abenteuer zu erleben, waren Relikte meiner Vergangenheit. Ich schätzte diese glücklichen Erinnerungen, aber jetzt befand ich mich auf einem anderen Weg.

Ich checkte die Uhr auf meinem Handy und beendete ruckartig meinen Tagtraum.

Mist, Mist, Mist, ich würde mich verspäten.

Mit Schwung zog ich die Haustür hinter mir zu und hörte, wie das Schloss einrastete. Dann eilte ich hinunter in die Garage. Draußen regnete es – ein Glücksbringer? Oder gilt das nur an Hochzeitstagen? Ich setzte mich ins Auto und fuhr die paar Kilometer zum Bistro Francine. Ich war so aufgeregt, dass ich mich ermahnen musste, vorsichtig zu fahren. Auf dem Weg zum Restaurant mit Pauls Wagen einen Unfall zu bauen konnte sich als Stimmungskiller entpuppen.

Paul saß bereits an unserem üblichen Tisch, er hatte seine große Statur auf die Sitzbank gequetscht. Aber es machte mir nichts aus, den Stuhl zu nehmen und mit dem Rücken zum Restaurant zu sitzen. Heute Abend wollte ich nur in Pauls Augen schauen. Alles andere war Atmosphäre und Geräuschkulisse für seine große Frage. Ich beugte mich vor, gewährte ihm einen ausgiebigen Blick auf mein Kleid und küsste seine glatt rasierte Wange, bevor ich mich setzte und die Regentropfen aus den Locken schüttelte. Ich lächelte. Ich war bereit.

Die Kellnerin kam an unseren Tisch, und ich zögerte kurz, bevor ich Paul fragte, ob wir eine Flasche Champagner bestellen sollten. Er schüttelte den Kopf und zeigte auf seinen Wodka-Soda. Irgendwie wirkte er fahrig.

Andererseits, wer wäre nicht nervös, wenn er einen Heiratsantrag machen will?

Schweigend überflogen wir die Speisekarte. Ich war zu hibbelig, um ein Gespräch anzufangen, und Paul konzentrierte sich intensiv auf das Tagesangebot, vermutlich, um zu entscheiden, welches Gericht mit seiner Paleo-Diät harmonierte.

Als er hochschaute, lächelte er mich an und fragte, wie mein Tag gewesen sei. Sofort war die Anspannung verflogen. *Konnte es sein, dass ich zu viel grübelte?* Ich versuchte, gelassen zu bleiben, während ich ihm erzählte, dass ich den ganzen Nachmittag damit verbracht hatte, ein Buch über Gärten im viktorianischen Stil zu kopieren. Aber dann bremste ich mich. Über den Job zu jammern war nicht sexy. Ich wechselte das Thema und fragte nach seinem Tag, der aber anscheinend genauso frustrierend verlaufen war. Er hatte versucht, noch vor dem Wochenende irgendeinen großen Abschluss unter Dach und Fach zu bringen, der aber im letzten Moment platzte, weil die Frau des Typen einen Autounfall hatte.

»O mein Gott, ist ihr was passiert?«, fragte ich.

»Keine Ahnung. Habe nicht daran gedacht zu fragen. Ich hätte unbedingt heute seine Unterschrift gebraucht. So ein Mist!«

Ich nickte höflich. Bestimmt war Paul wegen des Jobs ein bisschen daneben. Normalerweise war er nicht so gedankenlos.

Nichts, was eine Überraschungsverlobung nicht wieder in Ordnung bringen könnte, sagte ich mir. Ich würde nicht zulassen, dass mir irgendetwas meine gute Laune verdarb.

Der Abend verflog nur so, und die Stimmung zwischen uns wurde zunehmend gelöster, während ein Gang dem vorigen folgte. Paul bestellte uns sogar eine Flasche teuren Yarra Valley Pinot noir. Trotzdem fiel es mir schwer, mich zu entspannen, sodass ich dem Wein begeisterter zusprach als üblich. Als wir mit dem Hauptgang fertig waren, hatte ich einen Schwips, legte den Kopf nach hinten und lachte laut, um Paul die Befangenheit zu nehmen und ihn anzuspornen. Das hier sollte einer der glücklichsten Momente unseres Lebens werden und nichts, weswegen er beunruhigt sein müsste.

Äußerlich strahlte ich glücklich. Innerlich wartete ich gespannt, hoffte, dass ein funkelnder Diamant unser Lieblingsdessert krönen würde – Apfeltarte.

Paul sah mich gerade nachdenklich an, als wolle er etwas sagen, als ausgerechnet in dem Moment die Kellnerin an unseren Tisch trat. Sie fragte, ob wir uns wie üblich eine Tarte Tatin teilen oder ein anderes Dessert haben wollten. Hoffnungsvoll schaute ich Paul an, wartete, was er wohl bestellen würde. Womöglich wäre das ein Hinweis darauf, wo er den Ring versteckt hatte. Deshalb war er also schon früher hier gewesen, um alles mit dem Koch zu besprechen. Paul lächelte, überlegte offenbar kurz und bestellte dann einen sechzehn Jahre alten Lagavulin mit einer Kugel Eis. Ich schob die Lippen vor, die Kellnerin nickte, schenkte den letzten Rest Wein in mein Glas und entfernte sich.

Paul sah mich über den Tisch hinweg an und sagte leise meinen Namen. Ich spürte, wie mein Herz in dem viel zu engen Kleid pochte, das während des Essens noch geschrumpft zu sein schien.

Jetzt kommt es, dachte ich. Natürlich würde Paul nicht das Klischee mit einem versteckten Ring abziehen.

»Wir müssen über etwas reden«, sagte er.

O Gott, es passiert. Versuch, ruhig zu wirken.

»Ja«, flüsterte ich und starrte ungeduldig auf seinen Mund, damit seine nächsten Worte schneller über die Lippen kamen. Paul atmete tief ein und schaute aus dem Fenster.

»Ella, ich habe mich entschieden fortzugehen.«

Kapitel 2

Ich beugte mich über den Tisch, war unsicher, ob ich richtig gehört hatte. Meine lange Kette landete mit lautem Klirren im Wasserglas, woraufhin sich uns alle Blicke zuwandten. Mit großen Augen starrte ich Paul verständnislos an.

Was zum Teufel läuft hier? So war das nicht geplant!

»Fortgehen? Mich verlassen?«

»Ich verlasse Melbourne«, antwortete er ruhig. »Und, nun ja …«

»Du verlässt Melbourne? Wo willst du hin?«, unterbrach ich ihn, denn ich wollte das Ende des Satzes nicht hören.

»Um mich selbst zu finden«, sagte er, und ein Hauch von Ruhe legte sich auf sein Gesicht, als sei eine schwere Last von ihm genommen, weil er es mir gesagt hatte.

»Paul, wovon redest du?«

»Ella, es ist kompliziert. Wie du weißt, verdiene ich viel Geld, und es läuft gut im Job. Aber ich habe das Gefühl, mich in meinem Erfolg zu verlieren.«

»Aber du liebst deinen Job! Und du liebst deinen Erfolg.«

»Aber ist das genug?«, fragte er. »Ich muss fort, um herauszufinden, wie es weitergehen soll. Das machen alle

Top-Leute. Und wenn ich noch mehr erreichen will, Ella, muss ich das auch machen. Es genügt nicht, immer weiter befördert zu werden. Ich muss mich auch spirituell herausfordern.«

Kerzengerade saß ich da, bereit loszulachen. Er würde mir jetzt gleich sagen, dass das Ganze nur ein Scherz war. Aber seine inzwischen versteinerte Miene machte mir unmissverständlich klar, dass er es ernst meinte. Ich versuchte herauszufinden, was diese Entscheidung für uns als Paar bedeutete. Paul war schon immer dafür bekannt, sich von Wellness-Trends und Gesundheitsfimmeln mitreißen zu lassen. Seine jüngsten Obsessionen waren CrossFit und Paleo-Diät. Aber diese »Hobbys« hatten im Allgemeinen keine Auswirkung auf uns, sie hatten Paul eher noch attraktiver gemacht.

»Und wo gehst du hin?« Trotz meiner Beklommenheit wollte ich es zumindest so aussehen lassen, als würde ich ihn bei dieser Idee unterstützen.

»Es handelt sich um eine dreiwöchige Klausur an einem abgeschiedenen Strand in Thailand. Nicht einmal der Teilnehmer selbst erhält vorher die genaue Adresse; man wird von den Organisatoren am Flughafen abgeholt und dort hingebracht. Es ist verdammt schwer, einen Platz zu bekommen. Du brauchst mindestens zwei Empfehlungen von früheren Teilnehmern.«

»Also so eine Art bessere Kur?«

»Nein, es ist ein Rückzugsort für Meditation und Wellness. Es soll überaus erhellend sein. Vermutlich kehre ich als anderer Mensch zurück«, schloss er mit ernster Stimme.

Angestrengt kämpfte ich dagegen an, die Augen zu verdrehen. Ich konnte mir Paul nicht vorstellen – den Mann, den ich seit gut acht Jahren kannte – als jemanden, der sich auch nur ein bisschen verändern wollte.

»Okay …«, sagte ich langsam, um mir etwas Zeit zum Nachdenken zu verschaffen. »Und wann soll es losgehen?«

»Mein Flug geht heute Nacht, ich mache mich also direkt nach dem Abendessen auf den Weg. Ich habe eine Tasche gepackt und bin bereit.«

Wie bitte? Wieso hatte er mir nicht früher davon erzählt?

»Und wie bist du auf diesen Rückzugsort gestoßen?«, fragte ich betont ruhig, obwohl mir mein Magen jeden Moment aus dem Mund zu springen drohte.

»Oh, das ist eine echt coole Geschichte. Du kennst meine Trainerin beim CrossFit? Die, die das mit der Achtsamkeit praktiziert? Also, sie war auch letztes Jahr an so einem Rückzugsort und sagt, es habe ihr Leben komplett verändert.«

Ich traute meinen Ohren nicht.

»Als ich ihr von meiner Beförderung erzählte«, fuhr er fort, »und dass ich mich gar nicht über die riesige Gehaltserhöhung freuen konnte, empfahl sie mir diesen Aufenthalt. Sie ist ganz auf meiner Wellenlänge.«

Ganz auf meiner Wellenlänge, höhnte ich stumm. *Was für eine verdammte Wellenlänge? Und wieso nimmt er Lebensratschläge von einem meditierenden CrossFit-Girl an?*

»Warum jetzt?«, fragte ich stattdessen. »Hättest du nicht früher auf diese ›Seelensuche‹ gehen können?«

»Früher fehlte mir irgendwie die richtige Unterstützung«, antwortete Paul mit ernster Miene. »Aber jetzt hat mein Chef zugestimmt, mich freizustellen, und Jessyka hat mich gecoacht, wie ich Menschen in einer neutralen Umgebung über mein Vorhaben in Kenntnis setzen soll und womit ich dann rechnen muss …«

Er machte eine Pause, und ich fragte mich wütend, wie mein Freund auf jemanden hören konnte, der sich mit »y« und »k« schreibt. Als ich Jessykas Namen zum ersten Mal auf Pauls Handy sah, nahm ich an, er habe ihn falsch eingetippt. Aber es sollte noch schlimmer kommen. »Sie hat mich auch darauf vorbereitet, wie ich mit Menschen umgehen kann, die meine Entscheidung möglicherweise nicht unterstützen …«

»So wie ich?«, schlug ich vor.

»Ella, bitte. Das hat nichts mit dir zu tun. Ich muss das für mich tun. Es ist ein wichtiger Schritt auf meinem Lebensweg …«

Ich spürte, wie mein Herz immer wütender in meiner Brust pochte. Diese »Kur« trug alle Kennzeichen einer typischen Paul-Aktion: Als könne er mal eben in einem dreiwöchigen Kurs auf der Überholspur zur Erleuchtung kommen. Ich griff nach seiner Hand und mobilisierte sämtliche Reserven an Gelassenheit und Selbstbeherrschung.

»Ich möchte es einfach nur verstehen, Paul.« Um meinen Ärger zu zermalmen, räusperte ich mich. »Dieser andere Mensch, als der du dann zurückkommen wirst, stellt der sich eine gemeinsame Zukunft mit mir vor?«

»Ella! Jetzt sei doch nicht so. Ich habe keine Ahnung, was passieren wird. Jeder erlebt diese Auszeit anders. Ich kann nicht vorhersagen, wie ich mich fühlen werde. Ich kann auch nichts versprechen. Vermutlich ist es am besten, einfach abzuwarten und zu sehen, was passiert … Ist das okay?«

Jetzt war ich verwirrt. Verließ Paul mich nun oder nicht? Darauf zu warten, dass er zurückkehrte, war ganz sicher nicht vergleichbar mit dem Heiratsantrag, den ich erhofft hatte.

»Möchtest du das denn überhaupt?«, fragte ich. »Dass ich auf dich warte? Kannst du dich denn wenigstens auf eine feste Bindung mit mir einlassen, bevor du gehst?«

»Was sind denn eigentlich Beziehungen? Was sind Bindungen?«, sagte er mehr zu sich selbst. »Darüber habe ich in letzter Zeit viel meditiert …«

Sprachlos sah ich ihn an und wusste ohnehin nicht, ob ich darauf etwas entgegnen soll.

»Und was spielt es für eine Rolle, wenn wir uns fest binden?«, fuhr er fort. »Wir sind jetzt und hier zusammen, haben ein schönes Abendessen, bevor ich gehe. Genügt das nicht?«

Wieso drückte er sich so verdammt vage aus?

»Und ist dir je in den Kopf gekommen, mich zu all dem erst einmal zu fragen?«, wollte ich wissen.

»Ella, du weißt doch, *wir* können nicht glücklich sein, wenn *ich* nicht glücklich bin, stimmt's?«

»Ist das dein Ernst, Paul?«

»100-prozentig, Ella. Über so etwas würde ich niemals Witze machen.«

»Aber ich habe alles für dich getan. Ich habe mich in Melbourne niedergelassen und mich an einen geregelten Arbeitstag gewöhnt. Ich habe aufgehört zu reisen. Gott, ich habe sogar ein Sparkonto eröffnet! Ich dachte, es sei das, was du von mir willst. Und jetzt verlässt du mich wegen irgendeines Hippie-Kults.«

»Nenn es nicht so. Ich habe dich nie gebeten, dich zu ändern, ganz im Gegenteil. Die Ella, die ich vor Jahren kennenlernte, dieses Mädchen in Paris, war die Art von Partnerin, die mich in Bezug auf diese Reise unterstützt hätte. Die Ella, der ich damals begegnete, war offen für Veränderungen. Ich weiß nicht einmal mehr, wer du bist. Vielleicht sind wir nicht mehr auf derselben Wellenlänge. Aber keine Sorge, es liegt nicht an dir, sondern an mir. Ich verändere mich auch.«

Fieberhaft versuchte ich zu verstehen, was hier vor sich ging. Jeglicher Vorsatz, Paul zu unterstützen, löste sich in Luft auf und wurde durch Wut ersetzt. Alle möglichen Fragen wirbelten mir durch den Kopf: Warum ist er mit mir in unser Lieblingsrestaurant gegangen, um mir dann diese Neuigkeiten vor die Füße zu knallen? Hat er wirklich geglaubt, ich würde mich einfach zurücklehnen und mit seinem Plan einverstanden sein? Wie hatte ich nur annehmen können, dass er mir einen Antrag machen würde? Habe ich wirklich die letzten acht Jahre meines Lebens an diesen Idioten verschwendet? Mein Gott, ging er etwa mit diesem meditierenden CrossFit-Girl ins Bett?

»Schläfst du mit deinem CrossFit-Girl?«, platzte ich heraus.

»Mit wem? Jessyka? Blödsinn, Ella. Aber selbst wenn es momentan jemand anderen in meinem Leben gäbe, so würde das nichts ändern. Ich habe es immer so gesehen, dass wir Spaß zusammen haben, aber dass es nichts wirklich Ernstes ist. Du empfindest doch genauso, oder?«

Das Problem war, dass ich das *nicht* tat. Nach acht gemeinsamen Jahren fühlte ich mich in einer sehr festen Beziehung, und bis zu diesem Abendessen hatte ich angenommen, dass es Paul genauso ging. Natürlich hatte ich gewollt, dass er mir einen Antrag macht. Himmel, in meiner Fantasie hatte ich mir schon die aufwendige Hochzeitsfeier ausgemalt: mein bauschiges Kleid, das von einem halben Dutzend Brautjungfern gezähmt werden musste, die üppigen Blumenarrangements als Sinnbild unserer ewig blühenden Liebe. Ich hatte sogar schon ein Moodboard angelegt. *Ella, du Idiotin!*

»Paul, wir haben uns ein gemeinsames Leben aufgebaut. Ich liebe dieses Leben und dachte bis gerade, wir würden ein gemeinsames Ziel anstreben.« Ich klang verzweifelter, als mir lieb war.

»Welches Ziel?«

»Zu heiraten und …«, begann ich.

Paul sah mich ungläubig an. »Heiraten? Wir haben doch nie übers Heiraten gesprochen. Mir war nicht einmal klar, dass du das Konzept Ehe gut findest.«

»Was hast du denn gedacht, wohin diese Beziehung führt?«

Er schwieg.

Ich schenkte mir die Mühe, auch noch von gemeinsamen Kindern anzufangen. Das Leben, das ich mir mit uns als Paar erträumt hatte, brach wie ein Kartenhaus zusammen.

»Und was ist mit unserem Apartment?«

Jetzt war es Paul, der sich vorbeugte. Er verengte die Augen und sagte: »Ella, das ist *mein* Apartment. Ich habe es bezahlt. Mein Name steht im Vertrag.«

Ich sog hörbar die Luft ein. Das war der finanziell rücksichtslose Paul, den ich kannte. Zugegeben, er hatte die Anzahlung geleistet und den größten Teil der monatlichen Raten übernommen, aber es war definitiv *unser* Zuhause. Wir hatten es zusammen ausgesucht. Ich war bei jeder Besichtigung dabei gewesen und hatte ihn unterstützt, als er ein Angebot abgab. Ich hatte sogar geholfen, die Möbel auszusuchen. Es wäre mir nicht im Traum in den Sinn gekommen, dass er es als ausschließlich sein Reich betrachtete.

Er fuhr fort und mied dabei meinen Blick: »Ja, du hast mir geholfen, es zu finden, und dafür bin ich dir dankbar. Aber wenn du den von mir gewählten Lebensweg nicht unterstützen kannst, frage ich mich, was das über unsere Beziehung aussagt.«

Paul zückte seine Brieftasche – keine Ringschachtel in Sicht – und bedeutete dem Kellner, die Rechnung zu bringen.

»Ella, ich muss los, sonst verpasse ich meinen Flug«, sagte er. Unsere Beziehung stand wohl nicht länger zur Diskussion.

Ich betrachtete den Mann mir gegenüber, und plötzlich erschien mir die Zukunft, von der ich während der vergangenen Monate geträumt hatte, völlig absurd. Nichts von dem, was Paul sagte, gab mir das Gefühl, auf seine Rückkehr warten zu können oder zu sollen. Während der vergangenen acht Jahre hatte ich ständig Kompromisse bei meinen eigenen Plänen und Zielen gemacht, und er hatte mich nur hingehalten. Diese Erkenntnis traf mich wie ein Schlag in den Magen, und ich fürchtete, mich jeden Moment übergeben zu müssen.

Es reicht, Mädchen. Wo bleibt dein Stolz?

»Paul, ich denke, wir sollten uns trennen!«, sagte ich lauter als nötig und erschrak, als mir die Wörter über die Lippen kamen.

»Im Ernst?«, fragte er. »Du willst nicht warten, bis ich zurück bin, um zu sehen, ob ich mich verändert habe?«

»Das denke ich nicht.«

»Na gut. Manche Dinge haben wohl ein natürliches Verfallsdatum«, sagte er und zeichnete bei den letzten beiden Wörtern Anführungsstriche in die Luft.

Ich schnappte meine Clutch und wollte gehen, fühlte mich an diesem Tisch und in diesem Restaurant – und in meinem Kleid – wie gefangen, aber Paul legte die Hand auf meinen Arm und wollte, dass ich mich noch für einen Moment hinsetzte. Ich suchte in seinem Gesicht nach einem Hinweis, nach irgendetwas, das uns wieder zusammenbringen würde, hoffte immer noch, dass das hier ein blöder Witz war und er mir am Ende doch einen Antrag machen würde. Aber sein Gesicht blieb düster. Er saß da in seinem lila Hemd mit den scheußlichen Dollarzeichen-Manschettenknöpfen, die eher nach Geldregen schrien als nach Meditation. Er war mein Paul. Aber jetzt war er es nicht mehr.

»Was?«, fauchte ich ihn an und hielt meine Gefühle nur mühsam unter Kontrolle. Ich wollte weg von hier, damit ich meine Wut hinausschreien oder in Tränen ausbrechen konnte oder beides gleichzeitig.

Er tätschelte gönnerhaft meine Hand, aber ich entzog sie ihm. »Was denkst du, wann du ausziehst?«, fragte er.

»Bis zum nächsten Wochenende bin ich weg«, erwiderte ich pathetisch.

»Ella, du musst dich nicht hetzen. Nimm dir so viel Zeit, wie du brauchst. Falls du noch da sein solltest, wenn ich zurückkomme, können wir auch reden.«

»Nächstes Wochenende bin ich weg«, wiederholte ich. »Sind wir jetzt fertig?«

Paul nickte, und eine mich rasend machende Zen-artige Ruhe legte sich über ihn.

»Noch eine letzte Frage, Paul«, sagte ich. »Als du mir gesagt hast, dass du für etwas sparst, worauf bezog sich das?«

»Auf die Auszeit«, sagte er in einem Ton, als hätte ich die dümmste Frage der Welt gestellt. »Ich habe die teure Chakra-Hütte gebucht. Die hat eine eigene Außendusche und einen Privatpool.«

»Natürlich«, sagte ich, »wie umsichtig von dir.«

Als ich aufstand, blieb mein Strumpf am Korbgeflecht des Stuhls hängen. Das löste eine Kettenreaktion aus. Ich drehte mich zu schnell um und stieß mein Glas mit dem verbliebenen Wein um. Die Flüssigkeit breitete sich auf dem Tischtuch aus, und ich stellte mir vor, dass es das Blut aus meinem Herzen sei, das Paul in den Schoß floss. Wie passend, dass wir Rotwein bestellt hatten. Er schrie leise auf und tupfte seine Hose hektisch mit der Serviette ab. Ich unterdrückte ein Lachen und wunderte mich überhaupt nicht, dass seine Zen-Ruhe so leicht erschüttert werden konnte.

Da wir ohnehin schon eine Szene machten, entschied ich, noch eins draufzusetzen, und kippte ihm mein restliches Mineralwasser ins Gesicht. »Und das ist dafür, dass du mich betrogen hast!« Sollte er das nicht getan haben, fühlte es sich dennoch gut an. Richtig gut.

Ich machte auf dem Absatz kehrt, verließ hoch erhobenen Hauptes das Restaurant und hielt die Tränen zurück, bis ich durch die Tür war.

Ich bog um die Ecke, und als ich am Fenster des Restaurants vorbeikam, spähte ich hinein, um zu sehen, ob Paul mir nachschaute. Aber er konzentrierte sich auf den Bildschirm seines Handys. Vermutlich schrieb er seiner neuen spirituellen Ratgeberin, Jessyka, dass er sich von seiner für ihn kein Verständnis zeigenden Freundin getrennt hatte und nun sein wahres Ich entfalten konnte. Vielleicht verabredete er sich auch schon mit ihr für nach seiner Rückkehr aus Thailand.

Ich schaffte es bis zum Wagen, dann flossen die Tränen ungehemmt, nur unterbrochen von meinem lauten und wenig glamourösem Schnäuzen. Lange Zeit saß ich einfach da, starrte auf die Regentropfen auf der Windschutzscheibe und versuchte zu verstehen, was gerade passiert war.

Was habe ich nur getan? Ich habe mich soeben von jemandem getrennt, mit dem ich noch vor wenigen Stunden den Rest meines Lebens verbringen wollte.

Kapitel 3

Ich saß im Auto und ließ den Tränen freien Lauf, fragte mich, seit wann sich meine Beziehungserwartungen und Pauls Gefühle diametral auseinanderentwickelt hatten. Wie hatte ich fast ein Jahrzehnt mit einem Typen zusammen sein können, der es plötzlich, ohne mit der Wimper zu zucken, vorzog, »sich selbst zu finden«? Für einen Moment überlegte ich, meiner Mum von der Trennung zu erzählen. Aber dann entschied ich mich dagegen, weil ich mich vor der unvermeidlichen Diskussion fürchtete.

An welchem Punkt ist es so schiefgelaufen?

Ich dachte zurück an meine erste Begegnung mit Paul, vor acht Jahren auf einem Sommertrip durch Europa. Wir waren damals beide jung und naiv, aber während ich die Welt sehen und erleben wollte – ich war schon einen Monat mit dem Rucksack durch Thailand, Vietnam und China unterwegs gewesen –, war Paul mit vier College-Freunden direkt nach Paris geflogen, um sich zu amüsieren.

Ich verliebte mich in dem Moment in Paris, als ich am Gare de Lyon aus dem Bahnhof trat; die Seine, die Gebäude, die Pariser, alles wirkte so gediegen und romantisch. Stundenlang wanderte ich durch die Straßen, verlor mich in meiner Bewunderung für die Stadt, spazierte durch Galerien und aß Crêpes, sobald ich hungrig oder müde wurde. Ich war wie gebannt von der Erhabenheit der Parks und Gärten, in Versuchung geführt von Schaufenstern voller Gebäck und Käse und verzückt von den Einwohnern, deren Hauptbeschäftigung darin zu bestehen schien, das Leben zu genießen.

Mich in Paul zu verlieben dauerte ein bisschen länger. Ich schloss mich einer Reisegruppe zu einer zehntägigen Standardtour durch Westeuropa an. Sie bestand aus dem Bestaunen historischer Monumente der jeweiligen Stadt bei Tag und aus betrunkenen Ausschweifungen bei Nacht. Die letzten Tage der Tour verbrachten wir dann in Paris, bevor alle wieder ihrer Wege gingen.

Am vorletzten Abend, nachdem wir von einer feuchtfröhlichen Nacht in einem Club auf der Seine zurückkehrten, nahm Paul mich beiseite und brachte endlich den Mut auf, mich zu fragen, ob wir den letzten Abend zusammen verbringen wollten, mit einem Picknick im Champ de Mars mit Blick auf den Eiffelturm.

Paul war anders als seine Freunde; er schien sich ein bisschen weniger für die Trinkerei zu interessieren und nahm das Leben im Allgemeinen ernster. Es gefiel mir, wie unaufdringlich er war, als er mich um ein Date bat, wie süß, dass er damit bis zur letzten Minute gewartet hatte. Er erinnerte mich an einen Labrador mit großen, treuen Augen, der unbedingt geliebt werden will. Natürlich nahm ich die Einladung an und dachte mir, *eine Liebesbeziehung, die in Paris beginnt … wie könnte die Geschichte noch besser werden?*

Später an jenem Nachmittag schlenderten wir zu einem

Lebensmittelgeschäft, um uns Proviant für ein Picknick zu besorgen. Wir packten Brot, Käse und frisches Obst in unsere Rucksäcke. In Europa war Sommer, und alles Köstliche hatte gerade Saison. Die Feigen waren so reif und saftig, dass sie bei der kleinsten Berührung zu platzen drohten, der sommerliche Duft von Pfirsichen lag in der Luft, und Körbe voller Erdbeeren säumten die Obststände und heischten wie eine Lawine saftiger roter Versuchung um Aufmerksamkeit.

Paul ging durch die Käseabteilung und wählte ein Stück Comté. Er erzählte mir, dass dies einer der besten französischen Käse sei. Durch die rosarote Brille meiner 20-jährigen Augen wirkte er sehr selbstbewusst und kultiviert – vor allem im Vergleich zu den anderen Typen, mit denen ich die vergangenen Wochen verbracht hatte. Und ich war beeindruckt, wie gut er sich mit der französischen Küche auskannte. An der Kasse bezahlte Paul den Käse und das Baguette und fügte unserer Beute noch zwei Flaschen Champagner hinzu. Er lehnte mein Angebot, mich an den Kosten zu beteiligen, rigoros ab und zückte seine – von den Eltern finanzierte – Kreditkarte. Dieses kleine Teil, das mich damals ungemein beeindruckte. Er war ja so *erwachsen*.

Wir saßen im Champ de Mars, tranken und schwelgten in Erinnerungen über unsere Abenteuer in Europa. Als die Sonne langsam unterging, rückten wir immer enger zusammen. Ich schnitt mir ein Stück Comté ab, biss gedankenverloren hinein und war auf der Stelle überwältigt von diesem Sinnesreiz. Er schmeckte umwerfend. Der kräftige, aber nicht zu intensive Käse schmolz förmlich auf der Zunge. Würzig und nussig, durchsetzt mit Salzkristallen, die am Gaumen als Geschmacksaromen explodierten. Und wie durch Zauberhand ging in genau diesem Moment die Beleuchtung des Eiffelturms an, erstrahlte, während ich hingebungsvoll kaute. Ich fragte Paul, ob er gewusst hatte, wie köstlich dieser Käse ist.

»Ein Mann behält seine Geheimnisse für sich«, erwiderte er. Ich lachte, weil sich das so kitschig anhörte, aber nach reichlich Champagner und im Bann von Paris fand ich Paul unheimlich charmant.

Schließlich wurde es kühl, ich zitterte und wollte gerade vorschlagen, zurück ins Hotel zu gehen, da legte Paul den Arm um meine Schultern. Ich weiß noch, dass ich mich nie zuvor so sicher und gleichzeitig frei gefühlt habe. Wir erlebten dieses wunderbare Abenteuer auf der anderen Seite der Welt, und nichts belastete oder beeinträchtigte unser Zusammensein. In dem Moment gab es nur diesen umwerfenden australischen Mann und die Lichter dieser berauschend schönen Stadt. Und dann küsste er mich. Anfangs ein bisschen linkisch. Seine strahlend weißen, absolut gleichmäßigen Zähne stießen mit einem leisen Klacken gegen meine, aber sobald wir unseren Rhythmus gefunden hatten, fühlte ich mich, als wären wir die Kraft, die den Eiffelturm zum Funkeln bringt.

Wir müssen uns ziemlich lange geküsst haben, denn als wir uns schließlich atemlos voneinander lösten, waren die vielen Leute, die um uns herum gepicknickt hatten, verschwunden. Als wir merkten, dass wir quasi allein waren – bis auf ein paar andere Pärchen, die sich ähnlichen Aktivitäten widmeten wie wir –, zog Paul mich wieder an sich. Ich war ganz benebelt von dem, was sich wie Liebe anfühlte, was vermutlich aber eher auf die ausflippenden Hormone im Körper einer Zweiundzwanzigjährigen zurückging.

Wenn ich Freunden oder Familie diese Geschichte erzählte, machte ich für gewöhnlich an diesem Punkt Schluss – bevor der Teil kam, an dem Paul seine Hände unter mein Top schob und ein bisschen zu versiert meinen BH öffnete. Aber in letzter Zeit war mir die Geschichte sowieso immer klischeehafter vorgekommen, als wären wir ihr entwachsen. Ich war dazu übergegangen, den Leuten nur noch die Kurzversion zu erzählen: dass wir uns kennenlernten, als wir beide als Studenten durch Europa reisten.

Ein paar Jahre später fragte ich Paul noch einmal, woher er wusste, dass Comté so lecker ist, und er rückte mit der Wahrheit heraus. Während seiner Studentenzeit hatte er eine Reihe britischer Spionagethriller mit einem Helden namens Jonathan Boons gelesen. Eines der Bücher spielte in Frankreich. Nachdem Boons einen korrupten französischen Aristokraten namens August Le Comte besiegt hatte, gelang es ihm endlich, mit der französischen Agentin Fanny d'Amour zu schlafen. Nach einer Nacht voller heißer Leidenschaft tranken die beiden ebenfalls Champagner und aßen einen vierundzwanzig Monate alten Comté, nur eben vor der Kulisse der französischen Riviera.

»Moment mal, hattest du diesen Käse überhaupt schon mal probiert?«, hakte ich nach.

»Nein, aber ich dachte mir, wenn er gut genug ist für

Boons und Fanny, dann wird er wohl auch gut genug für uns sein.«

Wenn ich das damals in Paris gewusst hätte, wäre unsere Beziehung vielleicht schon früher den Bach hinuntergegangen. *Also bitte, wer eignet sich sein Wissen über Käse aus einem Agententhriller an und behauptet dann zu wissen, wie er schmeckt?* Allein der Gedanke erscheint mir absurd. Ich hatte Paul als weltgewandten Feinschmecker gesehen, der sich mit Käse und Wein auskannte. Und auch wenn ein Stück Käse nicht allein für das Zustandekommen unserer Beziehung verantwortlich war, so hat es sicher dazu beigetragen, dass dieser Abend in Paris – und Paul – so perfekt wirkte.

Ein Blick auf meine Armbanduhr verriet mir, dass ich jetzt schon eine halbe Stunde im Auto saß. Da ich mich zu betrunken fühlte, um nach Hause zu fahren, schnappte ich mir mein Handy und bestellte ein Uber. Als der Wagen neben mir hielt, musterte mich der Fahrer sorgfältig von oben bis unten, bevor er mich einsteigen ließ. Er musste meine roten verquollenen Augen schon auf eine Meile Entfernung gesehen haben.

Geräuschvoll putzte ich mir die Nase, und der Fahrer seufzte, schaltete das Radio aus und fragte, ob alles okay sei.

»Ja, alles bestens. Nur wieder so ein Freitagabend«, antwortete ich und versuchte, glücklich zu klingen.

»Gott sei Dank. Ich hatte gerade eine Frau als Fahrgast, die beim Abendessen von ihrem Freund abserviert wurde. Können Sie sich das vorstellen? Sie war völlig fertig. Das war echt traurig. Sie hat es nicht einmal kommen sehen.«

Als ich endlich vor Pauls Apartment stand, versuchte ich mit klammen Fingern, den Schlüssel ins Schloss zu stecken. Sobald ich drinnen war, schlug ich die Tür hinter mir zu, kickte die Schuhe weg und knallte mein Handy auf den Küchentisch. Noch während ich die Treppe hinunterstolperte, zog ich mein Kleid aus und ging sofort ins Bett.

Kapitel 4

Als ich am nächsten Morgen erwachte, schien die Sonne durchs Fenster herein. Die Wolken vom Vorabend hatten sich verzogen, und es war ein wunderschöner Tag.

Na super, das ist ja mal wieder typisch.

Ich ging ins Badezimmer und sog entsetzt die Luft ein, als ich mein verquollenes, mit Mascara verschmiertes Gesicht im Spiegel sah. Da half nur, die Vorhänge zuzuziehen und sich wieder im Bett zu verkriechen. Zum Glück war heute Samstag, und ich brauchte nicht zur Arbeit.

Den größten Teil des Vormittags verbrachte ich dösend und weinend, versuchte, nicht an Paul und die Trennung zu denken oder daran, dass ich aus diesem perfekten Apartment ausziehen musste. Bestimmt ein Dutzend Mal hörte ich oben mein Handy piepen, weil Nachrichten eingingen. Schließlich verließ ich hoffnungsgetränkt die warme Geborgenheit meines Bettes, musste jedoch enttäuscht feststellen, dass keine der Nachrichten von Paul war. Keine Nachricht, dass es ihm leidtue und er einen großen Fehler gemacht habe. Stattdessen waren fast alle von meiner Mutter, die wissen wollte, wie es am Vorabend gelaufen war. Ich hatte keine Lust, ihr zu antworten, aber sie hätte nicht aufgehört, mich zu nerven. Also schickte ich ihr eine kurze Nachricht, dass Paul mir keinen Antrag gemacht hatte, verschwieg aber unsere Trennung, denn das hätte ein langes und mühsames Verhör am Telefon nach sich gezogen.

Es gab auch zwei Nachrichten von meiner guten Freundin Billie – in der ersten fragte sie mich, ob ich Zeit für einen Kaffee hätte; in der zweiten, exakt eine Stunde später, wollte sie sicherstellen, dass ich noch lebte. Ich rief sie sofort an. Ich musste mit jemandem darüber sprechen, was passiert war, und sie gab immer gute Ratschläge. Sie würde verständnisvoller reagieren als Mum – oder zumindest für mich Partei ergreifen.

»Hey!«, rief sie ohrenbetäubend laut, und ich stellte mein Handy leiser. »Wie läuft's?«

»Nicht so gut. Paul und ich haben uns gestern Abend getrennt.« Ich kämpfte mit den Tränen.

»Ihr habt *was*?«

»Na ja, ich habe mit ihm Schluss gemacht. Aber es war irgendwie ein Versehen«, fügte ich hinzu.

»Eine versehentliche Trennung? Erzähl!«

Also lieferte ich Billie die ausführliche Version des Abends einschließlich Pauls Bemerkung, dass ich ja abwarten könne, wie *er* nach seiner Rückkehr zu unserer Beziehung stehen würde. Ich verschwieg ihr, dass ich in Erwartung eines Hochzeitsantrags zu dem Dinner gefahren war, denn bei Tageslicht betrachtet schien es zu lächerlich, um es laut auszusprechen.

Wie hatte ich nur so blind sein können?

»Tja, den wären wir los! Ohne ihn bist du hundertprozentig besser dran.«

Es war mir in diesem Moment egal, ob Billie recht

hatte. Sie war loyal und wusste genau, wann sie es mit der Wahrheit nicht so genau nehmen musste, um ihre Freunde zu beschützen.

Als ich nichts entgegnete, fuhr sie fort: »Findest du nicht? Du warst zu gut für ihn. Du musst im Grunde doch erleichtert sein.«

»Ich habe das alles noch gar nicht richtig verarbeitet. Es kam ja aus heiterem Himmel! Was soll ich denn jetzt machen? Ich weiß nicht, wie man Single ist. Wo soll ich wohnen?«

»Das musst du nicht sofort entscheiden«, erwiderte sie. »Dir bleiben mindestens drei Wochen, bis Paul zurückkommt.«

»Ich könnte natürlich zu Mum ziehen, aber das wäre so demütigend! Nach all den Jahren wieder zu meiner Mutter zurückzukehren … Ich fühle mich, als hätte ich schrecklich viel Zeit verschwendet. Was ist mit meinen Eierstöcken?« Ich konnte die Tränen nicht länger zurückhalten.

»Ella, ganz im Ernst, niemand erwartet von dir, auf all das sofort eine Antwort zu haben.« Sie schwieg für einen Moment und fügte dann hinzu: »Ich komme zu dir und bringe Proviant mit.«

»Nein, ich sehe furchtbar aus.«

»Ist mir egal. Du brauchst mich«, erwiderte sie und legte auf.

Als ich gerade die zweite Schicht Mascara auftrug, um zu kaschieren, dass der erste Versuch völlig danebengegangen war, klingelte es an der Tür. Natürlich war es eine blöde Idee, mich zu schminken, aber ich betrachtete es als Anreiz, nicht zu weinen.

Ich öffnete die Tür und fühlte mich sofort erleichtert, als Billie mich fest in die Arme schloss. Ich hatte das mehr gebraucht, als mir bewusst gewesen war.

Sie packte den »Proviant« aus, den sie in dieser Situation für angemessen hielt: einen Familienbecher gesalzene Karamelleiscrème, Schokochip-Cookies (und Plätzchenteig für den Fall, dass wir plötzlich Lust zum Backen bekommen würden), ein Baguette, einen runden Camembert und ein großes Stück Comté, meinen Lieblingskäse. Warum er das war, hatte sie vermutlich vergessen. Sie breitete alles auf dem Tisch aus und zog dann noch eine Flasche Rotwein aus ihrer Tasche. Es war erst 14.00 Uhr, aber Billie meinte, verzweifelte Situationen erforderten verzweifelte Maßnahmen.

Ich sagte ihr, dass ich die Sache mit dieser »Kur« für eine Ausrede hielt, dass Paul mich vermutlich verlassen wollte und einfach nicht den Mumm hatte, es mir offen zu sagen. Solange er sich durch die Gehaltsklassen nach oben gearbeitet hatte, war ich als Freundin wohl gut geeignet. Aber als es dann darum ging, sich mit mir eine Zukunft vorzustellen, stürzte ihn der Gedanke an eine Verlobung offenbar in einen Strudel der Selbstreflexion. Vielleicht war ich aber auch nur bei seinen Bemühungen, seinem Chef und dem CrossFit-Girl nachzueifern, in die Schusslinie geraten. Möglicherweise hatte seine Entscheidung, mich bei dieser Reise nicht einzubeziehen, gar nichts mit mir zu tun, und ich nahm mich einfach zu wichtig. Aber, wie Billie betonte, es war so vielleicht am besten.

Wollte ich denn allen Ernstes einen Typen heiraten, der sich Ratschläge von einem Mädchen namens Jessyka geben ließ?

Billie ließ mich reden. Sie saß da und nippte gelassen am Wein, während ich eine Theorie nach der anderen herunterratterte, um Pauls Verhalten zu rechtfertigen und mein eigenes in Frage zu stellen. Schließlich brachte sie mich mit einem beruhigenden »Schscht« zum Schweigen, als wisse sie, dass alles heraus musste, jetzt aber der Moment gekommen war, um innezuhalten. Während sie mir in einem Ton, der mir das Gefühl gab, das ungezogene Kind in der letzten Bank zu sein, sagte, ich solle aufhören mit den Selbstzweifeln, sie habe im Kopf bereits alles durchdacht, verschwand der besorgte Ausdruck aus ihrem Gesicht. »Also schön, Ella. Mal im Ernst: Paul und du, ihr wart nicht füreinander bestimmt. Zumindest das sollte dir mittlerweile klar sein.«

Ich wollte widersprechen, eine weitere Entschuldigung für Paul anbringen, aber sie hielt mich auf, bevor ich auch nur ein Wort sagen konnte.

»Ehrlich gesagt bist du allein besser dran. Paul war schon immer ein bisschen seltsam, und mittlerweile seid ihr *total* verschieden. Als Studenten habt ihr beide gern die Welt bereist, aber seit seinem Abschluss hat er nur noch die Karriere im Kopf und ist davon besessen, wie viel er verdient. Es ging immer nur um Pauls Ehrgeiz und Wünsche, das musst du doch sehen! Ich weiß, dass du ziemlich locker damit umgehst, aber – korrigiere mich, falls ich falschliege – du magst deinen derzeitigen Job nicht wirklich, und er führt auch nirgendwo hin. Stimmt's?«

»Damit liegst du nicht ganz falsch.«

»Und hat Paul dich je gefragt, was *du* möchtest?«, fragte sie.

Ich schüttelte den Kopf.

»Genau, er hat dich ermutigt, dir einen festen Job zu suchen und nur ja nicht aus Melbourne wegzugehen, und als er dann zu dem Schluss kam, dass *er* einen Tapetenwechsel braucht, um sich ›selbst zu finden‹, hat er keine Sekunde gezögert. Entschuldige meine Direktheit, aber das ist eine verdammt miese Nummer!«

Ich kämpfte immer noch dagegen an, meinen Freund, sorry, Exfreund, aus Gewohnheit zu verteidigen, und dachte über die vergangenen acht Jahre nach. Paul war nicht immer so gewesen. Es gab Zeiten, da waren wir sehr glücklich: jene Tage als Studenten, als wir zwischen den Vorlesungen in der Sonne lagen und Kaffee tranken. In den Semesterferien verreisten wir, und sobald die Vorlesungen wieder anfingen, lud er mich mit Daddys Kreditkarte zu teuren Mittagessen ein. Ich weiß noch, wie gut es sich anfühlte, dem Studentenleben für ein paar Stunden zu entkommen. Wir redeten über unsere Zeit nach dem Examen und schmiedeten weinselige Pläne, wieder nach Paris zu gehen und uns dort Jobs zu suchen.

Aber während Pauls Studentenleben von der Familie finanziert wurde, arbeitete ich stundenweise in Cafés und Restaurants und war froh, als ich nach dem Studium einen Job in einem kleinen unabhängigen Verlag ergattern konnte. Ich hatte dort ein Praktikum gemacht, und sie behielten mich, hauptsächlich zum Kopieren und Kaffeekochen. Es war kein Traumjob, aber ich wusste nicht, was ich sonst machen sollte, und im Hinterkopf glaubte ich irgendwie daran, dass es schon zu etwas führen würde. Das Problem war nur, dass dort nie jemand kündigte, ich blieb also jahrelang mehr oder weniger eine Praktikantin mit geringer Bezahlung.

Paul dagegen bekam schon vor seinem Examen eine Stelle beim Hedgefonds seines Vaters angeboten – Vetternwirtschaft in Reinkultur – und erarbeitete sich seither stetig seinen Weg nach oben. Seine Kollegen waren eher der Typ Jungs, die freitags nach Feierabend losziehen und nicht vor Samstag früh zu Hause auftauchen, die sich von jedem Bonus einen neuen Wagen kaufen und sich alle paar Jahre ein noch teureres Apartment leisten. Aber trotz seiner regelmäßigen Gehaltserhöhungen und eines Egos, das mit seinem Verdienst zu wachsen schien, war Paul immer noch mein Paul geblieben, und unsere Leben waren fest ineinander verflochten.

»Im Ernst, El, was für ein Mann würde ein Mädchen wie dich gehen lassen? Er hat sich in einen dieser Ätz-Broker verwandelt, die glauben, die Welt schulde ihnen etwas, weil es sie gibt.« Billie redete sich allmählich in Rage, aber ich erkannte, worauf sie hinauswollte. Paul hatte mich dazu gebracht, in dieser Stadt zu bleiben, und ich hatte das als eine Art Opfer für unsere Beziehung akzeptiert. Natürlich hatte ich wehmütig an ferne Länder gedacht, und wenn ich die Fotos betrachtete, die an den Wänden meiner Arbeitskabine im Büro klebten, hatte ich oft den Drang verspürt, einfach loszufahren. Aber wer würde nicht gern an den weißen Sandstrand von Phuket fliehen, zu den handgezogenen Nudeln von Lanzhou oder den farbenfrohen Gebetsfahnen von Lhasa? Natürlich vermisste ich die Abenteuer, aber ein fester Job und ein geregeltes Leben gehören zum

Erwachsenwerden dazu, und ich hatte ja Paul, um die Leere zu füllen.

Billie packte den Käse aus, und wir gingen über zu unserem zweiten Glas Wein. Meine Tränen waren versiegt, und ich begann mich ein bisschen besser zu fühlen. Der Alkohol und Billies Humor halfen.

»Und was hast du jetzt vor?«, fragte sie schließlich und ließ damit meinen Verstand auf Hochtouren arbeiten.

Die Realität sah so aus, dass ich in wenigen Wochen dreißig wurde und gerade versehentlich den Mann abserviert hatte, von dem ich annahm, dass er mich heiraten würde. Ich hatte mich bereits während der vergangenen elf Monate mit dem Gedanken herumgeplagt, bis zu meinem 30. Lebensjahr nicht wirklich viel erreicht zu haben – nicht die starke Frau geworden zu sein, die ihr Leben allein regelt, so wie ich es mir immer vorgestellt hatte –, und nachdem ich nun geglaubt hatte, auf eine Ehe und Kinder zuzusteuern, stand ich plötzlich als Single und bald obdachlos da.

»Tja, als Erstes werde ich ausziehen müssen«, antwortete ich und trank einen großen Schluck Wein.

»Dabei kann ich dir helfen. Du kannst bei mir wohnen«, bot Billie an.

»Nee, lass mal. Du hast momentan so viel Stress im Job, und für uns zwei ist deine Wohnung eh zu klein.«

»Wohl wahr. Aber trotzdem, wir könnten uns reinquetschen. Das wäre doch gemütlich.«

Ich sah meine Freundin an, war dankbar für ihre Großzügigkeit, wollte ihr aber nicht zur Last fallen. Andererseits hatte ich Paul gesagt, dass ich bis zum nächsten

Wochenende aus »seinem« Apartment ausgezogen sein würde. Auf keinen Fall würde ich ihm sagen wollen, dass ich doch noch länger bleiben musste. Davon abgesehen wusste ich ja nicht einmal, wie ich ihn erreichen konnte.

Billies Handy summte. Sie sah mich entschuldigend an und formte mit den Lippen ein lautloses »Sorry«. Dann lief sie nach nebenan, um das Gespräch entgegenzunehmen. Sie war Schmuckdesignerin, die mit ihren Perlenarmbändern zu plötzlichem Erfolg gekommen war. Da ihre Bekanntheit schneller stieg, als sie es hatte planen können, war sie ständig damit beschäftigt, Probleme zu lösen. Ich war an derartige Anrufe bei ihr gewöhnt, aber dieses Mal schien etwas besonders schwierig zu sein. Ihre Stimme wurde immer lauter, und ihr Ton klang fremd für mich; sie war total geschäftsmäßig, und ihre tröstende Art war der Professionalität gewichen.

Nachdem sie das Gespräch beendet hatte, entschuldigte sie sich noch einmal bei mir, sagte, dass sie gehen müsse, und wollte wissen, ob ich allein klarkäme. Ich versicherte ihr, dass sie ruhig gehen könne. Denn so sehr ich mich über ihren Besuch gefreut hatte, so froh war ich, wieder allein zu sein, alles überdenken zu können und zu überlegen, was ich nun machen sollte.

Nachdem ich sie hinausgelassen hatte, leerte ich mein Weinglas in einem Zug – *toll, Ella* – und ging wieder nach unten ins Bett. Ich schnappte mir meinen Notizblock und erstellte eine Liste der Dinge, die ich in Angriff nehmen musste: eine Wohnung finden, Kaution bezahlen, eine Gehaltserhöhung bekommen, ein Auto kaufen, ausziehen, mich einrichten. Das war eine kurze, aber einschüchternde Sammlung, die erneut Panik in mir aufsteigen ließ. Das Finden eines neuen Partners und das Gründen einer Familie hatte ich gar nicht erst aufgeführt, aber beides war stets präsent, ganz weit hinten in meinem Kopf, und allein der Gedanke ließ mich noch einen Schluck Wein nehmen und meinen Notizblock quer durchs Zimmer werfen. Er prallte gegen die Wand und fiel neben einem Stapel von Pauls Sachen auf den Boden.

Ich ließ noch ein paar Tränen ihrer Wege gehen und schlief schließlich wieder ein.

Kapitel 5

Das ganze Wochenende über verließ ich das Apartment nicht. Zerknüllte Papiertücher lagen auf dem Boden verstreut und vermittelten den Eindruck, dass ich fast in meinen Tränen ertrunken wäre.

Bis Sonntagmittag hatte ich mich im Bett verkrochen und war Expertin darin geworden, meinen latenten Kater zu ignorieren.

Als mein Handy klingelte, ließ mich das Geräusch vor Schmerz zusammenzucken, und ich musste mich überwinden ranzugehen.

»Hi, Mum.« Ich hatte an diesem Morgen bereits zwei Anrufe von ihr ignoriert. Vielleicht war es an der Zeit, ihr die Wahrheit zu sagen.

»Endlich«, sagte sie. »Wo bist du gewesen? Warst du mit Paul auf dem Sonntagsflohmarkt?«

Ich holte tief Luft.

»Mum, du musst mir jetzt gut zuhören. Paul und ich haben uns getrennt. Mir ist klar, dass du jetzt eine Menge Fragen hast, aber ich bin echt nicht in der Stimmung, darüber zu reden.«

»Oh« war alles, was sie sagte, und brachte mich damit aus dem Konzept.

»Ich weiß, dass du ihn wirklich mochtest, und es lag

auch nicht an mir. Er hat sich entschieden, auf Seelensuche zu gehen, und will mich nicht dabeihaben.«

»Dann hat er sich also von dir getrennt?«

»Nicht so ganz.«

»Was meinst du mit ›nicht so ganz‹?«

»Na ja, irgendwie habe ich mit ihm Schluss gemacht.« Die Geräusche, die daraufhin an mein Ohr drangen, bekundeten ihr Missfallen. »Aber er hat mir keine Wahl gelassen. Entweder die Trennung, oder ich hätte darauf warten müssen, dass er von seiner ›Reise der Selbstfindung‹ zurückkehrt, wann auch immer das sein wird.«

Mum deutete an, dass ich möglicherweise überreagiert hätte und Paul nur eine schwere Zeit durchmache. »Ich denke schon, dass er es wert ist, auf ihn zu warten«, schloss sie mit einem Seufzer.

Das war typisch für sie, immer hielt sie zu ihm. Ich versuchte, ihr zu erklären, dass Paul und ich nie richtig zusammengepasst hatten, tat mich jedoch schwer, meine Gedanken in Worte zu fassen, und plötzlich warf sie mir vor, unvernünftig zu sein. Zu Mums Zeiten war es offenbar so gewesen, dass man mit einem Mann einmal zum Tanzen ging und danach quasi mit ihm verlobt war. Zu gern hätte ich mich über sie lustig gemacht, weil sie sich anhörte wie ihre eigene Großmutter, besann mich jedoch eines Besseren.

Mum schwieg, und dies war einer der seltenen Momente zwischen uns, bei denen ich nicht wusste, was sie gerade dachte. Ich ging hinüber zu dem auf alt getrimmten Smeg-Kühlschrank und holte die Überbleibsel des Käses heraus, den Billie am Vortag mitgebracht hatte.

»Nun, das ist sehr bedauerlich«, sagte sie schließlich. »Ich mochte Paul.«

»Ich weiß, Mum.«

»Er war gut für dich«, betonte sie und schien noch immer nicht zu begreifen, dass er mich nur zum Abendessen ausgeführt hatte, um mir zu sagen, dass er fortgeht.

»Na ja, *so* gut war er offenkundig nicht für mich …«, erwiderte ich langsam und schob mir ein Stück Comté in den Mund.

»Und was willst du jetzt tun?«, fragte sie.

Ich musste an mich halten, um nicht in den Hörer zu schreien, dass ich keinen blassen Schimmer hatte. Dass ich weder das Geld noch den Wunsch hatte, mir ein Auto zu kaufen, die Kaution für die Anmietung eines Apartments zu hinterlegen oder mich einzurichten. Ich fand nicht die Worte, um ihr zu sagen, dass ich mich davor fürchtete, in dieser Stadt zu bleiben, in der ich Paul jeden Moment in die Arme laufen konnte. Ich hatte Angst, mit anzusehen, wie er sein Leben ohne mich genoss, möglicherweise im Park meditierte oder mit einer neuen Freundin knutschte. Verzweifelt suchte ich nach etwas Konkretem, das ich Mum über meine Zukunft sagen konnte.

Mein Blick fiel auf das Stück Comté. Während ich den zartgelben Käse betrachtete, dachte ich unweigerlich an Paris. Ich erinnerte mich daran, wie inspirierend diese Stadt damals auf mich gewirkt hatte, welche Freude es gewesen war, stundenlang durch die Straßen zu spazieren und von einer Energie und Leidenschaft umhüllt zu sein, die man nur als französisch beschreiben kann.

»Ella, sprich mit mir.«

Möglicherweise lag es am Schlafmangel, an der Panik, nicht zu wissen, was ich mit meiner neu gewonnenen Freiheit anfangen sollte, oder mein Gehirn war schlichtweg dehydriert von den vielen Tränen und versuchte krampfhaft, logisch zu denken – jedenfalls hatte ich plötzlich eine Idee.

»Ich gehe für eine Weile weg«, sagte ich.

»Oh, ein kurzer Urlaub dürfte dir sehr guttun, um alles ein bisschen klarer zu sehen.«

»Bis zum nächsten Wochenende muss ich aus Pauls Apartment ausgezogen sein, also werde ich meine Sachen in Kartons packen und im Verlag fragen, ob ich unbezahlten Urlaub nehmen kann. Möglicherweise muss ich auch kündigen.«

»Wie bitte?« Jetzt klang sie überrascht. »Wo willst du denn hin? Und für wie lange?«

Es war eine Ewigkeit her, dass ich aus einer Laune heraus meinen gesamten Besitz verpackt hatte und ins nächste Flugzeug gesprungen war. Ich verspürte unerwartet eine freudige Erregung und plante im Kopf bereits die Details. Paul war schließlich nicht der Einzige, der von jetzt auf gleich verschwinden konnte.

»Ich gehe für ein Jahr nach Frankreich. Ich werde in Paris leben.«

»Ein Jahr? Aber was willst du denn dort machen?«

»Wein trinken, Käse essen und Galerien besichtigen. Dort ist jetzt Sommer. Vielleicht fahre ich auch ein bisschen aufs Land, suche mir Arbeit …«

»Du kannst nicht nach Frankreich gehen, nur um Wein

zu trinken und Käse zu essen! Das ist lächerlich. Was ist mit deinem Leben hier?«

»Was soll damit sein, Mum? Es wird noch da sein, wenn ich zurückkomme.«

»Ella, du hast gesagt, dass Schluss sei mit der Reiserei. Versuch, in deinem Job eine Beförderung zu bekommen, versuch …« Sie brach ab. Ich wusste, dass sie schon wieder etwas über Paul hatte sagen wollen.

»Mum, ich *habe* wirklich versucht, dass das hier funktioniert. Und mach dir nicht so viele Sorgen, es wird alles gut.« Zum ersten Mal seit der Trennung von Paul hatte ich das Gefühl, dass tatsächlich alles gut werden konnte. Mum hielt es für unvernünftig, aber ich spürte, wie das Adrenalin und der Geschmack der Freiheit durch meinen Körper strömten. Es war höchste Zeit, die Dinge wieder auf meine Weise zu tun.

Und gab es dafür einen besseren Ort als Paris?

Kurz danach legten wir auf. Mum hielt meine Entscheidung für eine verrückte Kurzschlusshandlung, aber ich war sicher, lange nicht mehr so klar bei Verstand gewesen zu sein.

Ich schnappte mir meine To-do-Liste, riss sie in kleine Stücke und schrieb eine neue: Kartons besorgen und Sachen einpacken, Kartons in Mums Garage unterstellen, Job kündigen, Working-Holiday-Visa beantragen, Rucksack packen, Flug nach Paris buchen, FORTGEHEN! Es fühlte sich machbar und aufregend an. Und obwohl ich keine großen Ersparnisse hatte, konnte ich zumindest meine gesammelten Flugmeilen für die Reise nutzen. Ein bisschen Geld hatte ich auf die Seite gelegt – vor allem dank Paul, der darauf bestanden hatte, dass ich einen Teil meines Gehalts auf ein Sparkonto einzahlte. Das würde mich ein paar Monate über Wasser halten. Weiter wollte ich sowieso nicht planen; eine unbestimmte Zukunft fühlte sich in diesem Moment genau richtig an.

Ein paar Stunden – und jede Mengen Tassen Tee und genauso viele Schoko-Cookies – später kamen mir dann doch die ersten Zweifel. Ich rief Billie an, um ihr von meinem Plan zu erzählen und sie zu fragen, ob ich ihrer Meinung nach noch alle Tassen im Schrank hatte.

Aber falls sie tatsächlich Bedenken wegen meines Umzugs nach Paris hegte, ließ sie es sich nicht anmerken. Sie wirkte richtiggehend begeistert. Ins Ausland zu gehen sei das perfekte Heilmittel nach meiner Trennung von Paul, sagte sie und war sicher, dass ich am Ende das beste Jahr meines Lebens verbringen würde. Ihre Zuversicht verlieh mir einen zusätzlichen Schub und die nötige Portion Energie, um diese düstere Phase durchzustehen.

Es war also entschieden. Ich würde das nächste Jahr meines Lebens und das erste jenseits der dreißig in Paris verbringen. Ich würde wieder lernen müssen, wie man allein Entscheidungen trifft. Aber ich würde die Dinge so nehmen, wie sie kommen, und spontan reagieren. Ich würde meine verlorene Liebe beklagen – und das knappe Jahrzehnt, das ich an sie verschwendet hatte –, umgeben von Wein, Käse und der schönsten Stadt der Welt. Darüber hinaus sprach ich ein bisschen Französisch. *Je parle un petit pois de français*, dachte ich zuversichtlich und merkte gar nicht, dass ich »eine kleine Erbse« gesagt hatte statt »ein kleines bisschen«. Egal, es fühlte sich richtig an.

Kapitel 6

Und bevor ich michs versah, war ich in Paris. Ich fuhr durch die Straßen voller Geschichte, Architektur – und vielleicht am wichtigsten –, schicker Boutiquen und romantischer Restaurants und wusste, dass ich hier glücklich sein würde. Die ganze Schönheit der Stadt sollte mir gehören. Ich wollte mich in den Straßen verlaufen, die breiten Boulevards entlangschlendern, Wein *en terrasse* trinken und mit den französischen Männern flirten. Seltsamerweise fühlte ich mich sofort zu Hause.

Im Leuchten der Abendsonne traf ich am Hôtel du Petit Moulin ein und war sprachlos angesichts der Schönheit meiner neuen – leider nur vorübergehenden – Pariser Bleibe.

Bevor ich herflog, hatte ich eine Woche bei Billie gewohnt, die mich aufmunterte und durch aufkeimende Zweifel bugsierte, die mich im letzten Moment von diesem verrückten Plan hätten abbringen können. Wir hatten viel Spaß zusammen, beim gemeinsamen Kochen, Weintrinken und Planen meines Abenteuers. Wir gingen Blogs und Instagram durch, wo wir auch dieses süße kleine Boutique-Hotel im Marais-Viertel entdeckten. Billie hatte mich überzeugt, es für die erste Woche zu mieten, obwohl die Zimmerpreise weit über meinem Budget lagen. Aber sie bestand darauf, dass es das Geld wert sei, einen guten Start in Paris zu haben. Ihre Begeisterung war ansteckend.

Im Empfangsbereich des Hotels hatte sich früher eine Bäckerei befunden, und von der Straße aus wirkte das Gebäude wie von einem alten Schwarzweißfoto hierher befördert. Bilder von Menschen in idyllischen Dorfszenen zierten die Fassade, und in goldenen Buchstaben prangte stolz das Wort »Boulangerie« über den großen Fenstern des Eckgebäudes. Im Innern brachte ein Arrangement perfekter rosafarbener Orchideen und saftiger grüner Farne Leben in dieses Ambiente. Das Hotel wirkte wie eine kleine Pforte zum Himmel, und es war mein Paradies.

Mein Zimmer war nur sechzehn Quadratmeter groß, aber perfekt. Es gab genügend Platz für mich und mein Gepäck – aber mehr hätte auch wirklich nicht hineingepasst. Und das Beste daran war, dass nichts an Pauls Apartment erinnerte und ich mich schon allein deshalb wohl fühlte. Wenn ich aus dem Fenster auf die Reihen der Haussmann-inspirierten Häuserfassaden längs der Rue de Poitou schaute, war es, als würde etwas in meinem Herzen wieder zum Leben erwachen.

Beim leisen Rauschen der vorbeifahrenden Autos und dem Heulen einer Sirene in der Ferne schlief ich ein. Acht Stunden lang schlief ich tief und selig, wurde erst vom Summen meines Handys geweckt.

»Hello, *oui, bonjour*«, krächzte ich, noch nicht ganz wach.

»Ich bin's nur, Schatz. Deine Mum. Geht es dir gut?«

Sie wirkte irritiert, weil ich mich auf Französisch gemeldet hatte.

Ich stand auf und versuchte, ein bisschen Blut zu meinem Gehirn zu pumpen. »Mum, hi. Wie läuft's? Gott, ich fühle mich, als hätte ich tagelang geschlafen.«

»Mir geht es gut. Aber wie ist es bei dir? Ich mache mir immer noch Sorgen um dich. So schnell abzureisen … Und dass du dich von Paul getrennt hast, wirklich schade. Ihr zwei habt einfach perfekt zusammengepasst.«

»Mum, lass es. Paul hat mir keine große Wahl gelassen, wir hatten das Thema schon. Es geht mir gut. Ich bin in Paris. Was sollte also nicht in Ordnung sein?«

»Keine Ahnung, Liebes. Wie willst du Geld verdienen? Brauchst du Geld?« Sie klang beunruhigt, aber ich war zu erschöpft für eine lange Diskussion.

»Nein, Mum, ich brauche kein Geld. Ich werde mich schon bald nach einem Job und einem Apartment umsehen. Alles wird gut. Besser als gut«, versicherte ich und betrachtete die hübsche Blümchentapete an den Wänden meines Zimmers.

»Okay, aber versprich mir, dass du anrufst, falls irgendetwas schiefläuft!«

»Natürlich«, beschwichtigte ich sie, vor allem, damit sie endlich Ruhe gab. »Sollte es irgendwelche Probleme geben, lasse ich es dich wissen.«

Ich schaute auf die Uhr. Es war bereits zehn, und ich wollte nicht den ganzen Tag vertrödeln. »Mum, ich muss Schluss machen«, sagte ich deshalb schnell. »Ich gehe einen Kaffee trinken und dann Mittag essen. Hab dich lieb.«

»Ich dich auch, mein Schatz. Pass auf dich auf.«

Ich legte auf und ärgerte mich, dass sie mir so wenig zutraute. Um mich abzulenken, sprang ich rasch unter die Dusche und machte mich bereit, die Pariser Boulevards zu stürmen.

Obwohl ich Melbourne nur für ein Jahr verließ, hatte das Verabschieden von meinen Freunden zu den schwierigsten Punkten bei diesem Plan gehört. An meinem letzten Abend hatte Billie ein ziemlich alkoholgetränktes und emotionales Abendessen für unsere Freundesgruppe ausgerichtet. Nach dem Essen waren wir alle in Tränen aufgelöst, und um die Verabschiedung hinauszuzögern, tranken wir bis in die frühen Morgenstunden Cocktails. Keine tolle Idee, wenn man am nächsten Tag fliegt.

Ich war ziemlich erledigt am Flughafen eingetroffen. Aber Billie, die Freundin, die vor dem Schlafengehen stets Wasser trinkt und kein bisschen verkatert aussah, begleitete mich zum Glück zum Check-in und schob mich nach einer festen Umarmung lächelnd durch den Sicherheitscheck. Sobald ich im Wartebereich angekommen war, bestellte ich mir ein völlig überteuertes Glas Champagner, um die Zeit zu überbrücken und etwas gegen meinen Kater zu tun. Übernächtigt saß ich dann da und sah den Flugzeugen beim Starten und Landen zu, nervös, aber unheimlich glücklich, dass ich endlich wieder loszog.

In Gedanken versunken genoss ich meine eigene Gesellschaft und fühlte mich dadurch gestärkt, dass mir das so gut gelang. So gut, dass ich den Aufruf zum Boarding verpasste und Panik bekam, als mein Name in mahnendem

Tonfall aus dem Lausprecher drang. *Mist, Mist, Mist! Ich darf dieses Flugzeug auf keinen Fall verpassen*, dachte ich und rannte zum Gate.

In Paris fühlte ich mich sofort wie ein anderer Mensch. Ausgeschlafen und erfrischt von der langen Dusche war ich bereit, meine neu gefundene Freiheit zu genießen.

Vom Hotel aus lief ich die Rue de Poitou entlang und badete in der pittoresken Schönheit meiner Umgebung. Die Vormittagssonne heizte die Straßen bereits auf. Nach dem winterlichen Melbourne tat es gut, in Sommerkleid und Sandaletten herumzulaufen. Obwohl ich mich im Herzen von Paris befand – nur einen Steinwurf von Notre-Dame entfernt, wo Horden von Touristen Schnappschüsse machten und auf die Türme hinaufstiegen, in der Hoffnung, einen Blick auf Quasimodo zu erhaschen –, war es im Marais ruhig und friedlich. Die Gebäude zu beiden Seiten der Straße beherbergten Apartments, in die man am liebsten sofort eingezogen wäre. In den üppig bepflanzten Kästen schillerten Blumen und saftige grüne Blätter. Schmiedeeiserne Straßenlaternen verstärkten das Gefühl, ich sei auf einem Filmset gelandet. Meine Augen verschlangen jedes einzelne Detail. Die geraden Linien der nahezu symmetrischen Apartment-Gebäude bildeten einen scharfen Kontrast zum architektonischen Durcheinander der breiten, von Straßenbahnen befahrenen Straßen Melbournes.

Ich bog nach links ab und befand mich auf der Rue Vieille du Temple, wo über einer großen grünen Tür ein schmuckes Schild thronte: École de Garçons. Es waren kleine Dinge wie diese, weswegen ich mich schon bei meinem ersten Besuch in Paris verliebt hatte: Schnipsel einer reichen Geschichte, die einen in die Vergangenheit transportierten. Die ehemalige Jungenschule war anscheinend in ein Apartmenthaus umgewandelt worden. Das Gebäude war nur ein Zimmer breit und erstreckte sich über drei Stockwerke in die Höhe. Es wirkte wie aus einer anderen Ära. Ich stellte mir vor, wie die Jungen die Stufen zur Eingangstür der Schule hinaufstiegen, und fragte mich, ob sie wohl stehen geblieben waren und die schöne Straße bewundert hatten oder ob es für sie einfach nur das alltägliche Leben gewesen war. Vielleicht hatten sie sich nach der Schule in der Bäckerei nebenan ein Schoko-Croissant gekauft.

Vielleicht sollte ich mir in der Bäckerei nebenan ein Schoko-Croissant kaufen ...

Ich betrat die Bäckerei und war sofort umfangen von dem Duft nach Mehl und Butter.

Die Frau hinter der Theke reichte mir ein noch warmes *pain au chocolat*, bei dem sich der blättrige Teig um die aromatische Schokofüllung rollte. »Himmlisch«, murmelte ich der Papiertüte entgegen, in der sich im Nu nur noch Teigkrümel befanden.

Als ich die Rue de Bretagne erreichte, entdeckte ich einen hübschen kleinen Tisch für eine Person auf der Terrasse eines Cafés namens Le Progrès – Der Fortschritt –, was mir für meinen ersten Halt an diesem Tag sehr passend schien. Ich rechnete im Kopf rasch nach, wann ich das letzte Mal Kaffee getrunken hatte. Ich hatte in den vergangenen Tagen so viele Zeitzonen passiert, dass ich nach ein paar qualvollen Minuten des Rechnens entschied

»zu lange« und mich auf den Stuhl mit Blick zur Straße setzte.

Da ich nicht wirklich wusste, was ich trinken sollte, bestellte ich einen *café au lait*. Was ich dann bekam, war eine ziemlich schwache Variante eines Latte, mit dem starken Aroma von verbranntem Kaffee und dem Nachgeschmack lange haltbarer Milch. Nicht wirklich lecker, aber umgeben von Franzosen an süßen kleinen Bistrotischen half er mir trotzdem, mein Jetlag-geplagtes Ich zurück ins Leben zu holen.

Ich genoss es sehr, von meinem Aussichtpunkt in diesem Café die Menschen zu beobachten. Nach dem erschöpfend langen Flug war es eine Erleichterung gewesen, als meine Füße am Flughafen Charles de Gaulle den Boden berührten. »Süße Freiheit«, hatte ich leise gemurmelt, während alle um mich herum zur Schlange an der Ausweiskontrolle eilten.

Ich war mir wieder vorgekommen wie damals, als ich die gleiche Reise gemacht hatte und mit vor Begeisterung funkelnden Augen allein hergeflogen war. Beide Male war ich mit eiserner Entschlossenheit hier eingetroffen, wenn auch aus unterschiedlichen Gründen.

Und während andere Fluggäste abgeholt wurden und ihre Lieben mit Küssen auf die Wangen begrüßten, hatte ich mir einen Schal um die Schultern gelegt und war zum Taxistand gegangen.

Als ich mir jetzt die Preise auf der Speise- und Getränkekarte anschaute, wunderte ich mich, wie teuer Paris geworden war. Ich würde sehr mit meinem Geld haushalten müssen. Als ich damals als Studentin mit Paul in Europa war, fand ich sowieso alles teuer. Aber jetzt machte es mich richtiggehend nervös, die Preise für Wein und Kaffee in australische Dollar umzurechnen. Ich holte meine Budgetplanung heraus, die ich während des Fluges auf der Rückseite einer Spucktüte gemacht hatte. Laut Berechnung sämtlicher Ausgaben für Miete, Essen, Wein und gelegentliche Einkaufstouren würden meine Ersparnisse in acht Wochen aufgebraucht sein. Jetzt hatte ich sogar den Eindruck, ich sollte eher von sechs Wochen ausgehen.

Keine rosigen Aussichten.

Andererseits war ich zum ersten Mal seit Jahren in Paris und wollte mir ein paar Tage gönnen, bevor ich mich nach einem Job und einem Apartment umsah. Wollte ich mich an meine Heimat gewöhnen und über alles hinwegkommen, was seit dem Abendessen mit Paul passiert war. Ich musste aus meinem Leben in Melbourne auftauchen.

Die Schmetterlinge, die während des Fluges in meinem Bauch herumgeflattert waren, beruhigten sich endlich. Ich hatte es geschafft, war weit weg von Paul und allem anderen in Australien. Meine Zweifel, ob ich überhaupt noch damit zurechtkam, allein zu verreisen, begannen nachzulassen.

Ich entschied, noch ein bisschen sitzen zu bleiben. Nach einem kurzen Abchecken, was die anderen Gäste tranken, schloss ich mich ihnen an. Ich wollte mich so schnell wie möglich wie eine Einheimische fühlen. Der Espresso, den ich nun bestellte, kam sofort, und ich dachte schon beim ersten Schluck: *Ah, das ist besser. Immer noch ein bisschen bitter, aber besser.* Obwohl die Kaffeequalität nicht der entsprach, die ich aus Melboune gewohnt war, begeisterte mich die Tatsache, dass der Espresso mit einer winzigen, einzeln verpackten Schokomandel serviert wurde. Was für eine fabelhafte Ergänzung zu dem Koffeinschub. Warum machte das nicht jedes Café auf dieser Welt so?

Ab 12.00 Uhr besetzten immer mehr gut gekleidete Geschäftsleute die Tische mit den rot-weißen Decken. Sie lachten, tranken Roséwein aus Karaffen, überflogen die Tafel mit den Tagesgerichten und bestellten dann *Steak frites* und Salat. Ich beobachtete schweigend, staunte, wie glücklich diese Gruppen von Arbeitskollegen und Freunden wirkten, während sie in Ruhe aßen, erst Wein tranken, dann Kaffee, vielleicht noch einen Nachtisch kommen ließen. Ich dachte daran, wie trostlos Melbourne vor meiner Abreise gewesen war. Die meisten meiner Kollegen hatten mit deprimierten Gesichtern an ihrem Schreibtisch Salat gegessen, während der Regen gegen die Scheiben prasselte. Mich überkam eine Welle der Dankbarkeit für die *joie de vivre*, die hier überreichlich vorhanden zu sein schien.

Nach einer Weile begann ich zu spüren, dass die Kellner gern meinen Tisch für das Mittagsgeschäft gehabt hätten, und auch wenn sie es nicht direkt sagten, setzten mich ihre gereizten Blicke ins Bild. Ich stand auf, um meinen Spaziergang die Rue de Bretagne entlang fortzusetzen.

Nachdem ich über eine Stunde auf der sonnigen Terrasse gesessen hatte, tat es gut, im Schatten der baumgesäumten Straße an idyllischen Cafés, Metzgereien und Bäckereien entlangzuschlendern. Der Duft von gebackenem Brot ließ mir das Wasser im Mund zusammenlaufen. Als ich an einer Hähnchenbraterei vorbeikam und das Fett auf ein Blech voller begierig wartender Kartoffeln tropfen sah, erwachte mein Magen knurrend zum Leben. *Wo soll ich an meinem ersten Tag in Paris zu Mittag essen?*, fragte ich mich mit kribbelnder Vorfreude.

Kapitel 7

Ich studierte gerade die Speisekarte in einem Restaurantfenster, als das Schicksal sich einmischte und mein Blick auf ein Geschäft fiel, das mich sofort in seinen Bann zog. Die gelbe Markise lockte mich an wie die Lichter einer Landebahn, und meine Füße legten erwartungsvoll einen Schritt zu.

Das Schild mit der Aufschrift »Fromagerie« schrie förmlich nach meiner Aufmerksamkeit. Mir kam in den Sinn, dass es eine wunderbare Verschmelzung von *fromage* und *rêverie* war, also von Käse und Träumerei, und ich fragte mich, ob das wohl schon einmal jemandem aufgefallen war.

O ja, Käse ist immer gut, sagte ich mir, und während sich mein Blick auf die Waren im Fenster fokussierte, verschwamm die Umgebung zur Bedeutungslosigkeit. Es war Käse, echter französischer Käse in seiner ganzen Pracht. Die *fromagerie* – die mit hoher Wahrscheinlichkeit zu meinem neuen Stammlieferanten werden würde – war eines dieser urfranzösischen Geschäfte, die nur ein Produkt verkaufen und das verdammt gut machen. In der Vitrine unter der Theke reihten sich Dutzende Käse in allen möglichen Formen, Farben und Beschaffenheiten. Es gab runden Käse und langen, rechteckigen, Schimmelkäse und Streichkäse. Einige Käse waren dick, andere dünn, und einer hatte so große Löcher, dass er jede Karikatur in den Schatten gestellt hätte. Es gab winzige, mit Rosinen bedeckte Käsekugeln, an Watteballchen erinnernden weißen Käse in kleinen Holzschachteln und riesige Käseräder, die größer waren als mein Kopf. Ich musste an die Delikatessenabteilung in meinem Supermarkt daheim denken und innerlich lachen, als mir klar wurde, wie aufregend das Kaufen von Käse jetzt sein würde, wo ich in Paris *lebte.*

Ich atmete tief durch. Der Duft von Heu, Edelschimmel und anderen unbeschreiblichen Aromen traf mich wie eine ungestüme Welle, sogar durch die Scheibe hindurch. Mit vor Bewunderung offenem Mund stand ich ein paar Sekunden lang da, es hätten aber auch Stunden sein können. Als ich tiefer in den Laden hineinspähte, entdeckte ich den Verkäufer, der sich um seine Babys kümmerte. Er war groß, breitschultrig und sah anders aus, als ich mir einen französischen Käsehändler vorgestellt hatte (will heißen, wie das Ebenbild des jungen Gérard Depardieu). Er war kräftig, mit kurz geschnittenem Bart und graumeliertem Haar.

Unter dem blau-weiß-gestreiften Shirt waren seine starken Arme zu sehen, und die Schürze verlieh ihm die Ausstrahlung eines Handwerkers. Ich taufte ihn sofort auf den Namen Mr Cheeseman.

Offenbar hatte er mich jetzt bemerkt, denn er schenkte mir ein zurückhaltendes Lächeln.

Ich lächelte zurück, zögerte jedoch einzutreten und wog ab, ob ich warten sollte, bis ich mehr französische

Wörter gelernt hatte, bevor ich mich auf meine Jungfernreise begab. Ich wollte mir die Peinlichkeit ersparen, auf irgendeinen Käse zu zeigen und Mr Cheeseman dann einen Haufen mir unverständlicher Sätze herunterrattern zu lassen. Meine Unsicherheit hatte fast schon gewonnen, und ich wollte kehrtmachen, als mir das Produkt wieder einfiel – *Käse!* –, jenes Nahrungsmittel, das der Auslöser gewesen war, nach Frankreich zu kommen; eine Schwäche, der ich nachgegeben hatte seit meinem ersten Besuch in Paris mit Paul. Die Erinnerung an alles, was in Melbourne passiert war, schürte meinen Wunsch, eine neue Käseerinnerung zu schaffen: eine, die nicht belastet war mit Liebesbeziehungen und Trennungen.

Ich legte meine Hand auf den Türgriff und drückte ihn hinunter.

Ich drückte und drückte.

Mr Cheeseman schaute kurz zu mir und tippte auf seine Armbanduhr. Ich versuchte weiter, die Tür zu öffnen, bis er hinter seiner Theke hervorkam und den Schlüssel auf der anderen Seite der Tür herumdrehte.

»*Nous sommes fermés entre midi et deux*«, sagte er. Ich sah ihn verständnislos an, und er fügte hinzu: »Geschlossen zwischen zwölf und vierzehn Uhr.«

»Oh, *pardon*«, erwiderte ich und wurde rot.

»*Dix minutes*«, sagte er und schloss die Tür abrupt wieder.

Am Ende vielleicht doch nicht so freundlich …

Ich ging weiter, um mir eine Flasche Wasser zu kaufen, und kehrte zurück, meine Wangen immer noch glühend vor Verlegenheit.

Halte dich an Öffnungszeiten, prägte ich mir für die Zukunft ein. Dieses Mal schaffte ich es erfolgreich durch die Tür und wurde von einem so neutralen Blick begrüßt, dass ich mich fragte, ob mein früherer *faux pas* bereits vergessen war.

Sofort verfiel ich in mein Schulfranzösisch. »*Bonjour. Je voudrais … eh … a-chet-er fromage, s'il vous plaît, monsieur.*« Ich stotterte herum, dass ich Käse kaufen wolle, und war dankbar, dass meine peinlichen Konversationsversuche nur in Anwesenheit des Käses und des Mannes, der ihn verkaufte, stattfanden. Meine Bemühungen erwiesen sich jedoch als überflüssig, denn Mr Cheeseman antwortete ohne Umschweife in perfektem Englisch.

»Nun, *Mademoiselle*, dann sind Sie hier genau richtig.« Sein Akzent war stark und wunderbar, wie das triefende Rad Roquefort in einer Ecke des Ladens.

»Das ist ein wunderbares Käsegeschäft«, erwiderte ich auf Englisch, immer noch gestelzt, obwohl es jetzt doch meine Muttersprache war. Wieder schoss mir das Blut in die Wangen.

»*Merci*«, sagte er. »Sind Sie Amerikanerin?«

»Nein, Australierin.«

»Das ist ein weiter Weg, um Käse zu kaufen. Machen Sie Ferien in Paris?« Er hatte offenkundig keine Eile, mich schnell wieder loszuwerden. Seine zweistündige Mittagspause musste gut gewesen sein.

»Ja … ich meine, nein. Ähm … Ich überlege, hierherzuziehen.«

»Hierher?«, fragte er mit hochgezogenen Augenbrauen. »Aber Sie sprechen doch kein Französisch.«

Autsch!

»Ich lerne«, sagte ich, gekränkt durch seine allzu genaue Beobachtung, und nahm mir auf der Stelle vor, meine Sprachbemühungen deutlich zu intensivieren.

»Es ist eine ziemlich komplizierte Sprache. Für Ausländer schwer zu lernen«, erwiderte er und gab mir endgültig das Gefühl, unfähig zu sein.

Mr Cheeseman wirkte schätzungsweise wie fünfunddreißig, hatte jedoch die Ausstrahlung eines distinguierten älteren Franzosen an sich, die mich einschüchterte. Wenn das hier mein Stamm-Käsegeschäft werden sollte, liefen meine Bemühungen für einen guten Start nicht sonderlich gut. Ich suchte nach einer cleveren Entgegnung.

Langsam verstrichen die Sekunden.

Mir wurde erst klar, dass ich eine Weile reglos dagestanden haben musste, als Mr Cheeseman mich fragte, ob ich etwas kaufen wolle.

Selbstbewusst bestellte ich ein kleines Stück Comté.

Er sah mich mit hochgezogenen Brauen an und zeigte auf zwei riesige Käseräder, als wolle er sichergehen, dass er mich richtig verstanden hatte.

»Ah, *Comté*«, sagte er dann und nickte lächelnd.

»Ja, Comté«, wiederholte ich.

»Nein, es heißt *Comté*, nicht *Comté*«, sagte er und sprach das Wort zweimal völlig identisch aus – zumindest *ich* konnte beim besten Willen keinen Unterschied erkennen. Zum Glück gingen wir nicht weiter darauf ein.

»Und was für einen Comté hätten Sie gern?«

Was? Es gab mehr als eine Sorte?

Bevor wir wieder in peinliches Schweigen verfielen, platzte ich heraus: »Welche Sorten haben Sie?«

»Nun, ich habe jungen Comté und alten Comté«, antwortete er.

Ich zuckte mit den Schultern, und er fuhr fort: »Junger Comté ist weicher und milder. Alter Comté hat einen intensiveren Geschmack und ist teurer, weil er veredelt wurde.« Er sprach mit einer Leidenschaft über den Käse, die so einnehmend wirkte, dass ich versucht war, von beiden ein Stück zu nehmen. Überwältigt fragte ich ihn stattdessen, welchen er bevorzuge.

»Ich bevorzuge den alten Comté, aber es hängt davon ab, was Sie mögen und wie kultiviert Ihr Gaumen ist. Kinder mögen eher fruchtigen Comté. Aber alter Comté ist sehr … wie sagen Sie, intensiv?«

Ich nickte und gab vor zu verstehen, was er erklärte. »Dann nehme ich ein Stück davon.«

»Noch etwas?«, fragte er.

»Was können Sie mir empfehlen?«

»Das hängt wieder davon ab, was Sie mögen«, antwortete er und schien etwas verwirrt über meine Frage. Ich hatte plötzlich den Eindruck, dass persönliche Empfehlungen in Frankreich möglicherweise nicht so üblich sind wie in Australien, wo die Verkäufer stets mit Vorschlägen ausgerüstet sind, wofür du dein Geld ausgeben sollst.

»Vielleicht ein Brie oder ein Camembert«, stieß ich verlegen hervor, weil mir auf die Schnelle kein ausgefallener französischer Käse einfiel.

Er nickte und merkte offenbar nicht – oder es war ihm

egal –, dass ich mich fühlte wie ein wandelndes Touristenklischee.

»Dieser Brie ist perfekt für heute oder morgen. Wann wollen Sie ihn essen?«, fragte er.

»Sobald ich aus diesem Laden hinaus bin«, versuchte ich einen Scherz zu machen.

»Okay, damit ist es entschieden«, erwiderte er ernst. »Für wie viele Personen soll der Käse reichen?«

»Nur für mich«, antworte ich.

Er sah aus, als wolle er dazu etwas entgegnen, sagte dann aber nur: »*D'accord.* Dann brauchen Sie nicht sehr viel.« Er schnitt mir ein Stück ab, das groß genug für vier Personen zu sein schien, aber das war mir gerade recht.

Während er dann auf das Wachspapier, in das der Käse eingeschlagen wurde, genau den Namen und den Herkunftsort schrieb, erzählte er mir lachend, wie der Mann, der diesen Brie herstellte, seinem Käse jeden Morgen etwas vorsang, um ihm das Besondere *je ne sais quoi* zu verleihen.

»*Merci*«, bedankte ich mich und nahm meinen hübsch verpackten Käse entgegen. »Übrigens, ich bin Ella. Ich werde bald wiederkommen, um mehr Käse zu kaufen, Monsieur … Monsieur …«

Mein Versuch, seinen Namen herauszubekommen, hing schwer in der Luft. Vermutlich war er noch nicht bereit, mir ein so persönliches Detail zu verraten. Ich spürte, wie mir schon wieder das Blut in die Wangen schoss, und eilte aus dem Laden, rief ein lautes Dankeschön und drückte den Käse zärtlich an mich wie ein Neugeborenes.

Unterm Strich betrachtete ich meine erste Käse-Mission als Erfolg. Mr Cheeseman war zwar nicht ganz so zugänglich gewesen wie erhofft, aber er schien seinen Käse zu kennen und sprach Englisch, und er würde schon noch auftauen, wenn ich erst ein paarmal dort gewesen war. Vielleicht sollte ich ihn bei meinem nächsten Einkauf mit einer *meiner* Geschichten zum Lachen bringen.

Da ich gerade im Kaufmodus war, ging ich in die nächste Bäckerei und erstand ein Baguette zu meinem Käse. Gut gerüstet spazierte ich dann zu einem kleinen Park im Marais, um meinen ersten Post-Paul- und Post-Melbourne-Comté zu kosten.

Der Square du Temple wirkte auf mich durch und durch pariserisch, eine Mischung aus einem perfekt gepflegten Garten mit riesigen Bäumen, die den Bankreihen längs der weißen Kieswege Schatten spenden. Ein großer Spielplatz war mit Kindern bevölkert, die farbenfrohe Shorts, runde Brillen und Halstücher trugen. Sie schwirrten umher, schrien sich mit ihren hellen Stimmen gegenseitig etwas zu, während sie Insekten sammelten und sie auf eine charmante, wissbegierige Weise marterten. Schicke Pariser Mütter – oder vielleicht *au pairs* – behielten die kleinen »Forscher« im Auge und liefen ab und zu hinter *les bébés* her, wenn diese sich zu nah an den Parktoren oder den Beeten voll üppiger Blumenpracht aufhielten.

Ich setzte mich auf eine leere Bank und nutzte meine Handtasche als improvisierten Tisch, auf dem ich die sorgfältig verpackten Käsestücke ausbreitete. Dann riss ich ein Stück Baguette ab und merkte plötzlich, wie schwierig es war, Käse ohne ein Messer zu schneiden. Aber ich improvisierte auch hier, brach ein paar Bröckchen Comté ab und legte sie auf das Brot. Dann biss ich hinein und wartete darauf, dass meine Geschmacksknospen zum Leben erwachten. Sie taten es mit einer solchen Wucht, dass ich glaubte dahinzuschmelzen, hier und jetzt, mitten in Paris, und das nicht etwa wegen der Hitze der Nachmittagssonne. Ich hatte recht gehabt mit meiner Vermutung, dass Käse in Frankreich besser schmecken würde.

Ein Hauch von Salz und genau die richtige Schärfe und Süße.

Als Mr Cheeseman mir ein Stück von dem vierundzwanzig Monate alten Käse abschnitt, hatte er erzählt, dass der alte Comté mehr Biss habe und geschmacksintensiver sei als seine jüngeren Vertreter. Nun, er war mit Sicherheit intensiver als alles, was ich in Australien kaufen konnte. Er schmeckte raffinierter, französischer. Es war Liebe auf den ersten Biss. Beim Essen übte ich mein Französisch. *Je t'aime, je t'aime, je t'aime*, sagte ich immer wieder zu meinem Käsesandwich.

Auf der sonnenbeschienenen Wiese ließen sich immer mehr Familien oder kleine Gruppen nieder, zogen sich aus und enthüllten nackte Oberkörper oder Bikinis. Pärchen lagen eng umschlungen auf Decken, tranken Bier und küssten einander, als seien sie allein in diesem Park. *Ach, jung und verliebt zu sein in Paris*, dachte ich.

In dem Moment verspürte ich einen Anflug von Traurigkeit, zum ersten Mal, seit ich das Flugzeug bestiegen hatte, und ich wünschte, es gäbe jemanden, mit dem ich gemeinsam hier picknicken konnte. Ich würde so gern über die magischen Aromen dieses Käses sprechen, die Luftigkeit des Baguettes und die Süße der Sommersonne auf meiner blassen Haut.

So schön es auch sein mochte, hier Urlaub zu machen, so wusste ich doch, dass ich mich auf Dauer einsam fühlen würde und dass mir eher früher als später das Geld ausgehen würde. Ich brauchte einen Job, Geld und Freunde, wenn ich mir hier ein Leben aufbauen wollte. Die glückselige Existenz zufriedener Pariser war wie eine Karotte, die vor der Nase eines Kaninchens baumelte, und es kam mir so vor, als würde sie schwer zu erreichen sein.

Mums Bitte, sie anzurufen, wenn es nicht funktionierte, klang mir in den Ohren. Als hätte sie vorhergesehen, dass schon mein erster Tag in einem Anfall von Heimweh enden würde. Ich eilte zurück ins Hotel und versuchte, die Traurigkeit auf den Jetlag zu schieben. Was auch immer diese Gefühle geweckt hatte, ich brauchte jetzt dringend Schlaf.

Kapitel 8

Am folgenden Morgen weckte mich das Geräusch der Autos, die sich ihren Weg in der Rushhour vor der Arbeit bahnten. Beim Blick auf mein Handy stellte ich fest, dass ich die ganze Nacht durchgeschlafen hatte. Mein Jetlag musste stärker gewesen sein, als mir bewusst war. Mein Magen knurrte laut, da er kein Abendessen bekommen hatte, und ich eilte zum Kühlschrank der Minibar, in dem ich den Brie verstaut hatte. Zum zweiten Mal seit meiner Ankunft in Paris schlug mir dieses einzigartige Aroma von Wiesen und Heu entgegen – manchmal fast zu intensiv, aber gleichbedeutend mit köstlichem französischem Käse.

Ich zog die Vorhänge zurück, um den Sonnenschein hereinzulassen, der ähnlich herrliches Wetter wie am Vortag versprach. Eine warme Brise durchzog sanft das Zimmer und half, den Käsegeruch zu vertreiben. Meine Entschlossenheit war zurückgekehrt. Wie Mum immer zu sagen pflegte, als ich noch ein Kind war: Am nächsten Morgen sieht alles anders aus.

Ich packte den Brie aus und holte den Rest Baguette vom Vortag heraus. Ursprünglich hatte ich angenommen, dieses Stück Käse sei zu groß für eine Person, aber jetzt war ich dankbar, dass Mr Cheeseman mir so viel eingepackt hatte. Ich schnitt ein schmales, tortenförmiges Stück ab und schob es mir direkt in den Mund, genoss den ersten Bissen ohne Brot, so wie die Franzosen es tun. Ich ließ den Käse einen Moment seine Wirkung entfalten, registrierte den Geschmack auf meiner Zunge. Er war weich und cremig, wohlschmeckend, aber gleichzeitig mild. Reinste Perfektion.

Ich dachte an die armseligen Vertreter von Brie, die ich oft in Australien gegessen hatte, und wie gut der echte im Vergleich dazu war. Die delikate und weiche weiße Rinde, die ich daheim immer gern abschnitt, bildete hier beinahe den besten Teil und ergänzte das Innere harmonisch. Das Baguette rührte ich kaum an und verspeiste selig meinen zweiten Käse seit meiner Ankunft in Frankreich. Ich fragte mich, wann ich wohl wieder in dieses Geschäft gehen konnte, ohne verfressen zu wirken.

Als ich von draußen die Menschen fröhlich reden hörte, die die Terrassen der Cafés bevölkerten, um zu frühstücken, zog es mich auch hinaus. Mr Cheesemans Kommentar über meine Französischkenntnisse fiel mir ein, und ich lud mir rasch noch eine Audiodatei »Französisch für Anfänger« herunter, bevor ich loszog.

Die Rezeptionistin fragte mich, ob ich etwas Schönes vorhabe, vielleicht ein Treffen mit Freunden? Das erinnerte mich an den Moment der Traurigkeit im Park, aber ich wollte mich nicht beirren lassen. Heute war ein neuer Tag, und ausgerüstet mit meinem Französischkurs würde ich in null Komma nichts den Dreh heraushaben, eine richtige Französin zu sein. Wie im Traum spazierte ich stundenlang umher und wiederholte Sätze wie *»Comment allez-vous«* und *»Je voudrais un verre de vin rouge«*.

Ich begegnete vielen älteren Paaren, die sich ein vormittägliches Gläschen genehmigten – *lasst euch nicht davon abschrecken, dass es erst elf Uhr morgens ist, liebe französische Freunde* –, und war so in Gedanken, dass ich beinahe am Eingang eines entzückenden kleinen Marktes namens Le Marché des Enfants Rouges vorbeigegangen wäre. Der »Markt der roten Kinder« war eine größtenteils überdachte Markthalle auf engstem Raum und lag versteckt an der Rue de Bretagne. Zwischen den Marktständen tummelten sich Händler, Einkäufer und Touristen – als würde man in eine verborgene französische Welt versetzt, in der Essen und Schönheit an der Tagesordnung zu sein schienen.

Ich mischte mich unter die Menschen, die Früchte und Gemüse, Wein und frische Schnittblumen kauften. Es gab sogar Reisegruppen mit in-Ohr-Kopfhörern, die aber zum Glück nicht von dem Zauber ablenkten. Als ich am Ende des Marktes einen Mann entdeckte, der Crêpes zubereitete, musste ich einfach stehen bleiben und die Show genießen. Er sang und rief den Leuten etwas zu, bevor er Nougatcrème, Zucker und Butter oder Kastanienpaste auf die Crêpes strich. Ich konnte seinem Charme nicht widerstehen und versuchte, in meinem besten Französisch einen Crêpe zu bestellen. Als er daraufhin offenbar scherzte, lachte ich mit, obwohl ich kein Wort verstand. Es war mir aber auch egal. Irgendwie fühlte sich dieser Moment gut an.

Ich spazierte weiter über den Markt, liebäugelte mit dem Gemüse, das gerade Saison hatte, und stellte mir vor, wie ich Zutaten für Dinnerpartys mit meinen französischen Freunden kaufte. Ich nahm mir vor, irgendwann an diesen marokkanischen Stand zurückzukehren, an dem sich heute bereits eine lange Schlange gebildet hatte. Es war der perfekte Ort für ein Mittagessen. Ich spähte an der Schlange vorbei und sah riesige Schüsseln mit Couscous und Tajine, Berge von glänzendem, klebrigem Baklava, das förmlich danach schrie, in Begleitung einer Kanne heißen, süßen Tees genossen zu werden.

Als ich merkte, dass die Crème aus meinem Crêpe über meine Hand lief, entschied ich, dass es an der Zeit war zu gehen, bevor ich mich noch blamierte. Aber bevor ich den Ausgang erreicht hatte, steckte ich plötzlich inmitten einer Reisegruppe. An diesem Tag herrschte so viel Trubel, dass es leichter gesagt als getan war, sich aus dieser Gruppe zu befreien. Der Reiseleiter sah mich an, nickte und redete in einer mir unbekannten Sprache. Verzweifelt duckte ich mich hinter einen Gemüsestand. Endlich frei, schaute ich auf meine klebrigen Finger und leckte sie ab, wenig damenhaft, aber zum Glück war niemand in der Nähe, um das zu beobachten.

Oder vielleicht doch …

Ich sah ihn, noch bevor ich seinem Gesicht einen Namen zuordnen konnte. Es war Mr Cheeseman, der in meine Richtung kam. In diesem Moment war er der Inbegriff des französischen Klischees, steckte in seiner weißen Schürze und trug ein Baguette und eine Flasche Rotwein. Er musste unterwegs zu seinem Mittagessen sein.

Ich war so aufgeregt, in Paris jemanden zu sehen, den ich kannte, dass ich hektisch winkte und ihm ein Hallo entgegenrief. Er wirkte verdattert.

Bitte … er soll sich an mich erinnern …

Als er vor mir stand, legte ich direkt los: »Danke noch mal für den köstlichen Käse gestern«, und hoffte, dass er mich nicht für eine durchgeknallte Touristin hielt.

Doch sofort hellte sich sein Gesicht auf, und er lächelte mich an. Anscheinend hatten wir seit unserem gestrigen Treffen bereits Fortschritte gemacht.

»'ello, Ella«, sagte er. Ich war überrascht und ziemlich beeindruckt, dass er sich an meinen Namen erinnerte, obwohl es mir immer noch peinlich war, dass ich seinen nicht kannte.

»*Bonjour. Comment allez-vouz*?«, probierte ich siegessicher meinen neu gelernten Satz aus.

»*Très bien*«, antwortete er. »Wohnen Sie hier irgendwo?«

»Direkt um die Ecke – momentan«, sagte ich und wechselte gern mit ihm zu Englisch, bevor die Dinge sprachlich zu kompliziert wurden.

Er lächelte, als würde der Umstand, dass ich in der Nähe wohnte, mich interessanter und eine Plauderei mit mir lohnenswerter machen. Ich kam nicht umhin, seine strahlend blauen Augen im Sonnenlicht zu bemerken.

»Und, hat Ihnen der Käse geschmeckt?«, fragte er mit ernster Miene und hochgezogenen Brauen.

»Er war perfekt«, versicherte ich.

»*Bien.*« Er nickte. »Und der Comté, er war nicht zu, wie sagen Sie, *piquant*?«

»Nein, ehrlich gesagt war es der beste, den ich je gegessen habe.«

Wieder nickte er. »Wenn das so ist, müssen Sie wiederkommen und noch mehr probieren.« Es folgte noch ein charmantes Lächeln.

Da hat aber jemand heute gute Laune, dachte ich.

»Mit Vergnügen. Ich werde morgen Nachmittag vorbeikommen.«

»Okay, *à demain alors*«, sagte er, und ich nickte in der Hoffnung, dass ich richtig übersetzte, was meiner Meinung nach hieß: »Bis morgen.«

Jetzt war ich total aufgeregt. Ich hatte Bekanntschaft mit einem Franzosen geschlossen, und noch dazu mit einem Käseverkäufer!

Nachdem ich den Markt verlassen hatte, ging ich weiter in Richtung Seine, an monumentalen Gebäuden und wunderschönen Boutiquen vorbei, und konnte die ganze Zeit nicht aufhören zu lächeln. Ich passierte Notre-Dame, machte schnell ein Selfie, überquerte dann den Fluss hinüber ins belebte Saint-Michel, vorbei an Couscous-Restaurants, Crêpe-Ständen und Bars, die mit günstigen Happy Hours warben. Als ich an dem berühmten Shakespeare-and-Company-Buchladen vorbeikam, blieb ich stehen, um mir ein neues Buch in englischer Sprache zu kaufen. *Ja, ich sollte etwas auf Französisch lesen*, tadelte ich mich, *aber das hat Zeit bis nächste Woche.*

Bei meinen früheren Besuchen in Paris hatte ich es bedauert, diese Buchhandlung nicht besucht zu haben, die mit großen Namen wie Hemingway, Joyce und Ezra Pound in Verbindung steht. Wie die meisten anderen Touristen wollte ich die Aura dieses Ladens spüren, den ich in den Filmen *Midnight in Paris* und *Vor Sonnenuntergang* gesehen hatte, und wollte jede Sekunde genießen. Während ich ein weiteres Selfie schoss, kam mir in den Sinn, dass es Vorteile hat, allein zu reisen, da man sich an seinen eigenen Zeitplan halten kann. Nachdem ich die Regale entlanggeschlendert war, einem Mann zugehört hatte, der oben Klavier spielte, und durch ein paar alte Bücher geblättert hatte, entschied ich, mir ein Exemplar von *Mastering the Art of French Cooking* zu kaufen, das mir bei zukünftigen Dinnerpartys mit meinen Pariser Freunden bestimmt gute Dienste leisten würde.

Erschöpft vom vielen Herumlaufen und der Hitze setzte ich mich auf eine Bank im Schatten, mit Blick auf die Boote und die Picknickenden, die das Flussufer belagerten. Familien spazierten vorbei und schleckten bunte Eiskugeln aus dem berühmten Berthillon. Als sich die Sonne langsam über der Stadt senkte, versammelten sich Tänzergruppen und übernahmen die Mini-Amphitheater, die den Fluss säumten. Die ganze Szenerie wirkte wie aus einem Film, aber statt vor dem Bildschirm zu kleben, saß ich inmitten der Handlung.

Als mir langsam die Augen zuzufallen drohten, machte ich mich auf den Rückweg ins Marais. Unterwegs entdeckte ich ein Café, das gemütlich und ganz anders aussah als die unzähligen Pariser Cafés, wie man sie aus Filmen und von Fotos kennt. Es hieß Flat White, was mich darauf brachte, dass der Inhaber kein Franzose war.

Aber noch bemerkenswerter war ein kleines Schild im Fenster, auf dem stand, dass ein Barista gesucht wurde.

In einem Café zu arbeiten passte zwar nicht so ganz zu meinen hochgesteckten Pariser Karrierezielen, aber ich konnte schlecht ignorieren, dass ich Geld brauchte. Außerdem war die Anzeige dankenswerterweise auf Französisch und Englisch abgefasst, was ein gutes Zeichen zu sein schien, wenn man meine Fertigkeiten in Bezug auf erstere Sprache bedachte. Und die Vorstellung, Kollegen zu haben, mit denen ich etwas trinken gehen konnte, plus ständigem Zugang zu gutem Kaffee, verlieh mir das Gefühl, dass das hier genau das Richtige war. Ich nahm mir vor, am nächsten Tag wieder herzukommen und die Atmosphäre in dem Café zu testen.

Kapitel 9

An meinen ersten beiden Tagen in Paris drehte sich alles ums Essen, Herumspazieren und Genießen der Pariser *joie de vivre*. Aber jetzt wurde es Zeit, dass ich mir einen Job suchte. *Komm schon, Ella, Zeit zum Handeln!*, versuchte ich mich zum Aufstehen zu bewegen.

Das Zimmer hier im Hotel hatte ich nur noch für vier Nächte, ich musste mir also etwas Dauerhaftes suchen, und zwar schnell. Trotz des strahlenden Sonnenscheins igelte ich mich den Vormittag über in meinem Zimmer ein und ging die Anzeigen für Räume in WGs, Untervermietungen und befristete Vermietungen durch. Die Preise waren wesentlich höher als das, was ich in Melbourne gezahlt hatte, vor allem, da Paul und ich die Hypothek entsprechend unserer Einkommen aufgeteilt hatten. Ich rechnete alles durch und kam zu dem Schluss, dass ich mir nur ein Zimmer in einer WG und keine Wohnung für mich allein leisten konnte.

Nach zwei Stunden hatte ich ein paar E-Mails und Anfragen verschickt. Die Aussichten waren nicht übermäßig rosig, aber ich hatte einen soliden Start hingelegt. Und in Anbetracht der Düfte nach Mittagessen, Pasteten und Brot, die durch mein Fenster hereinwaberten, entschied ich, mich fertig zu machen und mich nach draußen zu begeben.

Ich nahm mir vor, ins Flat White zu gehen, jenes Café, das ich am Vortag gesehen hatte, einen anständigen Kaffee zu trinken und nach dem Barista-Job zu fragen – falls ich den Mut aufbringen würde. Nachdem ich eine Nacht darüber geschlafen hatte, war mir klar geworden, dass ein Job in der Gastronomie, zumindest für den Anfang, mir Zeit verschaffen würde, mich nach besseren Alternativen umzuschauen.

Die Tage, die auf meine Kündigung in Australien folgten, waren komplett damit vergangen, ein Visum zu beantragen und jede Menge Kisten zu packen und wegzuschaffen. Ich hatte wirklich nicht die Zeit gehabt, mir Gedanken zu machen, was für eine Art von Job ich in Frankreich bekommen und wie viel Geld ich brauchen würde. Mein Verstand war zu sehr damit beschäftigt gewesen, ständig zwischen Panik und Aufregung hin und her zu wechseln.

Mein Visum war einen Tag vor meinem Abflug gekommen, und ich musste mich zurückhalten, den Postboten zu umarmen, als er mit einem großen Einschreiben vor der Tür stand. Stattdessen presste ich meinen Reisepass an mich und dankte dem Universum, mir das Ticket zur Flucht gerade noch rechtzeitig geschickt zu haben.

Aber jetzt, hier in Paris, vermisste ich die Geborgenheit und Vertrautheit meines Jobs in dem Verlag in Melbourne. Mir war klar gewesen, dass es mit einem Working Holiday Visum – und ohne fließend Französisch zu sprechen – nahezu unmöglich sein würde, einen vergleichbaren Job zu bekommen, aber die Träumerin in mir hoffte, dass ich am Ende doch etwas Interessantes finden würde.

Ich musste daran denken, wie toll sich meine Chefin verhalten hatte, als ich ihr erzählte, dass ich kündigen wolle. An dem Montag nach der Trennung von Paul war ich hoch erhobenen Hauptes und auf Highheels in ihr Büro marschiert, lächelnd und in dem Bewusstsein, dass das Kündigen meines Jobs der erste Schritt meines neuen Abenteuers sein würde. Nur meine Augen verrieten mich – rot, verquollen. *Man kann nicht immer gewinnen*, sagte ich mir, während ich erfolglos versucht hatte, mit Mascara den Schaden zu begrenzen.

Sobald ich meine Handtasche auf meinen Schreibtisch gestellt hatte, ging ich ins Büro meiner Chefin und fragte sie, ob sie einen Moment Zeit für mich habe.

»Bist du dir sicher?«, hatte sie gefragt, nachdem sie meine Kündigung gelesen hatte. »Noch kann ich das Schreiben in den Schredder stecken und so tun, als hätte ich es nie gesehen. Vielleicht möchtest du dir erst einmal diese Woche freinehmen?«

Doch sobald ich ihr das von Paul erzählt hatte, verstand sie mich. Sie befürwortete sogar meinen Entschluss, nach Frankreich zu gehen. Keine Ahnung, was ich erwartet hatte, aber insgeheim hatte ich wohl gehofft, sie würde mich bitten zu bleiben, mir vielleicht eine Beförderung und Gehaltserhöhung anbieten, die zu gut war, um sie abzulehnen. Stattdessen sagte sie, ich solle mir keine Gedanken wegen der Kündigungsfrist machen und könne aufhören, wann immer es mir passe.

Meinen Job zu kündigen war ein irreversibler Punkt auf meiner To-do-Liste, und nachdem der abgehakt war, konnte ich es mir nicht mehr anders überlegen. Und jetzt musste ich dafür sorgen, dass mir nicht fehlendes Geld die Entschuldigung lieferte, nach Australien zurückzukehren. Ich brauchte diesen Job im Café.

Als ich aus der Dusche kam, spürte ich bereits die aufsteigende Nervosität. Und als ich mit meinem Lebenslauf in der Handtasche vor dem Flat White stand, konnte ich kaum glauben, wie aufgeregt ich war, schließlich hatte ich vor einer Woche noch einen regulären Vollzeitjob gehabt.

»*Bonjour*«, begrüßte ich den Barista, der Flanellhemd und Ripped Jeans trug.

»Hey«, antwortete er sofort auf Englisch.

»Lust auf einen Kaffee?« Sein australischer Akzent war unüberhörbar. Was für ein Zufall.

Im ersten Moment war ich überrascht wegen seines Surfer-Looks – sandfarbenes Haar, strahlend blaue Augen und unglaublich braune Arme. Wie schaffte er es, in Paris so braun zu werden?

»Ich hätte gern einen Long Macchiato«, sagte ich entschieden. Normalerweise bin ich eher der Typ Flat White, also Cappuccino mit extra viel Milch, wollte aber etwas weniger Gängiges nehmen, um zu demonstrieren, dass ich mich mit Kaffee auskannte.

»Hier trinken oder mitnehmen?«, fragte er.

»Hier trinken, bitte.«

»Dann such dir einen Platz«, sagte er, und ich lachte, denn ich fühlte mich plötzlich wieder wie daheim in Melbourne.

Für einen Moment verspürte ich ein schlechtes Gewissen, weil ich die typischen französischen Cafés hinterging, aber seit meinem Abflug gierte mich nach einem anständigen Kaffee, und wenn ein australischer Barista mir einen verschaffen konnte, würde ich mit ein paar kleinlichen Gewissensbissen schon klarkommen.

Ich saß dort, trank meinen Long Mac und ließ meinen Blick über die anderen Gäste schweifen. Nach einer Weile bekam ich ein Gefühl dafür, wie an der Theke und in der Küche gearbeitet wurde, und das Essen, das aus der Küche kam, sah gut aus: Avocado auf Toast, fantasievolle und ungewöhnliche Müslimischungen, eine Vielzahl an Gebäck und Kuchen – *allesamt Gerichte, die ich während einer Mittagspause essen würde*, dachte ich. Und der Kaffee war köstlich. Ich fand, dass ich perfekt ins Flat White passte, und überlegte, wie ich den Barista beiläufig auf das Stellenangebot ansprechen konnte.

Sämtliche Gedanken, wie ich mich charmant durch die Bewerbung lavieren konnte, wurden jedoch durch das Eintreffen des attraktivsten Mannes vereitelt, den ich je gesehen hatte. Falls es die Liebe auf den ersten Blick wirklich gab, dann war ich soeben ihr Opfer geworden.

Er war der typische große, dunkle, gut aussehende Mann mit perfektem Dreitagebart als Kontrast zu dem strahlend weißen Hemd und dem lässigen blauen Baumwollschal. Er schaute sich mit seinen braunen Augen und einem angedeuteten Lächeln im Lokal um, und ich fürchtete allen Ernstes, jeden Moment ohnmächtig zu werden. Er ging zur Theke, ließ in seinem Fahrwasser weiche Knie zurück (einschließlich meiner), schüttelte dem Barista die Hand und sagte mit tiefer, sexy Stimme: »*Salut, Chris. Un espresso, s'il te plaît.*«

»Kommt sofort, Kumpel«, antwortete der Barista, leerte den Siebträger und mahlte ein paar frische Bohnen.

Wenn ich mich nicht bereits aufgrund der Kaffeequalität entschieden hätte, mich auf den Job zu bewerben, dann besiegelte die Vorstellung, wie ich hinter der Theke stand und diesem Mann die Hand schüttelte, meinen Entschluss endgültig.

Ich beobachtete die beiden Männer und verlor mich in den Gedanken darüber, dass wir oft am meisten von dem angezogen werden, das wir nicht kennen. Obwohl mir nicht entging, dass der Barista ein attraktiver Australier war, machte mich sein Surfer-Look nicht an. Vielleicht lag es daran, dass ich umgeben von solchen »Kumpels« aufgewachsen war und sie für mich keinen fremdländischen Charme versprühten. Den Franzosen hingegen umgab eine Aura des Geheimnisvollen, das in mir ein Feuer entfachte. Außerdem verströmte er ganz subtil etwas Männliches, Wildes, was die Sache noch interessanter machte.

Er trank rasch seinen Espresso und spazierte dann aus dem Café hinaus. Ich wartete lange genug, bis meine Kinnlade wieder vom Fußboden heraufgewandert war, und brachte schließlich den Mut auf, den Barista auf den Job anzusprechen.

»Super Kaffee«, sagte ich zu ihm.

»Stimmt!«, antwortete er. Bescheidenheit war offenbar nicht seine Stärke.

»Also, ich habe die Stellenanzeige im Fenster gesehen«, sagte ich. »Ich würde mich gern darauf bewerben.« Ich suchte in meiner Tasche nach dem Lebenslauf.

»Klar. Hast du Erfahrung im Zubereiten von Kaffee?«

»Bis vor kurzem habe ich in einem Verlag gearbeitet, aber während meines Studiums war ich in der Gastronomie tätig. Also ja, ich habe schon Kaffee gekocht.«

»Kaffee ist kein Teilzeitjob. Es ist ein Lebensstil.«

Ich unterdrückte ein Lachen.

Typisch, ein australischer Barista, der Kaffee gleichsetzt mit Leben.

»Absolut«, versicherte ich und fügte wenig überzeugend hinzu: »Und es ist ein Lebensstil, den ich will.«

Er sah mich an, während er eine Kanne Milch aufschäumte, und sagte über das Geräusch der Maschine hinweg: »Also gut, versuch es einfach mal, und dann sehen wir, was du kannst. Aus Melbourne oder Sydney?«

»Melbourne.«

»Gut«, antwortete er und zog eine Spur die Augenbrauen hoch.

Zum Glück war ich klug genug gewesen, in Australiens Kaffeemetropole zur Welt zu kommen. Anscheinend hatte mir das soeben ein paar Pluspunkte beschert.

»Wann soll ich hier sein?«, fragte ich.

»Wie wäre es mit morgen früh? Um elf, wenn der erste Trubel vorbei ist.«

»Klar. Bis dann also.«

»Bis morgen. Und mach dir keine Gedanken wegen deiner Klamotten«, sagte er und beäugte mein mit grünen Blättern bedrucktes Sommerkleid. »Bei uns geht es ziemlich lässig zu.«

Fand er, dass ich für ein Bewerbungsgespräch overdressed war? Oder war ich in den Augen dieses Melbourne-Hipsters nicht hip genug?

»Ich bin übrigens Ella. Freut mich, jemand anderen aus Australien kennenzulernen.«

»Okay«, sagte er und wirkte ziemlich desinteressiert. »Ich bin Chris.«

Ich verließ das Café und war nicht sicher, ob ich diesen Chris mochte oder nicht ausstehen konnte. Er schien recht umgänglich zu sein, wurde aber offenbar zum Pedanten, sobald es um Kaffee ging. Trotzdem war es schön gewesen, einen guten australischen Kaffee zu trinken und Englisch zu sprechen.

Und die Erinnerung an diesen Franzosen genügte, um mich in Begeisterung darüber zu versetzen, dass ich mich tatsächlich auf die Stelle beworben hatte. Hoffentlich würde ich ihn an meinem ersten Arbeitstag wiedersehen.

Kapitel 10

Ich war zufrieden mit mir wegen des Kaffee-Jobs, und das gute Gefühl hielt auch noch an, als ich meine E-Mails checkte. Erleichtert stellte ich fest, dass von einer der besser aussehenden WGs, die ich heute Morgen angeschrieben hatte, eine Antwort gekommen war. Ich wurde gefragt, ob ich vorbeikommen und mir das Zimmer ansehen wolle. Ich stimmte zu, und Mike, mein potenzieller Mitbewohner, schickte mir die Adresse.

Ich musste zum Quartier Latin, wo das Zimmer auf mich wartete, und kaufte mir unterwegs im Jardin du Luxembourg ein Sandwich. Die Lage ist perfekt, dachte ich, während ich durch den Park mit den gepflegten Blumenbeeten und imposanten Reihen identischer Bäume schlenderte. Ich setzte mich an dem großen Springbrunnen auf einen der kultigen grünen Pariser Parkstühle und schaute zu, wie die Kinder mit Booten spielten und vor Freude juchzten.

Ich traf mich mit dem Amerikaner Mike an der Rue Mouffetard, zwischen dem Café und meinem potenziellen neuen Zuhause, und fragte mich, ob ich wohl ein Leben in Paris führen würde, bei dem ich nie genötigt war, Französisch zu sprechen.

Mike war groß, gut gebaut, blond und attraktiv. Er

legte dieses typisch selbstsichere Benehmen eines amerikanischen Privatschulabsolventen an den Tag.

Als wir zum Apartment gingen, gab er sich geschäftsmäßig und informierte mich über die Gegebenheiten. »Es gibt vier Schlafzimmer. Der neue Mitbewohner bekommt das freie Zimmer und teilt sich die Gemeinschaftsräume mit mir, einer guten Freundin von mir und dem anderen Mitbegründer unserer App. Wir sind alle unternehmerisch aktiv und arbeiten manchmal von zu Hause aus. Ich hoffe, es stört dich nicht, Leuten dabei zuzusehen, wie sie Wunder vollbringen.«

Ich schaute Mike an, um herauszufinden, ob er Spaß machte. Tat er aber nicht. »Und was ist das für eine App, an der ihr arbeitet?«

»Das ist eine Coworking-App. Du weißt schon, für Leute wie uns, die die Grenzen traditioneller Arbeitsumgebungen in Paris niederreißen.«

»Klingt nach einer guten Quelle für Ausländer, die hier arbeiten«, sagte ich.

»Ja, vermutlich«, antwortete er. »Aber es wird mehr als das sein.«

Ich wusste nicht, was ich darauf erwidern sollte, also nickte ich nur verlegen.

Schweigend stiegen wir die fünf Etagen hinauf – es gab keinen Aufzug – und betraten die Wohnung, in der uns die anderen beiden Bewohner auf dem Sofa sitzend erwarteten.

Mike führte mich durch die Räume, sparte sich mein »Zimmer« bis zuletzt auf. Ich sage Zimmer, aber es war nicht größer als eine Abstellkammer.

»Das ist es?«, fragte ich überrascht. »Für 800 Euro im Monat?«

»Yep. Das ist Paris. Du wirst kaum etwas Günstigeres finden. Aber die Nebenkosten sind mit drin.«

Wieder sah ich ihn forschend an, um herauszufinden, ob er scherzte. Und wieder war das nicht der Fall.

Ich ging hinein und fragte mich, ob überhaupt genug Platz für ein Bett war. Aber ich versuchte, positiv zu bleiben. Ich könnte den Rahmen weglassen und nur eine Matratze hineinlegen. Vielleicht könnte ich mir sogar so ein minimalistisches Ausziehbett im japanischen Stil besorgen.

»Gut, dann lass uns mal zum Bewerbungsgespräch übergehen«, sagte Mike. »In einer halben Stunde habe ich noch einen Interessenten.«

»Das Bewerbungsgespräch?«, fragte ich.

»Komm mit ins Wohnzimmer.«

Ich saß auf einem Esszimmerstuhl mit geradem Rücken, während mich die drei Mitbewohner vom Sofa aus beäugten. Mich überkam das Gefühl, einem Verhör unterzogen zu werden.

»Das ist Ella, noch eine Australierin«, sagte Mike und sparte sich die Mühe, mir seine beiden Mitbewohner vorzustellen.

Das Mädchen redete zuerst. »Was, denkst du, kannst du zu dieser Hausgemeinschaft beitragen?«, fragte sie.

»Was ich beitragen kann?«, wiederholte ich. »Nun, ehrlich gesagt bin ich gerade erst hier angekommen und habe noch nichts, was Möbel oder Haushaltswaren angeht.«

Die drei starrten mich ausdruckslos an.

»Ich kenne ein tolles Käsegeschäft im Marais und könnte ein bisschen Käse mitbringen. Und Klopapier ist immer nützlich.«

»Du bist witzig«, sagte sie, wirkte jedoch kein bisschen amüsiert. »Aber jetzt mal im Ernst. Welche Energie bringst du mit in die Wohnung? Welche Ideen?«

»Hä?« war alles, was mir dazu einfiel.

Der Typ neben Mike verdrehte die Augen und sagte: »Du weißt schon, an welchen Projekten arbeitest du derzeit? Was ist deine nächste große Sache?«, als würden seine Worte irgendetwas klarer machen.

»Nun, mein Plan bestand darin, ohne einen Plan nach Frankreich zu ziehen. Ich fange quasi ganz neu an. Morgen habe ich einen Probetag in einem Café. Vermutlich werde ich also bald Kaffee kochen.«

»O cool. Ja, das könnte funktionieren«, sagte das Mädchen.

Der Typ kicherte, bevor er zu einem fünfminütigen Monolog darüber ansetzte, das Beste aus seinen Auszeiten zu machen, damit sie zur Betriebszeit wurden.

Ich schaltete ab und versuchte, irgendwelche Vorteile darin zu sehen, hier zu leben. Ja, ich brauchte ein Zimmer, aber diese Leute waren unerträglich. Da ich keinen Plan B hatte, entschied ich jedoch, der Sache eine Chance zu geben.

»Und was ist mit euch? Arbeitet ihr alle an der App?«, fragte ich, als der Typ einmal Luft holen musste. Meine Kompromissbereitschaft wurde jedoch im Keim erstickt.

»Darüber können wir noch nicht viel verraten. Wir sind gerade mit der App für die Geldbeschaffung fertig und werden wohl nächste Woche wissen, ob es reicht. Aber bis dahin ist es top secret. Du verstehst, oder?«, sagte das Mädchen.

»Absolut«, versicherte ich, verstand kein Wort, und es war mir auch egal, was sie da faselte. Ich denke, dass wir mittlerweile alle zu einer Entscheidung gekommen waren, ob ich in diese Wohnung passte.

»Gut, dann haben wir wohl alles, was wir brauchen«, sagte Mike. »Ich bring dich zur Tür.«

»Nicht nötig«, antwortete ich und war froh, von hier wegzukommen. Ich verdrehte die Augen. Das Ganze war absolut albern. Während ich die Treppe hinunterstapfte, fragte ich mich, ob alle WGs in Paris so sein würden.

Ein Blick auf mein Handy verriet mir, dass es schon nach fünf war, und ich hatte doch Mr Cheeseman versprochen, am Nachmittag vorbeizuschauen. Ich war zwar begierig darauf, auch all die anderen *fromageries* in Paris zu erkunden, aber Mr Cheeseman hatte etwas an sich, das ich mochte, und ich wollte eine gute Beziehung zu ihm aufbauen. Vielleicht würde ich bei diesem Besuch sogar seinen Namen erfahren!

Als ich im Marais ankam, begann ich mich allmählich zu Hause zu fühlen. Ich erkannte die Straßennamen und fand sofort den Weg zur *fromagerie*. Einen Moment lang blieb ich draußen stehen und bewunderte wieder durchs Fenster die vielen verschiedenen Käsearten, warf einen Blick auf die Öffnungszeiten und spazierte dann lässig durch die Tür.

Mr Cheeseman war nicht hinter der Theke, also gab ich

vor, mir den Käse in der Vitrine anzuschauen, während eine Verkäuferin eine Gruppe junger Leute bediente. Als außer mir alle Kunden den Laden verlassen hatten, sah sie mich ungeduldig an und fragte: *»Je peux vous aider?«*

»Ah, *je* … Ich schaue mich nur um«, stieß ich endlich hervor. In Anbetracht der Lage des Geschäfts war sie bestimmt an Touristen gewöhnt, die hereinkamen, um sich nur umzuschauen.

Nach einem qualvollen Schweigen, währenddessen Mr Cheesemans Kollegin durch den Laden wieselte und genervt schnaubte, fragte ich: »Bitte entschuldigen Sie, ich hatte gehofft, mit dem Mann sprechen zu können, der hier arbeitet. Ist er heute nicht da?« Ich kam mir erbärmlich vor, nach jemandem zu fragen, den ich kaum kannte, andererseits war ich wirklich daran interessiert, mich käsetechnisch von ihm beraten zu lassen.

»*Qui? Serge? Ah, bien, non. Desolée.* Er musste zu einem wichtigen Geschäftstermin. Wollen Sie eine Käsebestellung abholen?«, fragte sie, und ihr Geduldsfaden wurde wohl äußerst dünn, als weitere Kunden den Laden betraten.

Er heißt also Serge!, dachte ich und freute mich, seinem Gesicht endlich einen Namen hinzufügen zu können.

»Nein, ich habe nichts bestellt. Aber ich würde gern etwas Köstliches kaufen.« Ich lächelte, versuchte, sie dazu zu bringen, ein bisschen freundlicher zu werden.

»Aber welchen Käse?«, blaffte sie mich an.

»Vielleicht können Sie mir etwas empfehlen?«, platzte ich heraus und dachte zu spät daran, dass die Franzosen ja offenbar nichts empfahlen.

»Okay, kein Problem«, sagte sie, schlurfte hinter die Theke und packte einen kleinen runden Käse ein. Ein paar Sekunden später reichte sie ihn mir, ohne ein Wort über die Geschmacksrichtung oder den Herkunftsort zu verlieren; einfach nur das weiße Päckchen. Meine Stärke lag eindeutig nicht darin, französische Verkäufer zu bezirzen.

»Könnten Sie mir bitte den Namen des Käses und den Herkunftsort auf einen Zettel schreiben?«, fragte ich. »Ich würde gern mehr über französischen Käse lernen.«

Sie sah mich verächtlich an, und ihre Verärgerung wurde offensichtlich, da sich auf ihrer Stirn über den stechenden, dunklen Knopfaugen Falten abzeichneten.

»*D'accord*«, sagte sie und kritzelte etwas Unleserliches auf eine Karte, die sie mir dann reichte. Ich glaube, es hieß Camembert. »Das macht dann zehn Euro.«

»Ah …« Ich zögerte.

»Gibt es ein Problem mit dem Preis, *Madame*?«

»Oh, *non*.« Ich wühlte in meinem Portemonnaie und reichte ihr das Geld. Ich wollte diese Frau nicht noch mehr verärgern. Bis zu diesem Gespräch hatte ich angenommen, dass jeder, der in einem Käsegeschäft arbeitet, glücklich sei. Wer würde schließlich nicht einen Job genießen, bei dem er von so viel Köstlichkeit umgeben war? Vielleicht nervte sie der Geruch.

Als ich den Laden verlassen hatte, fragte ich mich, warum Serge zugestimmt hatte, dass ich vorbeikomme, wenn er gar nicht da war. Und wer war die Frau, die in dem Geschäft bediente? War sie seine Frau oder Freundin? Vielleicht war sie sauer, weil sie dachte, dass ich etwas von Serge will? Aber viel wichtiger: Warum kümmerte es mich, was sie denkt? In jedem Fall schienen wir nicht dazu bestimmt, Freunde zu werden.

Ich kaufte unterwegs noch eine Flasche Chenin blanc, ein Baguette und eine *tarte aux fraises* (weil die Erdbeeren einfach unwiderstehlich aussahen) und kehrte ins Hotel zurück. Ich war erschöpft von einem sehr seltsamen Tag voller eigensinniger Ausländer, bizarrer Interviews und einer frostigen Interaktion im Käsegeschäft. Ich schmuggelte meine Tüte mit Leckereien an der Empfangsdame vorbei, die mir eine gute Nacht wünschte, obwohl es erst 19.30 Uhr war.

»Wünsche ich Ihnen auch«, erwiderte ich, weil ich nicht wusste, was ich sonst sagen sollte, und flehte den Aufzug an, möglichst schnell die Tür zu öffnen, damit ich ihrem mitleidigen Blick entkommen konnte.

Ich öffnete die Flasche frischen, fruchtigen Weins und goss mir ein großes Glas voll. Ich war froh, den Abend allein zu verbringen, und sprach mir einen Toast darauf aus, was ich heute alles in Angriff genommen hatte, wenn auch ohne überwältigendes Ergebnis. Sich ein neues Leben aufzubauen ist nie leicht, aber es war vermutlich besser, in Paris einen Neuanfang zu versuchen, als in Melbourne noch einmal von vorn anzufangen. In Paris lauerten zumindest nicht hinter jeder Ecke Erinnerungen an Paul. Ich musste nur vorerst den Eiffelturm meiden.

Ich packte den Käse aus und spürte schon wieder dieses vertraute Stechen der Einsamkeit ... *Willkommen zurück, alter Freund, dachte ich.* Ich hatte irgendwo gelesen, dass Camembert ursprünglich in großen runden Laiben hergestellt wurde und die kleineren Exemplare nur geschaffen worden waren, um bei einem Solo-Diner nichts zu verschwenden. Im ersten Moment fand ich die Geschichte interessant, aber nach einem Glas Wein auf leeren Magen wurde ich melancholisch. Als hätten die Schöpfer dieses Käses vor all den Jahren gewusst, dass ich nach Paris kommen würde, um eine Trennung zu betrauern. Als hätten sie vorhergesehen, dass ich versuchen würde, die Leere in meinem Herzen mit Käse zu füllen.

Ich schnitt ein Stück ab und roch den Duft von Heu. Die schmutzig weiße, glänzende Rinde war ein bisschen klebrig, und die Luftblasen im Innern des Käses erinnerten mich an solche, die manchmal ganz oben in einer Mousse au Chocolat sind. Der Geschmack war leicht süß und blumig, mit einem Hauch Zitrone. Lecker, aber ich dachte trotzdem, dass er besser sein könnte. Doch vielleicht entsprach das einfach nur meiner seelischen Verfassung.

Ich schenkte mir noch ein Glas Wein ein, und eine dicke, fette Träne kullerte über meine Wange. Ich weinte zum ersten Mal seit meiner Ankunft in Paris.

Verdammt, so war das nicht geplant.

Ich schaute aus dem Fenster und erinnerte mich daran, dass ich in Paris und glücklich war. Aber in Anbetracht des heutigen Tages kam ich nicht dagegen an, dass eine nagende Stimme in meinem Innern unentwegt fragte: *War es richtig hierherzukommen?*

Teil zwei

Kapitel 11

Am nächsten Morgen erwachte ich in einem Pool von Sabber, mein Handy ans Gesicht gepresst und eine halb geschriebene E-Mail an Billie auf dem Bildschirm.

Da ich mich nicht überwinden konnte aufzustehen, ging ich das ganze Spektrum der Emotionen durch, die ich während der vergangenen Tage verspürt hatte: die Erleichterung, von Paul, dem Winter und Melbourne weg zu sein, das bestärkende Gefühl, endlich wieder allein zu reisen, und dann die unerwartete Einsamkeit.

Als mir klar wurde, dass ich das ziemlich traurige Bild eines einsamen Menschen in der Stadt des Lichts und der Liebe abgeben musste, sprang ich aus dem Bett, um die Stimmung herumzureißen, bevor ich allzu tief in die Spirale der Verzweiflung geriet.

Ich löschte den größten Teil des verzagten Geschwafels an Billie und schickte ihr stattdessen eine kurze Nachricht, dass das Wetter wunderbar und das Hotel fantastisch sei; eine tolle Entdeckung. *Nur positive Schwingungen*, sagte ich mir. Ich erzählte ihr von meinen Jobverhandlungen im Café und von dem oberpeinlichen Mitbewohnerinterview am Vortag – das würde sie herzhaft lachen lassen. Mein verzagtes Ich konnte es sich allerdings doch nicht verkneifen hinzuzufügen, dass die Suche nach einer Bleibe nicht so gut lief und dass ich möglicherweise erst einmal eine vorübergehende Lösung benötigen würde, vielleicht ein billigeres Hotel, wenn ich nicht bald etwas Bezahlbares für länger fände.

Als ich aus der Dusche kam, hatte sie zurückgeschrieben.

Freut mich zu lesen, dass du alles in Angriff nimmst, El. Was die Unterkunft angeht, hast du schon auf Airbnb nachgesehen? Nur so eine Idee. Und jetzt los und hol dir den Job!

Ich zog Jeans und ein schwarzes T-Shirt an, obwohl es draußen bereits 30 Grad waren – aber das war mein vermeintlich »coolstes« Outfit –, und marschierte zum Flat White. Sobald ich das Café betrat, schaute ich mich nach dem geheimnisvollen Mann um. Da ich ihn nicht entdeckte, fühlte ich mich ein bisschen entmutigt, sagte mir jedoch, dass das eigentlich ganz gut war, da ich heute zur Probe arbeitete und es mehr als nur ein paar Jahre her war, dass ich in der Gastronomie Kaffee zubereitet hatte.

Chris begrüßte mich herzlicher als am Vortag, reichte mir eine Schürze und sagte: »Also gut, Ella, mal schauen, was du kannst. Wie wär's, wenn du mir mal einen Kaffee machst? Lass uns anfangen mit zwei identischen Lattes und anschließend zwei identischen Flat Whites.«

Ich verspürte leichte Panik. Sich an das korrekte Verhältnis von Milch zu Kaffee zu erinnern ist das eine, diese Mischung in Echtzeit zuzubereiten jedoch etwas ganz anderes. Da ich nicht wollte, dass Chris meine Angst roch, ließ ich lächelnd die Espresso-Shots in zwei Tassen laufen und goss dann aufgeschäumte Milch hinzu. Mein Stil bestand darin, es grandios – zu vermasseln.

»Hm. Nicht so toll«, sagte Chris. »Willst du es noch mal versuchen? Du hast vermutlich noch nie mit dieser Maschine gearbeitet, richtig?« Er gab sich großzügig.

»Genau, das ist es.«

Dieses Mal sahen zu meiner eigenen Überraschung die Flat Whites identisch aus, aber die Lattes glichen nicht gerade eineiigen Zwillingen. Chris nickte und ließ uns beide probieren.

»Bitter«, lautete sein erster Kommentar. »Die Milch ist ein bisschen angebrannt«, lautete sein zweiter.

»Äh …« Ich wollte gerade zu einer Entschuldigung ansetzen, aber Chris unterbrach mich mit der Frage: »Wo, sagtest du noch, hast du gearbeitet?«

»In einem kleinen Café an der Brunswick Street. Das gibt es nicht mehr.«

»Sagtest du nicht, du hättest bei St Ali gearbeitet?«

»Nein, nie.«

»Mist, dann muss das jemand anderes gewesen sein. Na, egal …« Er machte eine Pause. »Hör zu, es ist toll, dass du scharf auf den Job bist, aber dein Kaffee schmeckt furchtbar.«

»Ich kann lernen«, versicherte ich, enttäuscht darüber, dass ich es nicht besser hinbekommen hatte. Vielleicht war mein früherer Gastronomie-Job einfach zu lange her. Offenbar war der Standard auch in Paris gestiegen.

»Weißt du, Ella, ich denke, entweder man hat es drauf oder nicht. Und ich bin nicht sicher, ob du es drauf hast«, sagte er.

»Ich verstehe«, sagte ich, am Boden zerstört, weil ich dieses Café nicht mit einem Job verlassen würde.

Zum Glück war Chris noch nicht mit mir fertig. »Die gute Nachricht ist, falls du immer noch einen Job willst: Wir brauchen an den Wochenenden jemanden, der in der Küche aushilft. Dann ist bei uns den ganzen Tag mächtig was los. Und wir zahlen bar auf die Hand. Klingt das gut?«

»Ich würde dann kochen?« Ich spitzte die Ohren.

»Hauptsächlich Geschirr spülen, vielleicht ein bisschen bei den Vorbereitungen helfen, kommt drauf an. Aber das ist vermutlich nicht dein Ding. Du bist mehr so ein Society-Girl, stimmt's?«

Ich schwieg für einen Moment, mochte keinem bestimmten Jobtyp zugeordnet werden, wollte aber andererseits am liebsten Reißaus nehmen bei der Vorstellung, Teller abzuwaschen. Das war wohl kaum der glamouröse Job, den ich mir für Paris vorgestellt hatte. Andererseits hatte ich Melbourne verlassen, um neue Sachen auszuprobieren, und ich mochte dieses Café wirklich. Die Vorstellung, in meinem Job keinerlei Verantwortung tragen zu müssen, war irgendwie befreiend. Außerdem hatte ich nichts anderes in Aussicht, warum also nicht?

»Chris, ich würde diesen Spüljob echt gern haben«, sagte ich, und wir vereinbarten, dass ich am darauffolgenden Tag anfangen sollte.

»Und sorry wegen des Kaffees«, sagte ich, als wir die Details klärten.

»Ja, der war echt nicht gut. Wie wäre es, wenn ich dir noch einen mache, bevor du gehst?«

Ich war sehr erleichtert, denn a) war Chris nicht sauer, dass ich seine Zeit verschwendet hatte, b) bekam ich einen bezahlten Job, und c) bekam ich einen anständigen Flat

White. Ich will nicht behaupten, dass es ein wahnsinnig erfolgreiches Geschäft war, aber immerhin ein kleiner Sieg, und es war ein erster Schritt, mir ein Leben in Paris aufzubauen. Auf dem Rückweg zum Hotel zog es mich zu Mr Cheeseman. Ich war nicht sicher, ob ich schon wieder Käse kaufen sollte, schließlich hatte ich mir seit meiner Ankunft in Paris bereits einiges gegönnt, aber ich wollte gern vorbeigehen, um zu sehen, ob mein neuer Bekannter arbeitete.

Als ich durch das Schaufenster spähte, stellte ich erfreut fest, dass er da war – und noch erfreuter, dass ich seine Freundin nirgendwo sehen konnte.

Er winkte mich herein.

»*Bonjour*«, begrüßte er mich heiter, als ich durch die Tür trat.

»*Bonjour*«, erwiderte ich artig. Die Franzosen waren bei der Begrüßung immer so formell. »Ich habe gestern vorbeigeschaut, aber Sie waren nicht hier.«

»Ah, ja, es gab einen Notfall«, antwortete er. Ich fragte mich, wie oft er in diesem Teil von Paris wohl mit Käsenotfällen konfrontiert war.

»Kein Problem.« Ich bemühte mich, lässig zu klingen. »Ihre Kollegin hat mir Käse verkauft.«

»Ah, Fanny hat sich also um Sie gekümmert.«

Als ich ihren Namen hörte, unterdrückte ich ein Kichern.

»Ja, Ihre Freundin war sehr freundlich und hilfsbereit«, log ich, um ihn bei Laune zu halten.

»Fanny? Freundlich?«, hakte er nach. »Sie weiß bestimmt eine Menge über Käse, aber als besonders freundlich würde ich sie nicht gerade bezeichnen. Ach, und sie ist nur eine Kollegin.«

Es ergab Sinn, dass die beiden kein Paar waren. Während Serge vor Bewunderung für Käse überquoll und vermutlich auch für alles andere im Leben, betrachtete Fanny es als Job.

»Welchen Käse hat Fanny Ihnen denn zum Probieren gegeben?«, fragte er.

»Oh, einen Camembert. Vielleicht hat sie angenommen, ich sei so eine Touristin, die einen typisch französischen Käse will. Er schmeckte gut, kam mir aber ein bisschen hart vor … ich dachte, Camembert sollte eigentlich weicher sein, eher zähflüssig.« Das hatte Google mir mitgeteilt, während ich den Käse im Hotelzimmer futterte.

»Haben Sie ihr gesagt, dass Sie den Käse sofort essen wollen?«, fragte er. Seine ernste Miene, die anscheinend intensiven Gesprächen über Käse vorbehalten blieb, war zurückgekehrt.

»Nein, habe ich nicht. Hätte ich das tun sollen?«

»Nun, das hilft, um einen Käse mit dem entsprechenden Reifegrad auszusuchen.«

»Oh«, murmelte ich verlegen.

»Nicht schlimm«, sagte Serge und lachte. Dabei entspannte sich sein Gesicht, und ich spürte sofort, wie mich seine blauen Augen wieder fesselten.

»Aber es ist gut, dass Sie noch einmal gekommen sind, denn ich glaube, ich habe einen Käse, der Sie interessieren könnte. Nicht alle Ausländer mögen ihn, weil er ein bisschen streng riecht, aber ich bin sicher, dass Sie so etwas in Australien nicht bekommen.«

»Super«, sagte ich und war froh, dass er endlich anfing, mir Käse zu empfehlen. Außerdem wollte ich nur zu gern seinen Eindruck zerstreuen, dass Ausländer keinen Stinkkäse mögen. »Und was ist es?«

»Roquefort.«

»Oh, Roquefort habe ich schon mal probiert«, verkündete ich stolz.

»Bestimmt keinen echten Roquefort. Und auf keinen Fall den besten.«

Mann, dieser Typ ist echt besessen von seinem »echten« Käse.

»Was ist der Unterschied?«, fragte ich ein bisschen spitz.

»Echter Roquefort muss in den Combalou-Höhlen in Roquefort-sur-Souzon gereift sein. Alles andere ist nur eine schwache Nachahmung. Möchten Sie probieren?«

Ich schob meinen Frust beiseite und stimmte begeistert zu, ein Stück von diesem berühmten Roquefort zu probieren, freute mich, die Promibehandlung zu bekommen, als würde es sich bereits bezahlt machen, dass ich langsam zur Stammkundin wurde.

Er reichte mir ein Stück, und es fühlte sich zwischen meinen Fingern feucht und glatt an. Rasch schob ich es in den Mund, und als meine Zunge die blaue Ader Edelschimmel berührte, die den Käse durchzog, war ich überrascht von dem scharfen, salzigen Aroma.

»Wow«, entfuhr es mir, und ich verschaffte mir damit Zeit, um herauszufinden, ob ich den Geschmack mochte oder nach draußen rennen und den Käse ausspucken musste. Ich ließ ihn ein bisschen länger in meinem Mund, bevor ich schluckte, nickte, während ich kaute, und rang mir dann ein breites Grinsen ab. Ich entschied, ein kleines Stück zu kaufen, um in meinem Zimmer weitere Studien zu betreiben, dieses Mal in Kombination mit einem Stück Brot, um die Intensität ein bisschen zu mildern.

Serge summte leise vor sich hin, als er meinen Käse einpackte, eindeutig glücklich, dass er mir etwas über echten französischen Blauschimmelkäse beigebracht hatte. Die Veränderung in seinem Verhalten seit unserer ersten Begegnung war immens. Er war nett und unprätentiös und irgendwie süß.

»Übrigens, *je m'appelle* Serge, Serge Marais«, sagte er, wobei sich seine französischen Worte weich wie Sahne in die Luft ergossen.

Ich antwortete mit einer Verstümmelung des Französischen. Unzählige Male hatte ich geübt zu sagen »Freut mich sehr«, während ich durch die Straßen von Paris spazierte und auf diesen Moment gewartet hatte. Aber als ich es aussprach, wusste ich, dass ich es vermasselt hatte. Serge ließ es sich jedoch nicht anmerken, er lächelte, reichte mir meinen Käse und wünschte mir einen schönen Tag.

Als ich hinausging, ertönte die kleine Glocke über der Tür, und ich schwöre, ich hörte ihn leise lachen.

Zurück im Hotel scrollte ich durch die Angebote bei Airbnb. Ich brauchte aber nicht lange, um festzustellen, dass ich mir trotz meiner neuen Einkommensquelle kein Apartment in den Stadtteilen, die mir gefielen, leisten konnte. Und die bezahlbaren waren alle weit weg. Ich wechselte also wieder zu Wohngemeinschaften und versuchte, so unvoreingenommen wie möglich zu bleiben. Nach den vielen Jahren des Zusammenlebens mit Paul – und diesem anmaßenden Vorstellungsgespräch in der WG, das ich gerade hinter mir hatte – war ich nicht sicher, ob ich mit Fremden zusammenleben konnte. Lernen konnte, mit dem Rhythmus und den Launen anderer umzugehen und einzukalkulieren, wie viel Zeit sie im Badezimmer zubrachten. Aber ich musste Kompromisse schließen. *Es bringt nichts, in Paris zu sein, wenn man nicht in einem der 20 Arrondissements wohnt.*

Um mich besser konzentrieren zu können, packte ich den Roquefort aus; in dem kleinen Hotelzimmer war der Geruch beinahe betäubend. Ich öffnete das Fenster. Während ich die Anzeigen durchging, nagte ich an dem Käse und stellte überrascht fest, wie sehr er nach mehr schmeckte. Schon bald wünschte ich, ich hätte ein größeres Stück genommen.

Nachdem der Käse längst aufgegessen war und ich es allmählich leid war, nach einem Angebot zu suchen, das nicht zu bizarr oder einschüchternd klang, stieß ich auf ein wunderschönes Apartment in Saint-Germain, das sich eine Mutter mit ihrem erwachsenen Sohn teilte. Laut der Beschreibung waren sie »gesellschaftlich sehr aktiv« und »so gut wie nie zu Hause«. Normalerweise wäre es ein K.-o.-Kriterium gewesen, mit Mutter und Sohn zusammenzuwohnen, aber die Fotos von dem Apartment wirkten sehr verlockend.

Wenn meine Mum so eine Wohnung hätte, würde ich auch nicht ausziehen, dachte ich. Das Apartment überstieg alles an Luxus, was ich mir vorgestellt hatte, und wenn man monatsweise mietete, gab es sogar einen beachtlichen Rabatt. Ich schickte den beiden eine Nachricht und drückte die Daumen, dass das Zimmer noch nicht vergeben war. Andere vielversprechende Möglichkeiten hatte ich nämlich nicht in Aussicht.

Den Kopf voller Bilder von schicken Apartments, großen Stücken Roquefort und einer erblühenden Freundschaft mit einem französischen Käsehändler ging ich ins Bett. Ich konnte kaum glauben, wie schnell sich mein Schicksal in dieser magischen Stadt gewandelt hatte, und verstand gar nicht, worüber ich mir an diesem Morgen so viele Sorgen gemacht hatte.

Wenn man bedachte, dass ich noch nicht einmal eine Woche in Paris war, lief es ziemlich gut. Ich hatte einen Job, einen beständigen Nachschub an köstlichem Käse und kannte sogar schon den echten Namen von Mr Cheeseman.

Kapitel 12

Als ich den Küchenhilfe-Job im Flat White annahm, war mir nicht klar, dass ich meinen geheimnisvollen französischen Traummann bereits am darauffolgenden Tag sehen würde. Und ganz sicher rechnete ich nicht damit, dann erschöpft und verschwitzt zu sein.

Gott sei Dank verlief meine erste Schicht sehr viel besser als erwartet. Ich fand es erfrischend, nicht an einen Büroschreibtisch gebunden zu sein, und genoss die Freiheit, in der Küche herumzulaufen, auch wenn sie winzig war. Der ständige Zugang zu gutem Kaffee war ein riesiger Bonus. Als ich nachrechnete, wie viel ich dadurch sparte, lohnte sich die Küchenarbeit umso mehr.

Mein anfangs nicht so positiver Eindruck von Chris zerstreute sich zum Glück rasch, als ich ihn besser kennenlernte. Hinter der Fassade, die ich für Arroganz gehalten hatte, entdeckte ich, dass er süß, witzig und übertrieben ernst war, sobald es um Kaffee ging. Während der Flauten beim Bedienen standen wir zusammen und quatschten.

»Und was hat dich nach Paris gebracht?«, stellte Chris die Standardfrage der Expats.

»Veränderung«, antwortete ich. »Ich brauchte einen Tapetenwechsel.«

»Kenne ich. Melbourne kann einem manchmal winzig vorkommen, stimmt's?«

»Allerdings.«

»Was hast du noch mal gearbeitet, bevor du herkamst? Es war in einem Unternehmen, oder?«

»In einem Verlag.«

»Bist du Schriftstellerin?«

»Nicht wirklich. Ich habe zwar immer gern geschrieben, bin aber irgendwie auf der wirtschaftlichen Seite des Buchgeschäfts gelandet, als Assistentin. Das war mit ein Grund, warum es mir so leichtfiel, mein Leben dort aufzugeben und herzukommen.«

Chris nickte.

»Und was hat dich nach Paris verschlagen?«, fragte ich. »Die Begeisterung für guten Kaffee wohl kaum?«

»Nein, die Begeisterung für französische Frauen. Ich kam her, um mich ständig neu zu verlieben.«

Ich lachte, aber Chris meinte das keineswegs als Scherz. Seine schamlose Besessenheit von *les femmes françaises* war aber echt liebenswert.

»Ich bin total in sie verknallt, Ella. Ich bin besessen von den Brigittes, Charlottes und Marions in diesem Land.«

Ich bewunderte seine Ehrlichkeit und entschied, es beim nächsten Mal ähnlich zu machen, wenn mich jemand fragte, warum ich in Paris war: *Weil ich nicht wusste, was ich nach der Trennung von meinem Freund tun sollte. Ein Stück Comté brachte mich dann auf die Idee.* Es konnte allerdings schwierig werden, das rüberzubringen, ohne total verrückt zu wirken.

Ich wollte mich nach Schichtende gerade auf den Weg

ins Hotel machen, als der attraktive Franzose durch die Tür spaziert kam.

Mist!, fluchte ich innerlich und strich mein Haar glatt.

Unschlüssig blieb ich stehen. Sollte ich jetzt schnell verschwinden oder noch ein bisschen bleiben, um zu sehen, ob ich etwas über meinen Espresso trinkenden Traumtypen herausfinden konnte?

Ich sagte Chris, dass ich mich entschieden hätte, noch einen Kaffee zu trinken.

»Den üblichen Flat White?«, fragte er und zog grinsend die Brauen hoch. Anscheinend hatte er mich durchschaut.

»Nein, ich nehme einen Espresso«, antwortete ich leise.

Ich konnte spüren, dass der Franzose hinter mir stand. Es fühlte sich an, als würden seine Augen Löcher in meinen Kopf brennen. Wie gern hätte ich mich umgedreht und ihn angeschaut, aber ich wollte eine gewisse Gelassenheit bewahren. Sicherheitshalber nahm ich meine Espressotasse mit beiden Händen, damit sie nicht so zitterten, und ging hinaus zu der Bank. Ich setzte mich und konzentrierte mich auf das Ein- und Ausatmen, merkte, wie sich mein Herzschlag wieder normalisierte.

Für einen Moment schloss ich die Augen.

»Je peux?«, fragte eine tiefe, sexy Stimme.

Ich riss die Augen auf und sah ihn vor mir stehen. Er zeigte auf den leeren Platz neben mir. »Ah. *Oui*«, stotterte ich das grundlegendste aller französischen Wörter.

Der attraktive Mann setzte sich, stellte seinen Espresso neben sich auf die Bank und zog eine Packung Zigaretten aus der Tasche. Mühelos zündete er sich eine an, sah umwerfend lässig dabei aus.

»*Vous en voulez une?*«, fragte er, weil er sich vermutlich wunderte, warum ich ihn anstarrte.

»Oh. *Non, merci.*« Nachdem ich nach weiteren Wörtern auf Französisch gesucht hatte, um mit meinen Sprachkenntnissen zu glänzen, gab ich schließlich auf und fügte auf Englisch hinzu, dass ich nicht rauchte.

»Sie sind Britin?«, fragte er.

»Australierin. Und ich nehme an, Sie sind Franzose?« Ich weiß nicht, was für eine Macht dieser Mann über mich hatte, aber ich war nicht in der Lage, in seiner Gegenwart irgendetwas Intelligentes zu sagen.

»Ja. Warum sind Sie in Paris?«

»Ich nehme mir ein Jahr Auszeit von meinem Job«, erzählte ich. Einem gut gekleideten, attraktiven Pariser gegenüber war ich zu feige, mich an meine von Chris inspirierte Ehrlichkeit zu halten.

»Und es gefällt Ihnen, hier als Barista zu arbeiten?«, fragte er und deutete mit dem Kopf nach hinten zum Café. Ich spürte förmlich, dass Chris uns wie ein Habicht beobachtete.

»Klar, es ist nicht übel. Ich suche nach etwas Ernsthafterem, aber für den Moment macht es Spaß.« Ich schenkte es mir, ihn dahingehend zu korrigieren, dass ich in der Küche arbeitete. *Wer schert sich schon um die Bedeutung einzelner Wörter?*

Der geheimnisvolle Mann leerte seinen Espresso mit zwei Schlucken und schaute auf seine Armbanduhr. Ich bekam Panik, dass er womöglich gehen musste, und war enttäuscht, dass ich keine Zeit gehabt hatte, um einen besseren Eindruck zu hinterlassen.

»Haben Sie heute Abend schon etwas vor?«, platzte ich heraus.

»Ich treffe mich in etwa einer Stunde mit Freunden. Vielleicht haben Sie ja Lust, mit mir vorher noch etwas zu trinken?«, schlug er vor. »Ich würde gern mehr über Australien erfahren.«

Für einen Moment war ich sprachlos und zu sehr mit Rotwerden beschäftigt, um sofort zu antworten.

»Klar«, gelang es mir schließlich herauszupressen. »Ich bin später auch noch mit Freunden verabredet, das Timing passt also perfekt.«

Natürlich log ich über mein gesellschaftliches Abendprogramm, aber das brauchte dieser verführerische Franzose ja nicht zu wissen.

Ich brachte unsere Tassen schnell hinein, während mein Date – *war es zu früh, um ihn so zu bezeichnen?* – draußen auf mich wartete.

»Alles in Ordnung?«, fragte Chris und wirkte verwirrt.

»Yep. Wir gehen was trinken«, sagte ich und war mir darüber im Klaren, dass ich grinste wie eine Geisteskranke.

»Du und Gaston?«, fragte Chris und klang überrascht.

»Genau. Ich und Gaston.«

Könnte er einen noch französischeren Namen haben? Ihn laut auszusprechen genügte, dass mir ganz heiß wurde.

Gaston steckte den Kopf durch die Tür, um zu sehen, ob ich fertig war.

»Finde heraus, ob er Single ist«, flüsterte Chris mir zu, als ich das Café verließ.

Als wir die Straße entlanggingen, grübelte ich darüber nach, was Chris mit seiner Bemerkung wohl gemeint hatte.

»Ich bin übrigens Ella«, beendete ich das Schweigen zwischen uns.

»Gaston.«

»Ich weiß.« Das kam ein bisschen so rüber, als wäre ich ein Stalker.

Wir setzten uns an einen winzigen Tisch vor einem typisch französischen Café im Marais. Unsere Stühle standen so dicht zusammen, dass ich Gastons Rasierwasser riechen konnte und aufpassen musste, dass sich unsere Beine nicht berührten. Aber obwohl ich seinen Anblick genoss, hemmte es mich, ihm so nah zu sein. Seine markanten Wangenknochen und die dunklen grüblerischen Augen schienen meinem Bauch ein Eigenleben zu verleihen.

Gaston bestellte zwei Gläser Rosé und ein bisschen Eis.

»Wir nennen das ein *piscine*«, sagte er und ließ zwei Eiswürfel in sein Glas gleiten.

»So wie Swimmingpool?«, fragte ich.

»*Oui*«, antwortete er.

»Aber ich dachte, es käme einer Entweihung gleich, Eis in Wein zu geben«, trällerte ich süffisant.

»Ah, aber es ist Sommer, und in Frankreich machen wir das so.« Er zuckte mit den Schultern. »Aber Sie haben natürlich recht, man würde das nie mit richtig gutem Wein machen.«

Ich fühlte mich, als hätte ich gerade ein Sternchen bekommen.

Der Rosé war kühl und erfrischend, und nach einem langen Arbeitstag bettelte er förmlich darum, rasch ausgetrunken zu werden. Ich nahm einen großen Schluck, um meine Nerven zu beruhigen und mir Zeit zu verschaffen, damit ich überlegen konnte, was ich sagen sollte.

Von mir zu erzählen war das Letzte, was ich wollte, wenn ein so attraktiver Mann neben mir saß; es gab zu viel Raum für Peinlichkeiten.

»Und was machen Sie in Paris?«, fragte ich deshalb, bevor *er* fragen konnte.

»Oh, dies und das«, sagte er – ziemlich reserviert. »Aber erzählen Sie mir von sich. Erzählen Sie mir von Australien. Wie bereitet man ein Känguru am besten zu?«

Machte er Witze? Seine Frage irritierte mich. Ich lachte angestrengt und umriss grob mein Leben in Melbourne, wobei ich so viel wie möglich beschönigte. Offenbar leistete ich gute Arbeit, denn er wirkte ehrlich interessiert, stellte eine Menge Fragen und ließ mich reden.

Er gab sich völlig entspannt, hatte die Beine übereinandergeschlagen, das Hemd gerade weit genug aufgeknöpft, um mir einen Eindruck von seiner gebräunten Brust zu geben. Genießerisch trank er seinen Wein, als täte er sein Leben lang nichts anderes.

Mir entging nicht, wie die anderen Frauen, die an uns vorbeikamen, ihn musterten. Er wirkte auf sie offenbar wie ein Leuchtfeuer. Sobald ihr Blick auf mich fiel, konnte ich ihre Eifersucht beinahe körperlich spüren. Gaston hingegen schien nur Augen für mich zu haben, während er mit mir flirtete. Irre. Es war so lange her, dass ich bei einem Mann im Zentrum der Aufmerksamkeit gestanden hatte, dass es mir sofort zu Kopf stieg und mir schwindelig wurde.

»Und wo wohnen Sie?«, fragte Gaston bei unserem

zweiten köstlichen Glas Wein. *War er etwa auf einen One-Night-Stand aus?*, fragte ich mich.

»In einem wunderschönen kleinen Hotel die Straße runter«, antwortete ich und war froh, dass ich an einem so schicken Ort ein Zimmer gebucht hatte. »Aber ich bin nur selten da.« Eilig versuchte ich, ihm den Eindruck zu vermitteln, dass mein gesellschaftlicher Terminkalender aus allen Nähten platzte. »Es ist die perfekte Jahreszeit für Picknicks an der Seine oder im Jardin du Luxembourg.«

Dann beschrieb ich ihm ausführlich meine Besessenheit von der unglaublichen Auswahl an Delikatessen in französischen Feinkostläden und Supermärkten. Ich übertrieb nicht, als ich ihm erzählte, dass ich meine ganze Zeit damit verbringen könnte, durch die Gänge zwischen den Regalen zu spazieren und mir die Produkte anzusehen. Allein die überwältigende Auswahl an Joghurts und Fertig-Desserts genügte schon, um mich stundenlang zu beschäftigen.

»Sie essen also gern?«, fragte er.

»Unglaublich gern«, bestätigte ich euphorisch. »Vor allem Gerichte der französischen Küche. Und ich habe ein Käsegeschäft gefunden, nach dem ich geradezu süchtig bin.«

Obwohl ich genau das vermeiden wollte, plapperte ich nun munter drauflos. Ich zwang mich daher, meine Schwärmereien über Serges Geschäft zu beenden, bevor ich den Anschein erweckte, Käse-besessen zu sein.

»Aber erzählen Sie mir noch ein bisschen von sich. Leben Sie allein?« Ich kam direkt auf den Punkt.

Als er mir daraufhin verriet, dass er seit fast zehn Jahren allein in seinem Apartment wohnte, bekam ich das Lächeln nicht mehr aus dem Gesicht.

Zwischen der Verzückung über Gastons gutes Aussehen und seine charmante Persönlichkeit gelang es mir, ein paar weitere Informationen zu sammeln. Ich erfuhr, dass er gebürtiger Pariser war und nie woanders gelebt hatte. Er war hier zur Schule gegangen, hatte hier studiert und verbrachte wie viele wohlhabende Pariser seinen Urlaub an der Côte d'Azur. Er erzählte mir, dass er sich schon jahrelang wünsche, einmal nach Australien zu reisen. Er stelle sich vor, dass dort alles so entspannt und schön sei. *Möglicherweise könnte ich ihm dabei behilflich sein …*

Ich hatte ganz vergessen, dass Gaston an diesem Abend noch etwas vorhatte, und war enttäuscht, als er auf seine Uhr schaute und sagte, dass er nun gehen müsse. Er legte einen 20-Euro-Schein auf den Tisch, stand auf und küsste mich auf beide Wangen. Zog sich das etwas länger hin als nötig? Oder ging jetzt meine Fantasie mit mir durch? Dann bat er mich noch um meine Telefonnummer, die ich ihm mit Freude – und zitternden Händen – auf eine Papierserviette schrieb.

Während ich zusah, wie sein muskulöser Hintern die Straße hinunterspazierte, dachte ich daran, dass Chris mir aufgetragen hatte herauszufinden, ob Gaston Single sei. Ich hatte schon den Eindruck, wollte aber keine voreiligen Schlüsse ziehen und lieber das zweite Date abwarten.

Während ich noch eine Weile vor dem Café sitzen blieb, ließ ich den Abend in Zeitlupe Revue passieren. Und obwohl ich nach einem langen Tag des Geschirrspülens ziemlich erschöpft war, hatte ich den Sattel des Datings recht elegant wieder bestiegen, oder? Wirklich unsicher war ich nur in einem Punkt: ob ich meine Nummer richtig aufgeschrieben hatte.

Mist!

Ich holte mein Handy heraus, um sie zu überprüfen, und sah, dass ich eine Nachricht von den Vermietern in Saint-Germain hatte. Das Zimmer war noch frei, und ich atmete erleichtert auf. Ich hatte eine Bleibe gefunden. Mit Mutter und Sohn zusammenzuleben war zwar nicht die perfekte Lösung, aber wenigstens hatte ich für einen weiteren Monat eine Unterkunft.

Froh, aber nach dem ziemlich schnell getrunkenen Wein auch beschwipst entschied ich, nach Hause zu laufen. Ich schlenderte zurück zum Hotel und stellte mir vor, wie mein Leben in Paris sein würde, falls ich mit Gaston zusammenkam – hier dachte eindeutig der Alkohol für mich mit –, und wurde ganz kribbelig bei der Vorstellung, Arm in Arm mit ihm durch romantische Straßen zu spazieren. Es war verdammt lange her, dass ich Sex gehabt hatte, und die Vorstellung, Gaston den maßgeschneiderten Anzug herunterzureißen, war beinahe mehr, als ich im Moment ertragen konnte.

Kapitel 13

»Also, was ist zwischen dir und Gaston gelaufen?«, fragte Chris, als ich am nächsten Tag in die Küche des Flat White spaziert kam. In seiner Stimme schwang eine Mischung aus Nervosität und Verzweiflung mit, die mich neugierig machte – wieso interessierte er sich plötzlich so sehr für meine sozialen Kontakte?

»Nichts«, antwortete ich. »Wir haben nur ein paar Gläser Wein zusammen getrunken. Wieso? Was weißt du über ihn?«

»Nicht sehr viel, und genau deshalb war ich so überrascht, als ihr beide zusammen weggegangen seid. Er kommt oft mit einem französischen Mädchen her, das ich nett finde. Also, um ehrlich zu sein, würde ich sie gern um ein Date bitten, weiß aber nicht, ob die beiden zusammen sind.«

»Du meinst, Gaston hat eine Freundin?« Ich war entsetzt. »Er hat eindeutige Single-Signale ausgesendet.«

»Keine Ahnung, es ist kompliziert«, sagte er und rieb sich über die Schläfe.

Im alltäglichen Leben wirkte Chris zwar unheimlich selbstbewusst, aber wenn es um seine Flirtereien mit Französinnen ging, wurde er offenbar schnell hysterisch.

»Wieso sagst du mir nicht, was du weißt?«, verlangte

ich. »Warum denkst du, dass Gaston mit jemandem zusammen ist?«

Chris trank einen großen Schluck Wasser, bevor er mir sein – überraschend detailliertes – Wissen über Gastons Liebesleben vermittelte. »Also, Ende letzten Jahres, als du vermutlich noch nicht einmal mit dem Gedanken gespielt hast, nach Paris zu kommen, hatten wir hier eine Präsentationsfeier von diesem Start-up Food To Go Go. Ein Schotte, den ich mittlerweile Tim nenne, hat die Firma gegründet, genau genommen eine Essen-Lieferservice-App, richtig cool. Sie arbeiten an …«

»Chris, zurück zu Gaston«, holte ich ihn wieder in die Spur. Er hatte die Neigung, beim Erzählen so weit abzuschweifen, dass er irgendwann nicht mehr wusste, was er eigentlich hatte sagen wollen.

»Richtig. Also, diese Party … Ich lernte eine umwerfende Französin namens Clotilde kennen. Es gibt schöne Frauen, und es gibt Clotilde. Gott, allein beim Gedanken an sie wird mir ganz heiß.«

»Yep«, sagte ich. »Und?«

»Also, Clotilde sieht toll aus, und ich dachte, sie ist bestimmt ein Miststück, aber sie ist sogar echt nett, also nahm ich mir vor, sie bei unserer nächsten Begegnung um ein Date zu bitten. Der einzige Haken daran war, dass sie beim nächsten Mal mit Gaston herkam, um einen Kaffee zu trinken. Ich wollte keine vorschnellen Schlüsse ziehen, aber ich hatte den Eindruck, dass die beiden zusammen waren. Nun, vielleicht sind sie auch nur alte Freunde. Jedenfalls schienen sie sehr eng miteinander zu sein. Nachdem Clotilde dann ein paar Wochen lang immer allein hier war, hatte ich mich gerade entschieden, sie doch um ein Date zu bitten, und dann kam sie wieder mit Gaston. Jedes Mal, wenn sie allein kommt, versuche ich, ihr mehr Informationen zu entlocken, aber im Grunde bin ich ratlos.«

»Wieso habe ich sie noch nicht gesehen?«

»Es ist erst deine zweite Schicht. Aber möglicherweise wirst du sie auch nicht sehen, sie kommt meist an den Werktagen her, und auch dann höchstens einmal in der Woche. Ihr Büro ist ein Stück die Straße hinunter.«

»Warum sollte mich Gaston auf einen Drink einladen, wenn er eine tolle Freundin hat?«, äußerte ich meine Besorgnis laut, aber Chris war keine große Hilfe.

»Ich hatte gehofft, dass du genau das herausfinden könntest«, sagte er. »Aber so wie es aussieht, lebt das Geheimnis wohl vorerst weiter.«

»Sollte sie jemals hier auftauchen, wenn ich da bin, holst du mich sofort, okay?«, rief ich Chris nach, während er wieder nach vorn ins Café eilte. »Ich will meine potenzielle Konkurrentin sehen.«

Bevor ich michs versah, war mein Aufenthalt im Hôtel du Petit Moulin vorbei. Obwohl ich es bedauerte, von den damit verbundenen Bequemlichkeiten Abschied zu nehmen (wozu auch der Luxus gehörte, dass jeden Tag mein Bett gemacht wurde), funktionierte der Umzug zu »Mutter und Sohn« nahtlos. Und in natura war meine neue Bleibe noch spektakulärer als auf den Fotos: Hohe Decken und große Fenster verliehen den Räumen eine majestätische Atmosphäre, die vervollständigt wurde durch Antiquitäten aus dunklem Holz und kunstvolle Läufer auf dem Parkettboden. Es wirkte wie das Zuhause von altem Geldadel in jenen französischen Filmen, in denen große Familien ganze Etagen eines Gebäudes bewohnen und Komödien und/oder Dramen ihren Lauf nehmen.

Meine neuen Vermieter waren recht »speziell«: die glamouröse französische Mutter mit silbernem Haar und wichtiger Miene und ihr flaumbärtiger vierzig Jahre alter Sohn Jean-Pierre. Wir kommunizierten mittels Übersetzungs-App, meinem Schulfranzösisch und Pierres Schulenglisch. Obschon die beiden immer freundlich zu mir waren, verbrachten sie viel Zeit damit, sich auf Französisch zu zanken, wenn sie dachten, ich bekäme es nicht mit. Keiner der beiden arbeitete, also saßen sie die meiste Zeit im offiziellen Wohnzimmer, tranken Tee und hörten klassische Musik.

So viel dazu, dass sie angeblich nie zu Hause waren!

Also versuchte ich, möglichst viel unterwegs zu sein, und entschied eines Nachmittags in meiner zweiten Woche dort, ins Marais zu gehen und meine keimende Freundschaft mit Serge zu pflegen. Ich war nicht sicher, ob er eine leicht verwirrte Australierin in seinem Leben wollte oder brauchte, aber seit unserer ersten Begegnung war er sichtlich aufgetaut, und ich fand, dass es einen Versuch wert war.

»Schon wieder hier?«, fragte Serge und sah mich mit hochgezogenen Brauen an, als ich eintrat.

»Es ist fast zwei Wochen her«, protestierte ich. »Und ich komme einfach nicht dagegen an. Ich verliebe mich immer mehr in Ihren Käse.«

»Sie sollten darauf achten, nicht zu viel zu essen«, sagte

er mit ernster Miene und betrachtete mich über die Theke hinweg.

Verdammt, er hatte mich bereits in die Käse-Vielfraß-Schublade gesteckt.

»Alles ist in Maßen besser. Nichtsdestotrotz habe ich gerade eine Lieferung bekommen, die Sie interessieren dürfte.« Serge lächelte.

Doch noch eine Empfehlung? Jetzt wurde ich richtig übermütig. Ich musste allerdings an meinen schauspielerischen Fähigkeiten arbeiten, um vorzugeben, dass mein Gaumen französisch genug war, um damit umzugehen.

»Hm«, murmelte ich nervös und fragte mich, ob der heutige Käse noch intensiver als der Roquefort vom letzten Mal sein würde.

»Ich habe einen Ziegenkäse, einen Sainte-Maure de Touraine. Als junger Käse ist er blass, weiß und weich, und wenn er altert, wird er dunkler und der Geschmack intensiver. Der hier ist jetzt alt und muss gekostet werden.« Er reichte mir ein Stück.

»Okay, dann probiere ich mal«, sagte ich und schob mir das Stück in den Mund. Serge tat das Gleiche in einer spiegelverkehrten Bewegung. Der Käse schmeckte fruchtig, aber frisch, locker in der Mitte, nach außen hin war er zähflüssiger und feuchter. Ich schloss die Augen und versuchte, dieses Geschmackserlebnis in Ruhe zu genießen, verschlang es am Ende jedoch gierig.

»Davon nehme ich etwas«, sagte ich und hätte am liebsten den ganzen Käse gekauft.

»*D'accord*«, antwortete Serge und packte mir ein Stück ein.

Ich zermarterte mir das Hirn auf der Suche nach einem Thema, mit dem ich unser Gespräch fortsetzen konnte, um über die Grenzen der Kundin-Verkäufer-Beziehung hinauszukommen.

»Sie haben hier echt viel Käse« war das Beste, das mir einfiel.

»Sonst wäre es keine gute *fromagerie*«, sagte Serge lächelnd.

»Wissen Sie was? Während ich hier lebe, werde ich jede französische Käsesorte probieren«, verkündete ich spontan.

»Das können Sie nicht!«, schrie er förmlich.

»Wie meinen Sie das?«

»Es gibt sehr viele verschiedene Arten.«

»Zum Glück, denn ich liebe Käse.«

»Nein, im Ernst, das ist eine verrückte Idee.« Er wirkte besorgt.

»Nun, ich halte es für eine tolle Idee«, widersprach ich.

»Vermutlich wissen Sie nicht, wie viele verschiedene Käsesorten es in Frankreich gibt.«

»Stimmt. Aber ich schätze mal um die hundert. Es dürfte nicht schwer sein, sie alle zu probieren.«

Serge lachte. »Das würde ich gern sehen. Und für mich wäre es ein prima Geschäft.«

»Okay, warum nicht? Ich habe schon schwierigere Dinge in meinem Leben getan. Das wird eine lustige Herausforderung.« Ich war äußerst zuversichtlich und hatte Lust, Serge ein wenig zu provozieren. Einen Job und eine Unterkunft zu finden hatte mir das Gefühl gegeben, alles in diesem Land schaffen zu können, und dass Serge mir etwas anderes sagte, entfachte mein Feuer nur noch mehr.

»Das wird eine *riesige* Herausforderung«, sagte er. »Ich bin nicht sicher, ob Sie es schaffen werden.«

»Wollen wir wetten?«, schlug ich im Scherz vor.

»Ja. Und ich halte es für unmöglich, dass Sie diese Wette gewinnen.«

»Wo bleibt Ihr Vertrauen in mein Durchhaltevermögen, Serge?«

»*D'accord*«, sagte er. »Wenn Sie sich sicher sind: Ich wette mit Ihnen, dass Sie es nicht schaffen, innerhalb eines Jahres alle französischen Käsesorten zu probieren.«

Ich lachte. »So schwer kann das nicht sein. Ein paarmal in der Woche Käse zu essen klingt für mich eher paradiesisch. Und was bekomme ich, wenn ich gewinne? Werde ich dann in diese Ruhmeshalle der Käse-Esser aufgenommen? Hängen Sie mein Foto an die Wand?«

»Okay, Ella. In dem ziemlich unwahrscheinlichen Fall, dass Sie es schaffen, alle Arten von Käse zu probieren, führe ich Sie zum Dinner ins Tour d'Argent aus. Abgesehen davon, dass es dort eine hervorragende Käseauswahl gibt, ist es eines der ältesten Restaurants von Frankreich. Quasi eine Institution.«

Wow, das war jetzt aber schnell eskaliert! Es musste auch eines der teuersten Restaurants der Stadt sein.

»Okay«, antwortete ich und dachte nicht wirklich darüber nach, was das bedeutete. »Abgemacht. Ich liebe Abendessen im Restaurant.«

»Also, wenn Sie die Wette gewinnen, führe ich Sie zum

Abendessen aus. Sollten Sie es nicht schaffen, laden Sie mich ein?«

»Serge, die Wette gilt.« Ich reichte ihm über die Theke hinweg die Hand, um unsere Vereinbarung zu besiegeln. Ich fühlte mich wie unter Strom, und mir schwirrte der Kopf angesichts dieser Perspektive: Käse essen und von meinem neuen Freund ein luxuriöses Abendessen gewinnen. Allerdings fügte ich nach dem Handschlag sicherheitshalber hinzu, dass ich ihn – in dem unwahrscheinlichen Fall, dass ich verlieren sollte – zum Abendessen in einen authentischen australischen Pub ausführen würde. Jemanden ins Tour d'Argent einzuladen konnte ich mir ganz sicher nicht leisten.

»Okay, und nenn mich bitte Serge. Ich wünsche dir viel Glück, Ella, auch wenn du keine Chance hast.« Serge zwinkerte mir zu.

»Und wie viele französische Käsesorten gibt es nun genau?«, fragte ich und schaute mich in dem Laden um, da sich endlich auch mein Gehirn zugeschaltet hatte.

»Über 365 Arten«, antwortete er. »Aber der Einfachheit halber einigen wir uns auf 365. Du hast wohl nie de Gaulles berühmtes Zitat gehört über die Unmöglichkeit, ein Land zu regieren, das so viele Arten von Käse hat?« Er grinste mich verschlagen an, als hätte er mich gerade ausgetrickst.

»365 Arten? Im Ernst? Du übertreibst doch.«

»365, aber wegen des Sainte-Maure de Touraine hast du nur noch 364 vor dir.«

O Gott, worauf hatte ich mich da eingelassen?

Kapitel 14

Als ich an jenem Abend zu Haus ankam, fand ich Jean-Pierre und seine Mutter Tee trinkend im Wohnzimmer vor. Mal wieder. Die Mutter winkte mich zu sich, schenkte mir eine Tasse ein und bedeutete mir, ihnen Gesellschaft zu leisten. Ich stimmte nur widerwillig zu, da ich so schnell wie möglich in mein Zimmer gehen und den Sainte-Maure essen wollte.

Mit Hilfe von Jean-Pierre und seiner Übersetzungs-App fragte mich seine Mutter, wie es in meinem Job laufe und wie mir Paris gefalle. In unserer seltsamen Drei-Wege-Konversation – samt technischer Fehlerquote – erzählte ich ihnen, dass ich die Stadt liebe und es im Job gut laufe. Sie nickte und bat Jean-Pierre, noch etwas anderes zu übersetzen, was ich, bis auf das Wort *amour*, nicht verstand. Jean-Pierre antwortete seiner Mutter schnell und wütend, und sie zischte etwas zurück, bevor sie aufstand. Ich erhob mich ebenfalls und langte nach meiner Tasse, um sie wegzubringen, aber seine Mutter schubste mich förmlich zurück auf das Sofa und sagte, ich solle sitzen bleiben. Dann verschwand sie in Richtung Küche.

Ich fragte Jean-Pierre, wie sein Tag gewesen sei, und er antwortete mit nur einem Wort. Er vermied Augenkontakt. Ich blieb noch ein paar Minuten sitzen, dann stand ich auf und ging in mein Zimmer. Allmählich fragte ich mich, ob diese Unterkunft es wert war, in komplizierte Familienkonstellationen hineingezogen zu werden.

Verdammter Mist!, fluchte ich, nachdem ich im Internet meine größten Befürchtungen bestätigt gefunden hatte. Serge hatte recht: Es gab mehr als 365 Käsesorten in Frankreich. Je mehr ich recherchierte, desto deutlicher wurde mir bewusst, dass ich den Mund möglicherweise zu voll genommen hatte. Bei dem Gedanken an Käse tagein, tagaus wurde mir plötzlich übel.

Ich ging die potenziellen Nachteile dieser Wette durch. So viel Käse zu kaufen würde mein Budget ziemlich belasten – und meine Taille auch, wenn ich genauer darüber nachdachte.

Ich war nicht einmal sicher, ob mein – bisher – so unersättlicher Appetit auf Käse bei einer täglichen Dosis bestehen bleiben würde. In jedem Fall hoffte ich, dass meine übereifrige Prahlerei nicht meine Liebe zu Käse gefährdete – oder meinen zukünftigen Status als Mr Cheesemans Lieblingskundin.

Vielleicht sollte ich so tun, als hätte es diese Wette nie gegeben, und nie wieder in der *fromagerie* auftauchen. Aber gewettet ist gewettet, und Serge war einer der wenigen Menschen in Paris, die meinen Namen kannten. Ich wollte nicht auf ihn verzichten. Oder auf den Käse.

Ich starrte auf das Stück Sainte-Maure und konnte es *beinahe* nicht ertragen, ihn zu essen.

Aber dann schnitt ich doch kleine Stücke des würzigen Ziegenkäses mit Ascherinde ab und kombinierte sie mit dunklen Feigen, die ich unterwegs auf dem Markt gekauft hatte. Die Kombination schmeckte sommerlich und leicht, und jeder Bissen löste ein solches Hochgefühl aus, dass ich immer mehr wollte.

Während ich aß, stellte ich mir vor, wie ich jeden Tag eine andere Käsesorte ausprobieren würde – ein Jahr lang. Plötzlich musste ich lächeln.

Mindestens ein Käse pro Tag, ein Jahr lang … Das konnte ich schaffen. Die berauschende Mischung aus Feigen und Ziegenkäse erfüllte mich mit Zuversicht, und ich kam zu dem Schluss, dass es keinen vernünftigen Grund gab, warum ich diese Wette nicht gewinnen sollte, wenn ich mich anstrengte.

Und das Ganze hatte durchaus Vorteile: Es würde mir während meines Aufenthalts hier eine zusätzliche Aufgabe geben, meine Freundschaft mit Serge festigen und mir einen perfekten Grund liefern, alle Details über dieses Nahrungsmittel zu lernen. *Mein Gott, nach Ablauf des Jahres könnte ich zu einer Expertin geworden sein. Ich könnte Käse nach Australien exportieren; ich könnte ein Buch über Käse schreiben!*

Es fühlte sich ein bisschen durchgeknallt an, sich auf eine solche Herausforderung einzulassen. *365 Käsesorten an 365 Tagen.* Allmählich hörte es sich richtig lustig an.

Ich schenkte mir ein Glas Wein aus der Notfallflasche ein, die ich unter dem Bett hortete.

»Ich nehme die Herausforderung an«, sagte ich und prostete mir zu. Dann tanzte ich durchs Zimmer und sang: »Ich kann das schaffen. Ich werde es schaffen. Es wird wunderbar!«

Um eine Erinnerung an diesen Moment zu haben, arrangierte ich mein Weinglas, den Rest Ziegenkäse und die Feigen auf der Fensterbank. Im Hintergrund sah man die Dächer von Paris. Ich machte mit meinem Handy ein Foto, und das Ergebnis war durch und durch pariserisch. Bisher hatte ich nie zu den Leuten gehört, die Bilder von Essen auf Social Media posten, aber jetzt öffnete ich mein Instagram. Ich zögerte kurz und entschied dann, einen neuen Account einzurichten. Mit ein paar Klicks hatte ich *365 Tage Käse – ein Fototagebuch über mein Jahr in Paris* ins Leben gerufen.

Ich postete das Sainte-Maure-Foto mit der Bildunterschrift: *Käse Nummer 1 meiner Wette, 365 Käsearten an 365 Tagen zu essen. Folgt meinen Abenteuern, während ich mich durch die stinkendsten, klebrigsten und hässlichsten französischen Käse arbeite.*

Als Zugabe fügte ich noch ein paar Essen- und Paris-Hashtags hinzu. Ich kicherte leise und schickte Billie den Namen des Accounts und war mir sicher, dass ich zumindest einen Follower haben würde.

Als ich am darauffolgenden Morgen meinen Instagram-Account checkte, um zu sehen, ob Billie das Käsefoto gelikt hatte, wäre mir vor Überraschung fast das Handy aus der Hand gefallen.

Vierzig neue Follower?

Ich war platt. Über Nacht hatten sich vierzig Leute entschieden, meinem Käseabenteuer in Paris zu folgen. Auf meinem normalen Account hatte ich einhundertzwanzig Follower, und der existierte schon seit Jahren. Mein Gefühl sagte mir, dass die Käsefotos diese Zahl schon in ein paar Tagen in den Schatten stellen würden.

Vielleicht war ich mit dieser Herausforderung an etwas Großem dran.

Ich hatte auch eine Nachricht von Billie, die mir zu meinem Social-Media-Talent gratulierte und mir erzählte, dass sie für Oktober einen Trip nach Paris plane.

Bis dahin waren es nur noch ein paar Monate!

Alles fügte sich. Ich mauserte mich zu einer legendären, Käse essenden Single-Frau in Frankreich. Ich hatte eine Einkommensquelle – wenn auch nicht gerade einen glamourösen Job –, ein paar beginnende neue Freundschaften und jetzt auch noch eine Aufgabe für mein Leben in Paris: Käse. Und obendrein schien die Sonne.

Als ich am übernächsten Sonntag von der Arbeit nach Hause gehen wollte – nach einem enttäuschenden Wochenende, an dem Gaston nicht aufgetaucht war –, versuchte ich, nicht an Männer zu denken, sondern mich auf Käse zu konzentrieren. Ich wollte Serge nicht enttäuschen – oder ihn schon früh in Führung gehen lassen. Außerdem waren meine Instagram-Follower hungrig und warteten.

An Käse herrschte in Paris kein Mangel, aber Cafés zu finden, die mehr als die Standartauswahl anboten, war eine größere Herausforderung. Ich hatte ein paar Tage zuvor ein nett aussehendes Café nur ein paar Blocks von meiner Arbeitsstelle entfernt entdeckt. Dort wollte ich das Ende meines Arbeitswochenendes stilvoll feiern. Bevor ich mich setzte, ließ ich den Blick umherschweifen, um mich zu vergewissern, dass Jean-Pierre nirgendwo zu sehen war. Ich hatte bereits eine unangenehme Zufallsbegegnung mit ihm gehabt, als ich mich eine Woche zuvor gerade auf den Nachhauseweg von der Arbeit machte. Ich war so überrascht gewesen, ihn außerhalb des Apartments zu sehen, dass ich ihn erst im letzten Moment erkannte und keine Zeit mehr hatte, schnell irgendwo abzubiegen.

»Arbeitest du hier?«, hatte er gefragt und auf das Flat White gezeigt.

Er wechselte unbehaglich von einem Fuß auf den anderen. Ich hatte mit Hm und Ähä geantwortet, war nicht sonderlich erpicht gewesen zu bestätigen, wo ich arbeitete, aus Sorge, dass er dort womöglich eines Tages aufkreuzen würde, um einen Kaffee zu trinken. Also antwortete ich mit einer Gegenfrage. »Und was machst du auf dieser Seite der Seine?«

»Shoppen. Mum hat bald Geburtstag.«

Automatisch schaute ich auf seine Hände, in denen sich keine einzige Einkaufstüte befand. Er schien meinen überraschten Blick jedoch nicht zu bemerken.

»Ich bin gerade auf dem Nachhauseweg«, fuhr er fort. »Und was hast du jetzt vor?« Bei der Vorstellung, mit ihm zusammen nach Hause zu gehen, bekam ich Panik, also log ich, dass ich noch mit einem Freund verabredet sei. Ich verabschiedete mich rasch und marschierte davon, vergewisserte mich kurz, dass er in die andere Richtung ging. Ich konnte nicht konkret sagen, was ich so gruselig an ihm fand, doch solange er Abstand hielt, sollte er nicht zu einem Problem werden.

Jetzt verbannte ich Jean-Pierre aus meinen Gedanken und bestellte mir ein Glas Weißwein und dazu einen Saint-Marcellin: einen Käse mit weicher Rinde aus der

Rhône-Alpes-Region. Auf dem Teller war es eine recht übersichtliche Portion, beinahe kein ernst zu nehmender Gegner, aber zum Glück hatte er es in sich. Die kräftige gelbliche Kugel aus Kuhmilch war so faltig wie eine haarlose Katze. Zugegebenermaßen nicht attraktiv, dafür aber süchtig machend, was bei vielen französischen Käsesorten der Fall zu sein schien. Ich schoss schnell ein paar Fotos von dem Saint-Marcellin, der im dämmrigen Sonnenlicht noch appetitlicher wirkte, und lud die Bilder in meinen Instagram-Account. Seit ich angefangen hatte, über Käse zu berichten, war die Zahl meiner Follower auf zweihundert gestiegen, und die meisten Kommentare zeugten von ernsthaftem Interesse. Nach jedem hochgeladenen Post erhielt ich Fragen zum Geschmack, wie reif man den Käse am besten essen sollte und wo man ihn kaufen konnte. Während ich die verschiedenen Käsesorten probierte, musste ich über sie recherchieren – natürlich nur, wenn Serge gerade nicht verfügbar war, um mich mit den nötigen Informationen zu versorgen, und ich erwähnte immer mehr Details, um meine Follower glücklich zu machen.

Wieder ein Käse weniger, nur noch 340 vor mir, dachte ich ein bisschen eingeschüchtert, aber auch fröhlich. Ich hatte mir gerade einen Bissen in den Mund geschoben, als mein Handy klingelte. Die Nummer des Anrufers war unterdrückt. Mir fiel sofort Jean-Pierre ein, und ich bekam Panik. Noch beängstigender war jedoch die Frage: *Könnte es Gaston sein?*

Es war fast drei Wochen her, seit ich ihm meine Telefonnummer gegeben hatte, und die ganze Zeit hatte ich sehnsüchtig gehofft, er würde sich melden. Rasch schluckte ich das Stück Käse in meinem Mund herunter, bevor ich ranging.

»*Bonjour*«, meldete ich mich mit meinem besten französischen Akzent.

»Ella, Schatz, du hast dich eine Ewigkeit nicht gemeldet!«

Es war meine Mutter.

»Mum, so lange ist es nun auch nicht her. Wieso unterdrückst du deine Nummer?«

»Hast du meine E-Mails nicht bekommen?«

»Nein.« Diese Situation schrie zwar nach einer Notlüge, aber ich hatte die E-Mails wirklich nicht bekommen. »An welche Adresse hast du sie denn geschickt?«

»Weiß ich nicht mehr, EllaHotHotBooty bei hotmail oder so ähnlich.«

Ich verdrehte die Augen. »Mum, diese Adresse benutze ich nicht mehr, seit ich dreizehn war.«

»Das hättest du mir sagen sollen.«

»Habe ich. Unzählige Male.« Da ich mich nicht über sie aufregen wollte, wechselte ich das Thema und erzählte ihr von dem Zimmer und meinem Job im Café.

Sie antwortete vorhersehbar. »Solltest du dich nicht nach einem anständigen Job umsehen?«

»Es ist doch nur eine Übergangslösung und macht mir wirklich Spaß«, versicherte ich ihr. »Und ich lerne nette Leute kennen.« Meine Gedanken wanderten träumerisch zu Gaston.

»Dann bist du also zu beschäftigt, um rechtzeitig zu Weihnachten wieder zu Hause zu sein?«

»Vermutlich. Sorry, Mum.«

»Ist schon in Ordnung. Ich habe einen Plan.«

»Was …«, setzte ich an, aber sie fiel mir ins Wort.

»Oh, da ist jemand an der Tür! Ich muss Schluss machen, Liebes.« Sie kicherte wie ein ungezogener Teenager.

Was war nur in sie gefahren?

Mum legte auf und ließ mich ein bisschen angefressen zurück. Sie hatte noch ein kurzes »Viel Glück bei der Jobsuche!« hinzugefügt, bevor sie sich verabschiedete, aber dennoch war ich enttäuscht, dass sie nicht mehr darüber hören wollte, wie gut es in Paris für mich lief. Wer wohl der geheimnisvolle Besucher an ihrer Tür war? Jedenfalls war er offenbar so wichtig, dass sie dafür das Gespräch mit ihrem einzigen Kind beendete.

Und was sollte das mit dem Plan für Weihnachten?

Vielleicht überlegte sie herzukommen. Das hätte ich gut gefunden, denn dann brauchte ich ihr gar nichts über mein Leben hier zu erzählen. Ihr alles zu zeigen würde viel mehr Spaß machen.

Ich aß meinen Käse auf und bat um die Rechnung – *l'addition,* eines meiner Lieblingsworte auf Französisch. Als ich aufstand, meinte ich, auf der anderen Straßenseite Jean-Pierre kurz zu sehen.

Nein, das kann nicht sein. Unwahrscheinlich, dass er schon zum zweiten Mal so weit weg von zu Hause herumstreunte.

Ich schüttelte den Gedanken ab, und als ich das Wechselgeld vom Kellner zurückbekommen hatte, war sein Doppelgänger bereits verschwunden. Es war bestimmt nur jemand gewesen, der ihm ähnlich sah.

Kapitel 15

Mit einer Tasse Kaffee in der Hand saß ich am nächsten Morgen im Café und freute mich, dass ich schon so früh unterwegs war. Wen juckte es, dass es nach dem Wochenende mein erster freier Tag war und ich trotzdem schon wieder im Flat White saß? Ich genoss das Gefühl, mich hier beinahe schon zu Hause zu fühlen.

Zum Glück war nicht viel los, und ich nutzte die Gelegenheit, Chris von meinem Verfolgungswahn bezüglich Jean-Pierre zu erzählen.

»Aber nicht nur das ist seltsam. Seine Mutter verhält sich auch komisch. Sie ist so ...« – ich suchte nach dem richtigen Wort, damit ich mich nicht zu verrückt anhörte – »so kontrollierend ... Und warum vermieten sie überhaupt das leere Zimmer? Es wirkt nicht so, als würden sie das Geld brauchen.«

»Ella, du bist aber echt schwer zufriedenzustellen.« Chris lachte, blickte zum Eingang und fügte ein gezischtes »Psst!« hinzu. Dann deutete er mit dem Kopf auf eine Frau, die gerade durch die Tür hereinkam. Seine Reaktion in Kombination mit ihrer Attraktivität sagte mir, dass das nur Clotilde sein konnte, sein französischer Schwarm. Sie war groß, blond und sah atemberaubend aus. Ihre strahlend grünen Augen passten perfekt zu dem zarten grünen

Seidenkleid. Ihr Haar war leicht zerzaust und die Lippen wie gemalt, in einem leuchtenden Rot. Sie wirkte jünger als ich – ich schätzte sie auf fünfundzwanzig –, aber vielleicht lag das auch an regelmäßigen Besuchen bei einer Kosmetikerin.

»*Salut! Ça va?*«, begrüßte sie Chris, der bei ihrem sinnlichen französischen Akzent vermutlich endgültig im Strudel des Verlangens unterging.

»*Ça va bien, merci. Et toi?*« Chris' starker australischer Akzent hätte mich fast zum Lachen gebracht, aber ich verkniff es mir, da ich wusste, wie sehr er sich bemühte. Er sprach selten Französisch, strengte sich aber um der Liebe willen gern ein bisschen an.

»Ella, du musst Clotilde kennenlernen!«, rief er mir zu.

Verdammt!, fluchte ich innerlich. Ich hatte nicht damit gerechnet, Gastons potenzieller Freundin zu begegnen, denn sonst hätte ich mich ein bisschen mehr gestylt, bevor ich das Haus verließ. Ich strich meine Locken glatt und rutschte vom Barhocker.

»Hi, Clotilde«, begrüßte ich sie so lässig wie möglich. »Freut mich.«

Ob sie meine Angst wohl riechen konnte?

Sie öffnete den Mund, um etwas zu sagen, aber in dem Moment klingelte ihr Handy, und sie hob die Hand, als wolle sie mich zum Schweigen bringen. Sie trat einen Schritt zur Seite und redete dann sehr schnell auf Französisch mit dem Anrufer.

Ich warf Chris einen verschwörerischen Blick zu, und er schien meine Gedanken lesen zu können. »Keine Sorge, sie ist echt nett. Du wirst sehen«, flüsterte er mir zu.

»Entschuldigt«, sagte Clotilde, tippte auf ihr Handy und schob es zurück in die Handtasche. In dem Moment entdeckte ich, dass ihre Fingernägel natürlich auch makellos waren. »Ich dachte, es sei dringend.« Sie hob die Brauen. Ihr Englisch war beeindruckend.

»Chris, ich setze mich zu deiner Freundin«, verkündete sie und zog sich einen Barhocker heran. »Ist das okay für dich, Ella?«

»Natürlich«, versicherte ich – und war nervös. Schließlich war sie die vermeintliche »Konkurrentin«.

Chris sah uns hoffnungsvoll an, während ich mir noch einen Flat White bestellte und ihm mit eindringlichem Blick mitzuteilen versuchte, dass er sich keine Sorgen zu machen brauchte, ich hatte alles im Griff. Er ging übertrieben langsam zurück zu seiner Kaffeemaschine am anderen Ende der Theke und wollte zweifellos lieber an unserem Gespräch teilnehmen oder zumindest lauschen.

Ich wandte mich wieder Clotilde zu. Meine für Chris zur Schau gestellte Zuversicht war nur gespielt, in Wahrheit hatte ich keine Ahnung, was ich zu der glamourösen Powerfrau mir gegenüber sagen sollte. Ich fühlte mich plötzlich konversationsmäßig herausgefordert und fürchtete, aus Versehen zu verraten, dass ich mit ihrem potenziellen Freund etwas trinken gewesen war. Unbehaglich rutschte ich auf meinem Stuhl hin und her und umfasste die leere Kaffeetasse mit beiden Händen, damit sie etwas zu tun hatten. Zum Glück beendete Clotilde das Schweigen.

»Du arbeitest also hier bei Chris?«, fragte sie.

»Yep«, sagte ich und hätte mich in den Hintern treten können für diese einsilbige Antwort.

»Und wo wohnst du?«

»In Saint-Germain.«

Sie nickte anerkennend. »Es ist hübsch auf der anderen Seite, nicht wahr? Mein Vater lebt auch dort.«

»Ja, dieser Teil ist wirklich sehr schön«, stimmte ich zu. »Ich muss allerdings noch etwas Dauerhafteres finden.«

»Willst du kaufen oder mieten?«

Ha!, dachte ich nur.

»Kaufen kann ich mir nicht leisten«, sagte ich und fügte hinzu: »Und allein eine Wohnung mieten auch nicht. Ich schaue mich nach Zimmern in WGs um.«

Ich wappnete mich dagegen, bei Clotilde unten durch zu sein. Sie war bestimmt mit einem goldenen Löffel auf die Welt gekommen.

»Vermutlich klug«, sagte sie. »Für Nichtfranzosen ist es echt schwer, in Paris einen Mietvertrag zu bekommen. Hast du schon etwas Gutes in Aussicht?«

Es überraschte mich, wie interessiert sie wirkte. »Nein, alles ist entweder zu teuer oder zu winzig oder dunkel oder hässlich«, gestand ich. »Oder die Vermieter sind seltsam, was auch mein derzeitiges Dilemma ist.«

»Ich weiß, was du meinst«, pflichtete sie mir bei. »In Paris ein Apartment zu finden ist wie die Suche nach einer gut erhaltenen Chanel-Vintage-Tasche in einem Secondhandladen. Du kannst jahrelang suchen und wirst nie auf genau das stoßen, was du suchst.«

Ich schaute hinunter auf meine Baumwolltasche und nickte, verstand durchaus, worauf sie mit dieser Analogie hinauswollte.

Wieder fielen wir in Schweigen, doch als ich mich gerade mit einer Entschuldigung verabschieden wollte, setzte Clotilde das Gespräch fort, als habe es nie eine Unterbrechung gegeben. Sie war mir ein Rätsel, wirkte nett und sorglos, aber auch distanziert und versnobt. Ich hätte nicht sagen können, ob sie sich ehrlich bemühte, freundlich zu sein, oder ob sie irgendwelche Hintergedanken hatte.

O Gott, hoffentlich weiß sie nichts von Gaston und mir, schoss es mir durch den Kopf.

»Du hast also vor, eine Weile hier zu leben?«, fragte sie.

»Mindestens ein Jahr«, bestätigte ich. Sie sah mich fragend an, also fügte ich hinzu: »Wer würde das nicht wollen?«

Clotilde nickte, als sei das die einzig logische Antwort, die ich hatte geben können.

Ah, die Pariser. Sie können sich noch so viel über ihre Stadt beschweren, trotzdem halten sie sie für den einzig lebenswerten Ort auf dieser Welt.

Nachdem Clotilde gegangen war, kam Chris sofort angestürmt. »Und?« Er sah mich mit großen Augen an.

»Sorry, ich habe immer noch keine Ahnung, ob sie Single ist. Das werden wir wohl beim nächsten Mal herausfinden müssen.«

Für den Rest des Vormittags war mein Anspannungslevel himmelhoch, da ich die ganze Zeit über die Beziehung von Clotilde und Gaston grübelte. Hätte ich ihn erwähnen sollen? Oder wusste sie bereits, dass ich mit ihm etwas trinken war, und wollte mir auf den Zahn fühlen? Diese Fragen rotierten in meinem Kopf, und ich konnte sie nicht abstellen. War sie der Grund, warum er mich immer noch nicht angerufen hatte?

Eine Sache, die Thema bei meinem Gespräch mit Clotilde gewesen war, ließ mir wieder einmal keine Ruhe: Ich konnte nicht ewig in dem Airbnb-Apartment bleiben. Also holte ich mein Laptop hervor und studierte die WG-Angebote in Paris. Das war bei weitem nicht die spannendste Beschäftigung, die ich mir in dieser Stadt vorstellen konnte, aber eine willkommene Ablenkung von der Grübelei über Gaston.

Als sich zur Mittagszeit das Café allmählich füllte, knurrte mein Magen. *Vielleicht war es an der Zeit für ein bisschen Käse?*

Ich ging zum Café de la Place, in dem es eine große Auswahl gab. Mir war danach, den Nachmittag hier zu vertrödeln, in der Sonne zu sitzen, den Passanten zuzuschauen und auf mein Handy zu starren, in der Hoffnung, dass Gaston anrufen, schreiben oder … keine Ahnung, mich auf Facebook als Freundin hinzufügen würde.

Ich bestellte eine Auswahl von drei Käsesorten – auf die Weise konnte ich mehr »abarbeiten« – und schoss ein Foto, als sie vor mir standen. Morbier, Beaufort und Saint-Nectaire: Sie sahen köstlich aus, und ich fragte mich für einen kurzen Moment, was Serge wohl zu meiner Zusammenstellung sagen würde.

Und dann entdeckte ich Jean-Pierre. Nur Sekunden nachdem ich mir ein großes Stück des halbfesten Morbier mit der in der Mitte hindurchlaufenden Ascheschicht in den Mund geschoben hatte, sah ich ihn. Und dieses Mal bestand kein Zweifel. Er saß in einem Café auf der anderen Straßenseite und trank einen Espresso.

Ich rief ihn, unsere Blicke trafen sich, und ich winkte

ihm zu, er solle herüberkommen. Ich wollte herausfinden, warum wir uns plötzlich ständig über den Weg liefen. Stattdessen stand er jedoch auf, warf ein paar Münzen auf den Tisch und verschwand schnell in einer Seitenstraße.

Ich kann unmöglich den Blick beschreiben, mit dem er mich angesehen hatte. Es war eine Mischung aus Ärger, Feindseligkeit und noch etwas anderem, das ich nicht genau benennen konnte. Was sollte das? Warum war er so hastig weggelaufen?

Da ich jetzt nicht sofort nach Hause wollte, ging ich nach dem Essen wieder ins Flat White. Ich wollte Chris über mein neuestes Zusammentreffen mit Jean-Pierre informieren. Er würde mir sicher sagen können, ob ich überreagierte. Diese häufigen Begegnungen konnten reiner Zufall sein, aber tief in meinem Innern spürte ich, dass das nicht stimmte.

Als ich im Café ankam, war Chris jedoch beschäftigt, das Kinn nur Millimeter über der Kaffeetheke. Ihm gegenüber entdeckte ich das grüne Kleid – da wusste ich, wem seine ganze Aufmerksamkeit gehörte. *Aber warum war Clotilde schon wieder hier?*

In meinem Kopf ging ich im Eiltempo alle Möglichkeiten durch, eine absonderlicher als die andere. Sie musste das mit Gaston und mir herausgefunden haben. Sie war hier, um sich zu rächen.

Als sie sich zu mir umdrehte, begann mein Herz wie verrückt zu schlagen, aber sie begrüßte mich mit einem überwältigenden Lächeln. »Ah, Elle, genau die Frau, die ich suche.«

»Hallo Clotilde.« Nervös ging ich auf sie zu.

»Hör zu, das mag jetzt ein bisschen plötzlich kommen, und ich hoffe, du hältst mich nicht für verrückt …« Sie machte eine kurze Pause, und mein Blick wanderte zum Ausgang, während ich mich fragte, wie schnell ich die Tür erreichen konnte. »Aber ich habe darüber nachgedacht, was du heute Vormittag gesagt hast …« Wieder schwieg sie für einen Moment.

Was zum Teufel hatte ich denn gesagt?

»Jedenfalls habe ich möglicherweise die perfekte Lösung. In meiner Wohnung steht ein Zimmer leer, weil meine Mitbewohnerin gerade nach London zurückgegangen ist. Ich hatte überlegt, eine Anzeige zu schalten, warum schaust du es dir nicht einmal an?«

»Aber du kennst mich doch kaum«, sagte ich mit piepsiger Stimme und fürchtete jetzt schon, sie würde mich demnächst im Schlaf mit ihren Louboutins ermorden.

»Chris' Freunde sind auch meine Freunde. Komm doch morgen Abend zum Essen, dann zeige ich dir alles. Es ist im Marais.«

»Das ist echt nett von dir, Clotilde«, antwortete ich unsicher. »Warum nicht? Um wie viel Uhr soll ich kommen?«

Wir vereinbarten, dass ich gegen acht bei ihr sein würde, wodurch mir der ganze Tag blieb, um darüber zu brüten, ob sie und Gaston zusammen waren und dieses Dinner nur eine List war, um mich hinterrücks zu überfallen, weil ich mich an ihren Freund herangemacht hatte. *Und wenn sie es bisher noch nicht weiß – was ist, wenn er morgen Abend dort aufkreuzt und ich erklären muss, woher wir uns kennen?* Oder wenn ich bei ihr einziehe und sie es dann herausfindet?

Ich war gleichermaßen besorgt wie erleichtert. Möglicherweise setzte das Ganze meinen Wohnungsproblemen ein Ende, aber vielleicht war es auch der Beginn des Gaston-Dramas.

»Kann ich etwas mitbringen? Dessert? Käse?«, fragte ich.

»*Oui, pourquoi pas?* Käse wäre super.«

Als ich das Flat White zum zweiten Mal an diesem Tag verließ, grübelte ich bereits, welchen Käse ich für das Abendessen kaufen sollte. Zum Glück gab es da einen freundlichen Käsemann, der mich retten konnte. Ich lächelte.

Kapitel 16

Als ich mir am darauffolgenden Morgen in der Küche gerade einen Kaffee zubereitete, kam Jean-Pierre herein. *Jetzt oder nie*, dachte ich und war bereit, ihn zur Rede zu stellen.

»Hey, was hast du denn gestern in der Nähe vom Café de la Place gemacht?«, fragte ich.

Er wirkte sichtlich überrascht. »Niemand schreibt mir vor, wo ich meinen Kaffee zu trinken habe«, blaffte er mich an. »Außerdem war ich da gar nicht.« Ohne ein weiteres Wort marschierte er wieder davon.

Was sollte das denn?

Bevor ich noch Gelegenheit hatte zu entscheiden, ob ich ihm nachgehen und das Gespräch fortsetzen sollte, kam seine Mutter in die Küche gestürmt.

»Bonjour«, begrüßte ich sie so fröhlich wie möglich.

»*Bonjour*, Ella«, erwiderte sie mit angespannter Stimme. Sie sagte, sie müsse mit mir über Jean-Pierre sprechen, aber mein Französisch war immer noch bestenfalls rudimentär, und von ihrem fünfminütigen Monolog verstand ich lediglich, dass ich nett zu ihrem Sohn sein müsse.

Ich schnappte meine Sachen und stürmte aus der Wohnung, unsicher darüber, was Jean-Pierres Mutter mir eigentlich hatte sagen wollen. Wusste sie, dass ich ihn in die Mangel nehmen wollte, weil er mir am Vortag offenbar gefolgt war, oder war sie nur eine überfürsorgliche Mutter?

Und wieso meint sie, mir sagen zu müssen, ich soll nett zu ihm sein?, dachte ich wütend. Ich hatte mir die größte Mühe gegeben, höflich zu ihm zu sein. Ich wollte lediglich herausfinden, ob ich eine einstweilige Verfügung erwirken musste.

Wie hatte ich nur in dieses Beziehungsdrama der beiden schlittern können?

In der Wohnung sah es zwar aus wie an einem Filmset, aber ich hatte genug von Dramen. Erleichtert dachte ich daran, dass ich mir an diesem Abend das Zimmer bei Clotilde ansehen würde. Auch wenn ich vielleicht eine komplizierte Wohnkonstellation gegen eine andere tauschte – schließlich war sie möglicherweise Gastons Freundin! –, würde es eine Verbesserung sein: mit einem mürrischen Vierzigjährigen und seiner aufdringlichen Mutter zusammenzuleben war jenseits des Seltsamen.

Ich verbrachte den Tag im Freien, schaute mich immer wieder um, ob Jean-Pierre womöglich in der Nähe war, und zerbrach mir den Kopf darüber, wie wohl der Abend bei Clotilde verlaufen würde.

Ihrem Äußeren nach zu urteilen, liebte sie Luxus, und ich wollte einen Käse mitbringen, der sie beeindruckte. Ich ging also zu Serges Geschäft, um etwas Besonderes auszuwählen. Er würde mir bei den Details helfen und mir ein paar Infos zum Geschmack geben müssen, damit ich meiner potenziellen neuen Vermieterin zeigen konnte, dass auch ich es gerade zu einer stilvollen Pariserin brachte.

Al ich an der *fromagerie* ankam, fiel mir auf, dass ich seit über einer Woche nicht mehr hier gewesen war. Womöglich dachte Serge, ich hätte bereits das Handtuch geworfen. Ich musste also nicht nur einen Käse mit Wow-Faktor fürs Abendessen besorgen, sondern ihm auch erzählen, welche Käsesorten ich an den vergangenen Tagen von meiner Liste abgehakt hatte.

Als Serge mich sah, grinste er breit. Mit jedem meiner Besuche schien er lockerer zu werden.

»*Bonsoir*, Serge«, begrüßte ich ihn in der Hoffnung, den richtigen Zeitpunkt erwischt zu haben, an dem man dazu überging, Menschen mit Guten Abend zu begrüßen.

»*Bonjour*«, antwortete er und betonte das »*jour*«, was bedeutete, dass ich falschgelegen hatte. Sofort wurde ich wieder rot, aber er fuhr zum Glück fort: »Wie viel Käse hast du gegessen? Bin ich meinem Sieg schon näher gerückt?«

»Ha! Noch nicht, Serge«, erwiderte ich selbstsicher.

»Aber du warst tagelang nicht hier. Wo hast du den Käse denn herbekommen?«, fragte er. »Bitte sag nicht, dass du diese *merde* aus dem Supermarkt kaufst.«

Jetzt wurde ich endgültig rot. »Ich habe vor allem in Cafés gegessen.«

»Und welche Sorten hast du probiert?«

»Warte … Ich hatte einen Mimolette und einen Perail, oh, und einen Saint-Marcellin.«

»Und woher soll ich wissen, dass du dir das nicht nur ausdenkst, um zu gewinnen?«

Sei mal nicht zu selbstgefällig, Serge, schoss es mir durch den Kopf. Aber ich hatte schließlich ein Ass im Ärmel.

»Ich habe einen Instagram-Beweis.«

»Was meinst du mit Instagram-Beweis?«, fragte er.

»Ich lade Fotos von dem Käse, den ich probiere, auf Instagram hoch.«

»*O là là*, Ella, das ist nicht gut. Käse muss man mit allen Sinnen genießen. Das ist nichts für deine Social-Media-Klicks. *O non, non, non.*« Er klang beunruhigt.

»Doch, das ist toll«, widersprach ich. »Wenn du mir nicht glaubst, dann schau dir meinen Account ›365 Tage Käse‹ an. Ich habe bereits eine Menge Follower. Hat dein Geschäft einen Account? Ich könnte es taggen. Käse scheint im Moment ziemlich *à la mode* zu sein.«

»In Frankreich ist Käse immer *à la mode*«, entgegnete er.

»Natürlich«, versicherte ich rasch.

Eine Kundin betrat den Laden, unterbrach unser Gespräch und zwang Serge, mich in einem geschäftsmäßigeren Ton zu fragen, welchen Käse ich gern hätte.

Ich ließ jedoch der Dame den Vortritt und dachte unterdessen über seine ablehnende Haltung gegenüber dem Instagram-Account nach. *Warum ist er so technikfeindlich?*, fragte ich mich und beäugte ihn über die Theke hinweg. Er hatte seinen Bart getrimmt, was ihn jünger aussehen ließ. *Er kann nicht älter als fünfunddreißig sein. Und da ist er nicht Technik-affin?*

Nachdem die andere Kundin den Laden wieder verlassen hatte, sah Serge mich ernst an und sagte: »Wenn du offiziell Empfehlungen aussprechen willst, solltest du bei mir kaufen. Ich beliefere einige Restaurants und Bistros und kann dir versichern, dass die Qualität stimmt.

Nichts von dem billigen Mist, der an vielen Stellen verkauft wird.«

Serges Arroganz ärgerte mich – und gleichzeitig fand ich es irgendwie reizvoll. Als er mich fragte, wofür der Käse gedacht sei, antwortete ich, dass es um ein Abendessen zu zweit gehe. Ein Teil von mir war stolz, ihm das erzählen zu können, denn jetzt wusste er zumindest, dass ich auch außerhalb der *fromagerie* ein Leben hatte. Und dass ich endlich Freunde hatte, mit denen zusammen ich den Käse essen konnte.

»Ich brauche etwas besonders Feines. Vielleicht diesen Blauschimmelkäse?« Ich zeigte auf ein sehr feucht und schimmelig wirkendes Stück in der Auslage.

»*Mon dieu, non.* Für ein romantisches Abendessen ist er viel zu intensiv. Bist du überhaupt sicher, dass deine Verabredung Blauschimmelkäse mag?«

»Oh, es ist kein Date. Es ist eine Freundin, und ich weiß eigentlich nicht, was sie mag«, gestand ich. Im Grunde wusste ich gar nichts über Clotilde. »Was empfiehlst du mir dann? Vielleicht einen Ziegenkäse?«

Er ließ den Blick durch die Vitrine wandern und riss die Augen auf, als er fast das Ende erreicht hatte. Dann ging er ein paar Schritte nach links und holte einen Ziegenkäse heraus, der aussah wie mit schwarzem Puder bestäubt.

»Der hier. Der ist perfekt, um heute gegessen zu werden.«

»Was ist das?«

»Das ist ein Valençay.«

»Warum ist er schwarz?«, fragte ich und versuchte vergeblich, meine Verwunderung zu verbergen.

»Er wird mit Pflanzenkohle bestäubt. Er ist wunderschön, findest du nicht?« Gedankenverloren schwieg Serge für einen Moment und fügte dann säuselnd hinzu: »Und dieser hier ist an seinem perfekten Reifepunkt.«

»Vermutlich«, sagte ich skeptisch.

»Du bist nicht überzeugt? Dann musst du ein Stück probieren.«

»O nein, schneide ihn bitte nicht an!«

»Keine Sorge«, beruhigte er mich. »Du bekommst einen unversehrten Käse.«

Während Serge sein Messer in den Käse schob und eine winzige Ecke für mich abschnitt, fragte er: »Kennst du die Geschichte, wie der Valençay zu seiner Form gekommen ist?«

Ich schüttelte den Kopf und betrachtete den Käse, der aussah wie eine Pyramide ohne Spitze.

»Es ist eine schöne Geschichte«, fuhr er fort und hatte offenkundig Spaß daran, sie zu erzählen. Ich war ganz Ohr.

»Es heißt, dass die Bewohner von Valençay vor vielen Jahren ihren Käse in Form einer Pyramide herstellten, einschließlich der Spitze.« Er hob die Hände, um seine Erzählung gestisch zu untermalen. »Lange Zeit machten sie das so und hatten die Form perfektioniert. Damals war dies ein sehr beliebter Käse in Frankreich, und Besucher strömten in die Stadt, nur um die Käsepyramide zu probieren.«

Er reichte mir das kleine Stück und ermunterte mich zu essen, während er weitererzählte. »Doch dann kam der Zeitpunkt, als Napoleon in Ägypten eine verheerende

Niederlage erlitt. Als er auf seinem Rückweg im Schloss Valençay Halt machte und diesen pyramidenförmigen Käse sah, was meinst du wohl, was dann passierte?«

Kauend schüttelte ich den Kopf. Der Käse schmeckte köstlich: nussig und weich, mit einem Hauch von Zitrus. Überraschend frisch, trotz des Edelschimmels und der Asche.

»Er wurde wütend, weil ihn der Anblick an die Niederlage in Ägypten erinnerte.« Serge formte ein Blatt Wachspapier zu einem Napoleon-Hut und setzte ihn auf. »Er fühlte sich von dem Käse verspottet. Also zog er sein Schwert und schlug ihm die Spitze ab«, sagte Serge und imitierte die Bewegung mit einem unsichtbaren Schwert. »Und seither hatte der Valençay immer diese neue Form.«

Ich schüttelte den Kopf. »Glaubst du diese Geschichte wirklich?«

»Warum nicht?« Serge zuckte auf diese durch und durch französische Weise mit den Schultern. »Bedauerlicherweise sind wir nicht dabei gewesen. Wir werden also nie erfahren, ob es sich tatsächlich so zugetragen hat.«

»Vermutlich nicht.« Ich lachte. »Aber du hast mich überzeugt. Pack mir bitte ein Stück ein.«

»Und was möchtest du heute Abend noch probieren?«, fragte er, als gerade ein neuer Kunde den Laden betrat.

»Ähm, einen Hartkäse, vielleicht einen Cantal«, sagte ich und verkniff mir das Lachen, während er verlegen seinen Papierhut abnahm.

»*D'accord*, ich werde dir einen speziellen Cantal mitgeben. Nicht wie die anderen. Beim nächsten Mal verrätst du mir dann, was du davon hältst«, sagte er, packte den

Käse ein und begrüßte anschließend den Neuankömmling freundlich.

Das ist mein Stichwort zu gehen, dachte ich und war ein bisschen enttäuscht, dass unser Gespräch vorbei war.

Ich nahm meine beiden Käsepäckchen, bezahlte und wünschte Serge einen schönen Abend. Auf dem Weg zu Clotilde musste ich wieder daran denken, wie er mit Papierhut und Luftschwert den Käse geköpft hatte, und kicherte vor mich hin.

Mit jedem Besuch lernte ich Serge ein bisschen besser kennen; er war nett, lebhaft und entwickelte sich in rasantem Tempo zu einem meiner Lieblingsmenschen in Paris.

Kapitel 17

Kurz bevor ich bei Clotilde eintraf, summte mein Handy. Ich wurde immer noch ganz aufgeregt, wenn sich jemand meldete, weil das hier nach wie vor nur selten passierte.

Es war eine Nachricht von Gaston. *Was für ein Timing!*, dachte ich und bekam feuchte Handflächen. Ich hatte seit dem Abend, an dem wir Rosé getrunken hatten, nichts mehr von ihm gehört und mich allmählich damit abgefunden, dass er vermutlich meine Nummer verloren hatte oder – was noch vernichtender war – schlichtweg kein Interesse hatte.

Er fragte, ob wir uns später auf einen Cocktail treffen könnten. Ich war sowieso schon nervös bei dem Gedanken, die nächsten paar Stunden mit Clotilde zu verbringen, und hielt es für keine gute Idee, ausgerechnet jetzt eine Einladung von ihrem möglichen Freund anzunehmen. Aber es war Gaston, und ich gierte danach, ihn wiederzusehen.

Ich antwortete rasch, dass ich zum Abendessen mit einer Freundin verabredet sei, später aber Zeit hätte. Plötzlich stand für diesen Abend noch etwas auf dem Programm: endlich herauszufinden, ob er und Clotilde zusammen waren.

Schnaufend kam ich im dritten Stock an, sammelte

mich kurz, überprüfte mein Aussehen im Taschenspiegel und klingelte dann an der Wohnungstür. Ich hörte Clotilde rufen: »Komme schon!« Sie klang gestresst, und ich bekam Angst, dass ich möglicherweise in eine Falle lief.

»Willkommen in deinem neuen Zuhause«, flötete sie jedoch, als sie die Tür aufriss, und jonglierte zwei Gläser Champagner auf einem Tablett mit Canapés. »Natürlich nur, wenn es dir gefällt«, fügte sie hinzu und küsste mich zur Begrüßung auf die Wangen. Dann bedeutete sie mir mit einer Kopfbewegung hereinzukommen und reichte mir ein Glas Champagner.

Als ich mich umschaute, durchflutete mich Erleichterung. Erstens war Gaston nirgendwo zu sehen. Zweitens hatte dieses Apartment nichts gemein mit den renovierungsbedürftigen, feuchten Absteigen, die ich in den Anzeigen gesehen hatte. Flügeltüren führten in das Wohnzimmer, in dem große marokkanische Bodenkissen um einen niedrigen Holztisch lagen und dem Raum eine warme und gesellige Atmosphäre verliehen. Es gab einen Marmorkamin, und der Holzboden knarrte auf charmante Weise. An einer Wand reihten sich Dutzende Topfpflanzen aneinander, die gesünder aussahen als alles, was sich je an Grünzeug in meiner Obhut befunden hatte. Große Blätter bildeten einen schönen Kontrast zu den weißen Wänden, hauchten dem Raum Leben ein. Der Gesamteindruck war, wie Clotilde selbst, umwerfend und wunderbar pariserisch.

Meine Augen suchten nach irgendwelchen Anzeichen für etwas Seltsames, aber ich entdeckte nur Modezeitschriften, DVDs und ziemlich viele Weinflaschen. Durch große Fenster schaute man in einen kleinen Innenhof hinunter, in dem Blumenkästen und noch mehr Pflanzen die Stimmung vervollständigten. Es war einfach, mir vorzustellen, wie ich hier lebte; blieb nur noch die Frage, ob ich mir auch vorstellen konnte, mit Clotilde zusammenzuwohnen. Und sicher zu sein, dass sie es auch wollte.

Meine Sorge, dass sie mich wegen Gaston zur Rede stellen würde, verblasste. Seit unserer ersten Begegnung war sie immer nett gewesen. Und hier, bei ihr zu Hause, wo sie einen legeren, bequem aussehenden Hausanzug trug, schien sie eine ganz andere Person zu sein als die Frau, die ich im Flat White kennengelernt hatte. Ich weiß nicht, ob diese Wohnung meine Wahrnehmung beeinflusste, aber Clotilde wirkte hier herzlicher, weniger einschüchternd und nicht so unnahbar. Zwischen dem Nachschauen, was das Essen machte, und der Suche nach einer bestimmten Flasche Rotwein zeigte sie mir das freie Zimmer, das für Pariser Verhältnisse riesig war, und nannte mir die Höhe der Miete, die – ebenfalls für hier – erstaunlich vernünftig war.

Als wir schließlich am Tisch saßen, arbeiteten wir uns durch die Canapés und ein weiteres Glas Champagner. Währenddessen unterhielten wir uns darüber, was ich beruflich in Australien gemacht hatte. Mir war nicht wohl dabei, Details über meine Trennung von Paul auszuplaudern, deshalb erzählte ich ihr stattdessen vom Job und meinen Freunden, was dazu führte, dass wir übers Reisen und Essen sprachen – beides, wie sich herausstellte, Clotildes Lieblingshobbys.

»Du bist übrigens eine tolle Köchin«, lobte ich sie, als

wir irgendwann zum Hauptgang übergingen – Lammbraten mit Couscoussalat.

»Ha! Dieses Kompliment bekomme ich nicht gerade jeden Tag.«

»Aber alles schmeckt köstlich.«

»Das Verdienst kann ich mir leider nicht anrechnen. Bis auf die Salatblätter habe ich alles bei Picard gekauft.«

»Was ist Picard?«

»Lass es mich so sagen: Wenn du bei mir einziehst, wirst du es sehr gut kennenlernen.«

Als wir bei der zweiten Flasche Rotwein angekommen waren, hatte ich mittlerweile erfahren, dass Clotilde – ein Einzelkind – mit ihren Eltern in diese Wohnung gezogen war, als sie vier Jahre alt war, und dass sie ihrem Vater immer noch gehörte. Als Clotilde einundzwanzig wurde, zogen ihre Eltern aus und kauften sich ein Apartment in Saint-Germain; diese Geste war eine Art Geschenk zum Erwachsenwerden an ihre Tochter.

»Ich zahle Papa nur eine geringe Miete, und die einzige Bedingung ist eine wöchentliche Einladung zum Mittagessen oder Dinner.«

»Das ist ja nett! Und deine Eltern kommen immer noch zu dir?«

»Nur mein Papa«, sagte Clotilde. Sie hatte plötzlich Tränen in den Augen.

»Oh, das tut mir leid. Ist etwas passiert?«

»*Maman* ist vor ein paar Jahren gestorben. Es geschah völlig unerwartet. Ich glaube, mein Vater hat sich immer noch nicht vollständig davon erholt.«

Am liebsten hätte ich sie in den Arm genommen und

gedrückt, war mir jedoch nicht sicher, ob sie diese körperlichen Gefühlsbekundungen mochte. Sie erzählte, dass ihr Vater normalerweise am Wochenende zum Essen kam. »Ich hoffe, das ist kein Problem für dich«, sagte sie. »Er ist ziemlich cool.«

»Natürlich ist das kein Problem.« Ich konnte nicht anders, beugte mich vor und tätschelte ihr den Arm. »Mein Vater ist nicht mehr da, seit ich ein kleines Kind war. Ich freue mich also auf deinen Papa.«

»Das tut mir leid. Warum ist er denn fort?«, fragte sie.

Ich redete nur noch selten über meinen Vater. »Er hat uns vor langer Zeit verlassen, es ist eine komplizierte Geschichte. Nicht spannend genug, um sie jetzt zu erzählen. Aber ein anderes Mal gern.« Es überraschte mich selbst, wie leicht ich akzeptiert hatte, dass wir zusammenwohnen würden. Das musste an dem Rotwein liegen …

Ich schaute auf meine Armbanduhr und stellte erschrocken fest, dass es bereits 23.00 Uhr war.

Mist! Was war jetzt mit Gaston?

Aber plötzlich fand ich es wichtiger, eine Freundschaft mit Clotilde aufzubauen, als mich wegen eines potenziellen Rendezvous mit einem Mann zu verabschieden, und wenn er noch so sexy war. Außerdem musste ich immer noch etwas herausfinden: Clotildes Beziehungsstatus.

»Bist du eigentlich momentan mit jemandem zusammen?«, platzte ich ein bisschen unbeholfen heraus.

»Oh, nicht ernsthaft. Ich habe eine lockere Beziehung laufen, aber ich mag meine Unabhängigkeit.«

Hm, das klingt doch ganz gut, dachte ich erfreut.

»Und du?«, fragte Clotilde.

»Ich habe gerade eine ziemlich lange Beziehung in Melbourne hinter mir, deshalb bin ich auch nicht auf der Suche nach etwas Festem. Es gibt allerdings einen Typen, der öfter ins Flat White kommt und mir gefällt, aber ich weiß nicht einmal, ob er Single ist …«

»Klingt sehr französisch!« Sie lachte.

Bevor ich noch die Chance hatte, tiefer in das Thema einzutauchen, begann Clotilde die Teller abzuräumen und sagte: »Sollen wir jetzt den Käse probieren, den du mitgebracht hast?«

»Ich dachte schon, du würdest nie fragen«, antwortete ich und vergaß das ganze Männerthema, so freute ich mich darauf, die Köstlichkeiten zu probieren, die Serge für uns ausgesucht hatte.

»Wow, Ella, dieser Valençay sieht ja umwerfend aus! Wusstest du, dass es mein Lieblings-Ziegenkäse ist? Und dieser hier sieht perfekt reif aus!«, rief Clotilde aus der Küche.

Ich strahlte und war stolz, von einer Französin ein Kompliment über Käse bekommen zu haben. Clotilde kam mit einem großen Brett zurück, und wir begannen, uns Stücke von dem Ziegenkäse und dem Cantal abzuschneiden. Es machte Spaß, mit jemandem zusammen verschiedene Sorten zu probieren, und noch schöner wurde es dadurch, gemütlich zu Hause zu essen statt in einem Café oder im Park.

Bislang hatte ich gedacht, dass der Cantal langweilig wäre – wie eine weniger interessante Variante meines geliebten Comté –, aber dieses Stück hatte ein intensives nussiges Aroma, war markanter geworden durch monatelange *raffinage* oder Reifung. Er ähnelte beinahe einem reifem Cheddar, und ich stellte mir vor, dass er gut zu Quittenmus passen würde, war aber nicht sicher, ob meine neue Pariser Freundin meinen Serviervorschlag gutheißen würde. Ich begann zu verstehen, dass französischer Käse, der in großen Fabriken produziert wurde, sehr wenig mit den Sorten zu tun hatte, die man in guten Käsegeschäften finden konnte. Offenbar war Serges Cantal in großer Höhe hergestellt worden, was ihm dieses vollere Aroma verlieh. Er hatte mir erzählt, dass Kuhmilch besser schmeckt, wenn sie von Kühen stammt, die auf hochgelegenen Weiden grasen.

Wer hätte das gedacht?

Clotilde schien auch der Cantal zu schmecken, und sie fragte, wo ich ihn gekauft hatte. Als ich antwortete, ich habe ihn aus einer *fromagerie* direkt um die Ecke, nickte sie, als wisse sie sofort, welche ich meinte. Ich hatte das Gefühl, dass Clotilde mir noch ein bisschen mehr vertraute, da ich hochwertigen Käse mitgebracht hatte.

Als wir den Wein ausgetrunken hatten, unterdrückte ich ein Gähnen und entschied, dass es langsam Zeit war zu gehen. Ich fühlte mich ein bisschen beschwipst und wollte nicht den guten Eindruck ruinieren, den ich bisher gemacht hatte, indem ich ein Glas zu viel trank und dann schlafend auf das Sofa kippte.

»Und, was denkst du?«, fragte Clotilde, als wir an der Wohnungstür standen. »Würdest du gern hier wohnen?«

Ich lächelte glücklich und sagte, dass ich begeistert sei von dem Apartment und sehr gern einziehen würde. Sie küsste mich zum Abschied auf die Wangen und sagte, dass das Zimmer ab sofort zur Verfügung stehe und ich schon nächstes Wochenende einziehen könne.

Was für eine Erleichterung!, dachte ich und spürte plötzlich einen Kloß im Hals. Ich war gerührt, dass ich meine erste Freundin in Paris gefunden hatte, und über die Maßen froh bei der Aussicht auf normale Wohnverhältnisse *sans* Mutter mit gruseligem Sohn.

Ich freute mich auch darauf, Clotilde noch besser kennenzulernen, und hoffte sehr, dass sie ehrlich gewesen war, als sie sagte, keine feste Beziehung mit jemandem zu haben.

Das erinnerte mich an Gastons Einladung auf einen Drink. Ich schickte ihm eine kurze Nachricht, um mich zu entschuldigen. *Salut, desolée, mein Abendessen hat länger gedauert. Vielleicht ein anderes Mal, schon bald?*

Peut-être, lautete seine knappe Antwort.

Vielleicht? Was zum Teufel bedeutete das?

Ich redete mir im Geist beruhigend zu. In Anbetracht meiner neuen Wohnsituation war es vielleicht sogar besser, die Sache mit Gaston auf sich beruhen zu lassen.

Als ich zurück in meine derzeitige Bleibe kam, fand ich Jean-Pierres Mutter im Dunkeln sitzend im Wohnzimmer, wo sie die Wand anstarrte. Es war spät, und ich fragte mich, warum sie zu dieser Zeit noch auf war. Mich beschlich das ungute Gefühl, dass mir Schwierigkeiten bevorstanden.

»*T'étais où?*«, fragte sie, was ich als »Wo warst du?« übersetzte.

»Bei einer Freundin«, antwortete ich auf Französisch

und wandte mich rasch wieder um. Es ging sie nichts an, wo ich gewesen war, und außerdem missfiel mir die Stimmung in diesem Zimmer. »Oh«, fügte ich hinzu, bevor ich die Tür erreichte, *»je vais partir ce weekend.«* Ich fand es nur fair, sie wissen zu lassen, dass ich früher als vereinbart auszog.

Sie schnappte sich ein Blatt Papier vom Tisch und zeigte aggressiv darauf. Es war die Buchungsbescheinigung mit meinem ursprünglichen Auszugstermin, der Mittwoch in einer Woche sein sollte. Ich nickte und erzählte ihr in gebrochenem Französisch, dass ich dennoch kommenden Samstag ausziehen würde, sie mir aber kein Geld erstatten müsse.

Jean-Pierres Mutter hatte Tränen in den Augen und sah mich flehend an. Plötzlich war ich froh, dass mein Bauchgefühl mir geraten hatte, möglichst schnell etwas anderes zu suchen. Irgendetwas stimmte mit dieser Frau nicht. Sie stand jetzt vor mir und nahm meine Hände in ihre.

»Du kannst nicht gehen«, sagte sie auf Französisch. Und nachdem sie offenbar meinen verwirrten Gesichtsausdruck bemerkt hatte, wechselte sie zu Englisch und sagte langsam und mit starkem Akzent: »Jean-Pierre liebt dich.«

»Er tut *was*?«

»Er liebt dich«, wiederholte sie und stellte sich so, dass der Weg zu meinem Zimmer blockiert war. »Du kannst nicht gehen.«

Teil drei

Kapitel 18

Der Beginn des Herbstes läutete eine Schicksalswende in meinem Leben in Paris ein. Ich wohnte seit ein paar Wochen bei Clotilde und hätte nicht glücklicher darüber sein können, wie gut es mit uns beiden klappte.

Während bei mir immer noch nicht viel los war, abgesehen von meiner täglichen Käseverkostung und dem Wochenendjob im Café, war Clotildes Terminplan der reinste Wahnsinn. Neben ihrer Arbeit bei dem Food Start-up, bei der sie auch Chris kennengelernt hatte, modelte sie, pflegte eifrig ihre gesellschaftlichen Kontakte und war ständig im Fitnessstudio – trotz ihrer angeborenen französischen Abneigung gegenüber derlei Betätigung. Wir begegneten uns meist frühmorgens bei einer Schale Kaffee oder gelegentlich abends bei einem großen Glas Wein.

Unsere Freundschaft hatte sich organisch entwickelt, als sie für mich Dokumente übersetzte und mir half, das bürokratische System in Frankreich zu verstehen, ehe ich in Bergen von Papierkram zu ertrinken drohte. Ich fragte sie oft, ob es sie nerve, ihrer glücklosen Mitbewohnerin zu helfen, aber sie widersprach jedes Mal energisch und sagte, dass sie wisse, wie es sich anfühle, in ein fremdes Land zu ziehen, da sie mit sechzehn in ein Internat nach England geschickt worden war.

Wenn ich mir Clotildes glamouröses Pariser Leben so ansah, konnte ich nicht nachvollziehen, warum sie ausgerechnet mich unter ihre Fittiche genommen und mir ein Zimmer angeboten hatte. Und trotz ihrer Freundlichkeit wusste ich immer noch nicht, wie sie zu Gaston stand. Oder wie ich zu ihm stand – falls überhaupt irgendwie. Seit der letzten, desinteressierten SMS hatte ich nichts mehr von ihm gehört, und er war auch nicht im Café aufgetaucht. Ich konnte nur hoffen, dass ich mir meine Chancen auf ein Rendezvous nicht endgültig verscherzt hatte. Ein paarmal war ich kurz davor, Clotilde auf ihn anzusprechen, kniff aber immer im letzten Moment, weil ich zu dem Schluss kam, dass ein paar Gläser Rosé es wohl kaum wert waren, unsere Wohngemeinschaft aufs Spiel zu setzen.

Auch wenn Clotilde und ich uns seit meinem Einzug angefreundet hatten, so blieb sie weiterhin reserviert, sobald es um ihr Liebesleben ging. Beim einzigen Mal, als ich sie darauf ansprach, hatte sie nur gelacht und wiederholt, sie wolle keine feste Beziehung. »*Les mecs compliquent la vie.*« Als wüsste ich das nicht. Typen machten das Leben wirklich kompliziert. Nachdem Jean-Pierres Mutter mir mitgeteilt hatte, dass ihr Sohn mich liebe, glich mein verfrühter Auszug einer Flucht.

Als sie sich mir damals in den Weg stellte, hatte ich alles Mögliche gesagt, um sie dazu zu bewegen, mich vorbeizulassen. Doch ihre Miene wirkte derart entschlossen, dass ich es mit der Angst zu tun bekam, möglicherweise unterschätzt zu haben, was für eine Art Frau und wozu sie fähig war.

»Tut mir leid, aber ich bin kein bisschen in Ihren Sohn verliebt«, hatte ich ihr entschieden erklärt.

Sie schien mir jedoch nicht glauben zu wollen.

»Ehrlich gesagt bin ich als Single echt glücklich«, hatte ich beharrt, dieses Mal vielleicht ein bisschen barsch. Sie verzog das Gesicht.

Diese selbstsichere Frau zum Weinen zu bringen verschaffte mir ein schlechtes Gewissen, also tröstete ich sie am Ende.

Während des folgenden stundenlangen Gesprächs, von dem der Großteil durch die Übersetzungs-App meines Handys geleistet wurde, fand ich heraus, dass die arme Frau sich nichts mehr wünschte, als dass Jean-Pierre ein nettes Mädchen fand und aus dem Apartment auszog. Sie wollte es genießen können und endlich mal eine Weile allein leben.

»Das kann ich verstehen«, hatte ich mitfühlend versichert – schließlich wollte ich auch lieber ohne sie und ihren Sohn wohnen.

Dann erzählte sie mir, dass Jean-Pierre oft ihre Freunde, wenn die zu Besuch kamen, auf eine Weise ausfragte, dass es ihnen unangenehm sei.

Ich nickte energisch.

»Er will mich ständig beschützen«, sagte sie.

Ich nickte weiter.

»Vor allem gegenüber Herren, die spätabends noch vorbeischauen«, fügte sie mit vielsagendem Blick hinzu.

Ich brauchte einen Moment, um zu kapieren, worum es ging.

Jean-Pierres Mutter wollte in ihrem Apartment wegen ihrer nächtlichen Besucher ungestört sein. Ich hätte nie gedacht, dass hinter dieser eleganten Fassade eine Frau in der Blüte ihres Sexuallebens steckte!

Ich versicherte ihr, dass Jean-Pierre bestimmt irgendwann ein nettes Mädchen finden würde. Ich schlug ihr sogar vor, für ihren Sohn ein Tinder-Konto zu erstellen. Nachdem ich ihr lang und breit erklärt hatte, wie das mit dem »Wischen« funktionierte, schien sie von der Idee überraschend angetan zu sein.

Und dann legte ich ihr noch behutsam nahe, dass Jean-Pierre seine Angebeteten nicht unbedingt durch die ganze Stadt verfolgen sollte.

Sie sah mich verlegen an.

Ich hakte nach und fand heraus, dass sie ihn dazu angehalten hatte.

Das war echt der Gipfel. Wie hatte mich diese Frau dazu bringen können, sie zu bedauern? Noch bevor ich wusste, was ich tat, log ich und sagte, ich würde nach Madrid ziehen.

Sobald am nächsten Morgen die Sonne aufging, packte ich meine Sachen und verschwand, bevor sich mir noch einmal jemand in den Weg stellen konnte. Ich verkroch mich im Café, bis es spät genug war, um Clotilde zu kontaktieren, ohne zu verzweifelt zu wirken. Um 8.00 Uhr war ich dann – ausgerüstet mit ihrem Einverständnis, ein paar Tage früher einzuziehen – mit der Metro unterwegs zu meiner neuen Bleibe, mit einem zum Bersten vollen Koffer und geröteten Augen nach einer schlaflosen Nacht.

Als Clotilde sah, in welchem Zustand ich mich befand, fragte sie verdattert: »Was zum Teufel ist zwischen Mitternacht und jetzt mit dir geschehen?«

»Das ist eine lange Geschichte«, antwortete ich und rieb mir die Schläfen.

»Wir haben Zeit. Sieht so aus, als hättest du unangenehme Stunden hinter dir!«

Ich erzählte ihr alles. Sie hörte aufmerksam zu, streute ab und zu Ausrufe wie »Nein, das glaube ich einfach nicht!« oder »Du liebe Güte!« ein. Als ich zum Ende gekommen war, sagte sie: »Ein kleines Drama bringt uns nicht um. In jedem Fall ist es eine irre Geschichte. Wie wäre es jetzt mit *un café*?«

Und das war der Beginn unseres Rituals, in der Frühe gemeinsam Kaffee zu trinken.

Eines Morgens, als ich auf dem Sofa am Fenster saß und stolz darauf war, einen ganzen Absatz in der französischen *Vogue* verstanden zu haben, kam Clotilde aus ihrem Schlafzimmer geschlendert und sagte, sie habe eine Idee. Sie stand da mit nackten Beinen und einem übergroßen T-Shirt und sah aus wie dem Magazin entsprungen, das ich gerade las. Sie ließ mich raten. Ich scherzte – ein bisschen angespannt –, dass sie mich rauswerfen und selbst nach Madrid umziehen würde.

»Ella, ich werde für dich eine Party veranstalten! Ich möchte deinen Einzug hier feiern. Ich lade meine engsten Freunde ein und natürlich Papa, der hoffentlich viel Champagner mitbringt und früh geht. Was meinst du? Klingt das nicht himmlisch?«

Clotilde machte keine halben Sachen.

»Bitte sag ja!«, flehte sie, als ich einen Moment lang nachdachte. »Bitte sag, dass du, wie heißt es noch gleich … der Ehrengast sein wirst.«

»Klar, klingt wunderbar. Wie bei einer Wohnungseinweihung«, stimmte ich zu.

»Genau. Dann ist es abgemacht. Ist Samstagabend für dich okay?«

»Das ist perfekt. Diesen Sonntag habe ich nämlich frei. Und da wir gerade beim Thema sind: Soll ich Chris einladen?« Ich wollte testen, ob sie Lust hatte, Chris auch außerhalb des Cafés zu sehen.«

»Natürlich! Und lade diesen Typen, mit dem du dich triffst, auch ein«, schlug Clotilde vor.

Panik überflutete mich. »Ach, ich glaube, das war nichts. Von dem habe ich seit Wochen nichts mehr gehört.«

»Wie schade«, sagte Clotilde. Wenn sie gewusst hätte, dass wir von Gaston redeten!

»Kann ich irgendetwas für die Party besorgen?«, fragte ich, um das Thema zu wechseln.

»*Non, non, non*. Überlass alles mir«, sagte sie. »Ich werde sogar kochen.«

»Clotilde, ich bin nicht sicher, ob Einkaufen bei Picard als Kochen durchgeht«, erwiderte ich.

»Nein, Ella, ich werde richtig kochen.«

Ich überlegte angestrengt, ob ich je gesehen hatte, dass Clotilde etwas zubereitete, das nicht von Picard stammte, der Supermarktkette mit tiefgekühlten, erstaunlich aufwendigen Fertiggerichten.

»Bist du sicher?«, fragte ich nervös. »Ich könnte vielleicht ein bisschen Käse beisteuern.«

»Wunderbare Idee. Man kann auf einer Party nie zu viel Käse haben.«

Samstag nach der Arbeit ging ich also zu Serge, um Käse zu besorgen. Ich wollte eine atemberaubende Sorte und rechnete damit, meinen Wochenlohn dafür ausgeben zu müssen. Nachdem ich Serge und den einzigen anderen Kunden – einen älteren Herrn, dem jedwedes Gefühl für Eile fehlte – mit *»Bonsoir«* begrüßt hatte, inspizierte ich die Auslage.

»Serge, ich bin ein bisschen in Eile. Ich brauche einen großen Käse.«

»Kein Problem. Was für einen?«

»Nun – irgendetwas Witziges.« Mein Blick fiel auf einen Brie, der fast so groß war wie mein Kopf. Und obwohl ich den bereits auf meiner Liste abgehakt hatte, wäre das Instagram-Foto eines riesigen Käses bestimmt gut bei meinen Followern angekommen. »Der wäre perfekt«, sagte ich und zeigte darauf.

Vorsichtig holte Serge den Käse aus der Auslage.

»Ella, das ist mehr als deine übliche Menge. Hast du jemanden gefunden, mit dem du zu Abend isst? Vielleicht einen Mann?«, fügte er mit einem Zwinkern hinzu.

»Ha! Eigentlich nicht«, erwiderte ich und war froh, dass Serge sich in meiner Gegenwart so ungezwungen fühlte, dass er mir eine derart persönliche Frage stellte. »Es gab einen Kandidaten – dieser attraktive Franzose –, aber der scheint vom Erdboden verschluckt zu sein. Es wurde sowieso ein bisschen kompliziert, deshalb ist es vermutlich besser so.«

»Dann bist du jetzt also allein?«

Allein? Wie traurig, dachte ich.

»Du meinst, ob ich Single bin?«

»Ja, Single, sorry.« Er lachte herzlich, und ich fiel mit ein, wobei ich insgeheim hoffte, dass ich nicht dazu bestimmt war, mein restliches Leben allein zu verbringen.

»Ich denke schon. Der Käse ist aber für die Party, die meine neue Vermieterin für mich geben will. Sie ist diejenige, für die ich auch den Valençay und den Cantal gekauft habe.«

»Ach ja. Und? Haben sie ihr geschmeckt?«

»So gut, dass sie mich gefragt hat, wo ich meinen Käse kaufe«, verriet ich ihm.

»Dann hat sie einen guten Geschmack. Sowohl bei Käse als auch bei Mitbewohnerinnen«, sagte er grinsend.

Mit einem triumphierenden Gefühl und einem großen Paket in Händen verließ ich Serges Laden. Wo ich wenige Monate zuvor einen winzigen Camembert für eine Person gekauft hatte, erwarb ich nun einen großen Käse für etliche Gäste. Als würde die größer werdende Käsemenge mein expandierendes Leben in Paris widerspiegeln. Ich konnte mir nichts Passenderes denken, um meinem Erfolg Ausdruck zu verleihen.

Erst auf dem Weg zum Apartment fiel mir ein, dass ich Serge vielleicht zu der Party hätte einladen sollen. Er war immer so nett zu mir, und wir unterhielten uns längst nicht mehr nur über Käse, sondern auch über unser Leben. Vielleicht hätte ich es wirklich tun sollen. Aber ich war spät dran und hatte keine Zeit, noch einmal umzukehren. *Nächstes Mal*, dachte ich und eilte nach Hause, um mich fertig zu machen.

Kapitel 19

Ich föhnte mir die Haare, trug einen kräftigen roten Lippenstift *à la française* auf und zog unglaublich hohe Highheels an. Chris hatte sich seltsamerweise dazu entschieden, ein Rendezvous mit einer anderen Französin einzuhalten, statt zu Clotilde zu kommen. »Mit Geduld und Zeit kommt man weit«, hatte er gesagt. »Sie hat das Potenzial für etwas Langfristiges. Ich warte also den rechten Augenblick ab.«

Normalerweise schüchtern mich so viele Menschen ein, aber Clotilde hatte allen gesagt, dass es *meine* Party sei, und ich schwelgte in meiner Rolle als Co-Gastgeberin und Ehrengast. Ich half beim Ausschenken der Getränke und lernte Clotildes attraktive Freunde kennen, wobei mir der Champagner half, auch die letzte Befangenheit abzulegen.

Als ich gerade mit Clotildes Studienfreundin Julie plauderte – und erfuhr, dass es nicht automatisch bedeutete, viel Bordeaux zu trinken, wenn man in Bordeaux aufwuchs –, sah ich einen perfekt gekleideten und frisierten älteren Herrn hereinkommen. Clotilde eilte zu ihm und umarmte ihn. Dann zog sie ihn zu mir und stellte ihn als Papa Jean vor, und obwohl er kein Englisch sprach, gelang es uns, eine kurze Unterhaltung zu führen. Er entschuldigte sich, dass die Wohnung so klein sei, und lachte dann verlegen. Ich fiel mit ein und dachte: *Wenn er gesehen hätte, welche Schuhkartons sonst so vermietet werden, hätte er nicht einmal ein Kichern zustande gebracht.* Diese Wohnung war im Vergleich dazu ein Palast.

Ich war gerade dabei, ihm zu erzählen, wie ich Clotilde kennengelernt hatte, als mir die Worte im Hals stecken blieben.

Soeben war Gaston hereingekommen. *Mist! Was zum Teufel machte er denn hier?*

Ich beobachtete genau, wie Clotilde zu ihm eilte und er sie zärtlich auf beide Wangen küsste. Dauerte das etwa länger als die Küsschen, die ich nach unseren Drinks bekommen hatte? Verweilten seine Lippen ein bisschen nahe an ihrem Mund?

Ich musste zugeben, dass er wieder einmal umwerfend aussah, mit dem leicht zerzausten Haar und dem um den gebräunten Hals geschlungenen grünen Schal.

»*Ah, c'est Gaston*«, sagte Papa Jean.

Ich musste schlucken. Wenn Papa Jean Gaston kannte, dann war dessen Beziehung zu Clotilde am Ende wohl doch etwas enger. Am Boden zerstört sah ich mit an, wie Clotilde ihn in die Küche zog, und fragte mich nur noch, wie ich ihm aus dem Weg gehen konnte.

Ich wandte mich wieder Papa Jean zu und versuchte herauszufinden, woher er Gaston kannte, erntete auf meine Frage jedoch einen erstaunten Blick.

»Gaston? *Il est mon neveu!*«, antwortete er. »*Excuse-moi, Ella*«, entschuldigte er sich gleich darauf höflich und eilte ebenfalls in die Küche.

Beinahe hätte ich ihn festgehalten, um zu fragen, was »*mon neveu*« bedeutet, entdeckte aber stattdessen eine andere Person, die mir auf die Sprünge helfen konnte.

»Ich glaube, auf Englisch heißt es ›nephew‹«, erwiderte Julie auf meine Frage.

»Neffe? Also der Sohn seines Bruders oder seiner Schwester?«, fragte ich. Ich konnte es mir nicht leisten, das jetzt falsch zu verstehen.

»Ja, habe ich es nicht richtig ausgesprochen?«

»Doch perfekt!«, rief ich.

Wenn Gaston Jeans Neffe war, dann musste Clotilde seine Cousine sein! Ich lächelte bei dem Gedanken und spürte vor Aufregung ein Flattern im Bauch.

Ich hatte mir also die ganze Zeit unnötig Sorgen gemacht. Mit einer Entschuldigung verließ ich Julie, ging zum Buffet und zückte mein Handy, um Chris eine SMS zu schicken.

Es gibt einen Gott! Clotilde und Gaston sind Cousin und Cousine.

Als ich mir gerade eine extragroße Portion Mini-Quiches nehmen wollte, um das zu feiern, hörte ich eine männliche Stimme, die ich sofort erkannte: »Die sind nicht so gut. An deiner Stelle würde ich nicht so viele essen.«

Grinsend drehte ich mich zu Gaston um. »Ich finde, die sehen köstlich aus«, erwiderte ich kokett und stapelte noch ein paar mehr auf meinen Teller, um ihn herauszufordern.

»Ja, das tun sie. Aber warte, bis du eine probiert hast.«

»Das lass mich mal beurteilen«, entgegnete ich, schob

eine ganze Quiche in meinen Mund und kaute sorgfältig. »Ah, köstlich«, log ich.

Sosehr ich Clotilde auch mochte – wenn sie nicht bei Picard einkaufte, war ihr Essen ungenießbar. *Vielleicht bleibt sie deshalb so schlank,* schoss es mir durch den Kopf.

»Wie ich hörte, ist Clotilde deine Cousine«, sagte ich.

»Ja, und wie ich hörte, bist du ihre neue Mitbewohnerin«, sagte er. »Was für ein Zufall.«

Ich wurde rot.

»Also …«, versuchte ich, das Thema zu wechseln, »du magst also Clotildes Kochkünste nicht?«

»*Oui*. Ich habe versucht, ihr ein paar einfache Gerichte beizubringen, aber sie ist in der Küche einfach zu ungeduldig. Sie geht lieber irgendwo essen und lässt jemand anderen die harte Arbeit verrichten.«

»Da kann ich ihr keinen Vorwurf machen. Das Essen in Paris ist so gut, wer möchte da nicht jeden Abend essen gehen?«

»Du gehst gern essen?«

»Sicher, so wie jeder andere vermutlich auch.«

Er nickte und lachte zurückhaltend. »Ich auch.«

»Als wir zusammen etwas trinken waren, bin ich nicht dazu gekommen, dich zu fragen, was du beruflich machst«, versuchte ich, unser Gespräch am Laufen zu halten.

»Ich bin Journalist«, sagte er.

»Ah, cool.« Im Geiste trat ich mich dafür in den Hintern, dass mir kein geistreicherer Kommentar einfiel.

»Und wie ist dein Job als Barista?«

»Prima«, antwortete ich und dachte, dass ich ihn vielleicht endlich darüber aufklären sollte, dass ich nicht für den Kaffee zuständig war. »Apropos, ich habe dich eine Weile nicht im Flat White gesehen.«

»Zu dieser Jahreszeit habe ich immer ziemlich viel zu tun.«

»Noch ein Grund mehr für einen Kaffee«, erwiderte ich mit einem kessen Lächeln.

Aber bevor ich noch länger mit ihm flirten konnte, kam Papa Jean zu uns geeilt und unterbrach uns, indem er Gaston wegen eines Notfalls mit in die Küche nahm.

Du liebe Güte, was hat Clotilde jetzt wieder angestellt?, fragte ich mich.

Ich checkte mein Handy und sah, dass Chris geantwortet hatte: *Viel Glück mit Monsieur! Reservier Clotilde für mich.*

Eine ganze Weile später kam Gaston mit einem großen Tablett perfekt aussehender Canapés aus der Küche zurück. Nach dem bisher kaum genießbaren Essen stürzten sich alle wie eine Meute hungriger Wölfe darauf. Ich versuchte gerade, mich vorzukämpfen zu etwas, das aussah wie eine kleine Käsetarte, als Gaston mich an der Schulter packte und zurückhielt.

Warum will dieser Mann nicht, dass ich esse?, fragte ich mich.

»Komm mit, Ella. Ich habe etwas für dich«, flüsterte er mir ins Ohr.

Ich folgte ihm und begutachtete dabei diskret seinen Hintern in der gut sitzenden Hose. »Nicht schlecht«, murmelte ich kaum hörbar.

In der Küche fiel mein Blick auf die Reste des Essens, das Gaston gerettet oder aus den verbliebenen Zutaten gezaubert hatte.

»Nachdem du bisher nur eine furchtbare Mini-Quiche gegessen hast, fand ich, dass du das hier verdient hast.«

Er spießte eine in Schinken gewickelte Pflaume auf und schob sie mir in den Mund. Als das würzig umhüllte Päckchen auf meine Geschmacksknospen traf und zu schmelzen begann, bemerkte ich erst, wie hungrig ich war, und kaute gierig.

»Gaston, das ist köstlich«, gestand ich. Als Nächstes probierte ich eine kleine Ziegenkäsetarte, die eine perfekte Ausgewogenheit aus cremigem Käse und knusprigem, noch warmem Teig darstellte. Auch diese Kreation wirkte Wunder auf meiner Zunge.

»Was für ein Ziegenkäse ist das?«, fragte ich. Gaston sah mich schief an, als bezweifle er, dass ich in der Lage sein könnte, die verschiedenen französischen Ziegenkäsearten zu unterscheiden.

»Das ist ein Crottin de Chavignol von der Loire. Schmeckt er dir?«

Ausführlich beschrieb ich sein Aroma und hatte genau die richtige Menge Champagner intus, um intelligent zu klingen.

»Jetzt musst du die Foie gras probieren«, sagte Gaston und zeigte auf einen braunen Klecks auf einer Scheibe Rosinenbrot, der auch nicht annähernd so appetitlich aussah wie das, was ich gerade gegessen hatte.

»Okay«, stimmte ich zu und versuchte, begeistert zu klingen.

»Das ist Leber«, sagte er, als er meinen Gesichtsausdruck bemerkte. »Nicht dazu gedacht, schön auszusehen.«

Lachend schüttelte ich den Kopf, weil es mir peinlich war, dass er meine Befürchtungen erfasst hatte. Auf geradezu sinnliche Weise hob er die Foie gras an meine Lippen. Mir lief das Wasser im Mund zusammen, aber ich war mir nicht sicher, ob das dem Essen galt.

In dem Moment kam Clotilde in die Küche geschossen. »Was ist denn hier los?«, wollte sie wissen.

Beschämt wirbelte ich herum und stieß gegen Gastons Arm. Vor Schreck ließ er das Canapé fallen, das direkt in meinem Ausschnitt landete.

»Mist!«, rief ich und stand mit ausgestreckten Armen hilflos da.

Gaston versuchte, das Canapé mit spitzen Fingern herauszuholen, schob es aber nur noch tiefer zwischen meine Brüste. Mein Gesicht lief feuerrot an, und ich hätte mich am liebsten vom Balkon gestürzt – etwas Besseres, wie ich mich aus dieser Situation retten konnte, fiel mir nicht ein. Bevor es dazu kam, eilte mir zum Glück Clotilde zu Hilfe und schob Gaston beiseite.

»Keine Sorge, Süße. Das kriegen wir in null Komma nichts wieder hin. Komm mit.«

Als sie mich in Richtung ihres Zimmers zog, atmete ich erleichtert auf. Zum Glück fragte Clotilde nicht, was ich eigentlich mit ihrem Cousin in der Küche gemacht hatte, und ich erwähnte nicht, dass ich ihm zuvor schon im Flat White begegnet war. Ich konnte nicht sagen, warum, aber ich wollte sicher sein, dass die Sache mit ihm nicht nur ein harmloser Flirt war, bevor ich diese Komplikation in mein Privatleben ließ.

»Wie wäre es damit?«, fragte Clotilde und zog ein Kleid aus ihrem riesigen Kleiderschrank.

»Clotilde, ich habe doch eigene Kleider in meinem Zimmer«, protestierte ich, obwohl mich die umwerfenden Schnitte und Stoffe durchaus lockten. Möglicherweise ging mir auch durch den Kopf, wie es wohl wäre, mit einem sexy tief ausgeschnittenen Kleid vor Gaston zu erscheinen.

»Ich weiß, aber du brauchst ein Partykleid. Das ist dein Abend«, sagte sie. »Vielleicht dieses?« Sie reichte mir ein rotes.

»Das wird mir nicht passen, Clotilde.« Ich war kurz davor, meinen Körper bis in alle Ewigkeit zu verdammen, tröstete mich jedoch damit, dass sich vermutlich die meisten Menschen so fühlen würden, wenn sie neben Clotilde standen.

»Probiere es an«, beharrte sie. »Es hat Einheitsgröße.«

Ich streifte das Kleid über, und zu meiner Überraschung passte es. Es war zwar sehr viel enger, als ich von »für alle Größen« erwartet hätte, aber es bedeckte alle nötigen Teile. Es war auch viel kürzer als alles, was ich normalerweise trug, aber zum Glück hatte ich meine Highheels an und wunderbar vom Pariser Sommer gebräunte Beine.

»Heißt unseren Ehrengast wieder willkommen«, sagte Clotilde und klatschte, als wir ins Wohnzimmer zurückkehrten. Wieder lief ich rot an, dieses Mal passend zur Farbe meines Kleides. »Sie hat sich umgezogen, wir können also losziehen und die Clubs unsicher machen«, trällerte Clotilde mit ihrer hohen Stimme. »Okay, *on y va*, lasst uns gehen!«

Sie stellte die Musik ab, küsste Papa Jean zum Abschied auf die Wange und schnappte sich ihre Handtasche. Innerhalb von Sekunden hatte sie die noch verbliebenen fünfzehn Partygäste überzeugt, sich uns anzuschließen, und wir eilten durch die Tür und die Treppe hinunter ins Pariser Nachtleben.

Erst als wir schon ein Stück die Straße entlanggegangen waren, merkte ich, dass Gaston nicht bei uns war.

»Wo ist Gaston? Kommt er nicht mit?«, fragte ich Clotilde.

»O nein.« Sie kicherte. »Er würde im Leben nicht mit uns in diese Clubs gehen.«

Ich lachte über ihre Formulierung »im Leben nicht«. Ich war mittlerweile an ihr fehlerfreies Englisch gewöhnt, aber ihre Fähigkeit, im geeigneten Moment eine treffende Formulierung zu finden, überraschte mich immer noch.

»Er ist zu kultiviert für die Clubs, in die wir gehen. Wieso fragst du? Magst du ihn?«

»Ach, ähm, nur so.«

Kapitel 20

Am darauffolgenden Morgen – nach einer rauschenden Nacht mit viel Alkohol und Tanzen – stellte ich begeistert fest, dass Gaston mir eine Nachricht geschickt hatte. Er schrieb, dass er sich darauf freue, mich bald wiederzusehen. In meinem immer noch alkoholisierten Zustand entschied ich mich zum Glück, keine Romane zu antworten, sondern tippte nur ein lässiges *Oui, oui* und einen zwinkernden Smiley ein.

Ich bin wieder im Spiel!, dachte ich und grinste breit. Aber jetzt war nicht die Zeit, von einem Date mit Gaston zu träumen.

An diesem Vormittag landete nämlich Billies Maschine aus Australien. Es war schade, dass sie die Party verpasst hatte, aber ich freute mich in jedem Fall riesig auf sie. Seit ich bei Clotilde eingezogen war, hatte ich kaum die Zeit gefunden, ausführlich mit Billie zu kommunizieren, und ich war gespannt zu erfahren, was in Melbourne los war, und wollte ihr unbedingt mein neues Leben in Paris zeigen.

Ich ignorierte also meinen pochenden Schädel, schleppte mich in die Küche, schaltete die Kaffeemaschine ein und schaute zu, wie die stärkende Flüssigkeit langsam in die Kanne tröpfelte. Auf den Arbeitsflächen stapelten sich Geschirr und Überreste der Party. Da Billie den besten Eindruck von unserem Apartment bekommen sollte, begann ich aufzuräumen. Ich vermied es, die leeren Weinflaschen zu zählen, als ich jedoch die überquellenden Aschbecher sah und roch, wurde mir übel. Wie sich herausgestellt hatte, war es kein Klischee – die Franzosen rauchen immer noch gern.

Aus Clotildes Zimmer drang eine gedämpfte Männerstimme. Sicherheitshalber schnappte ich mir meinen Kaffee und verzog mich in die Dusche. Ich hoffte, mit heißem Wasser meinen Kater loszuwerden – oder zumindest die Make-up-Reste. Angestrengt überlegte ich, ob auf der Heimfahrt noch jemand mit uns im Uber gewesen war, aber abgesehen davon, dass ich den Fahrer angebettelt hatte, er solle die Musik aufdrehen, lag alles im Nebel.

Als ich aufgeheizt und mit geröteter Haut aus dem dampfenden Badezimmer trat, stieß ich mit Clotilde und dem sexy Franzosen zusammen, zu dem die Stimme gehörte. Ich tauschte mit ihrem geheimnisvollen Mann *les bises* – leicht verlegen, da ich nur in ein Handtuch gehüllt war – und bot den beiden Kaffee an. Clotilde verneinte im Namen ihres neuen Liebhabers und schob ihn schnell zur Wohnungstür hinaus. Wir lauschten seinen Schritten die Treppe hinunter, bevor wir anfingen zu kichern und uns über die vorige Nacht auszutauschen. Hugo war Fotograf von einem Shooting, das sie ein paar Wochen zuvor gehabt hatte, und in den sie – was ich nicht gewusst hatte – ziemlich verschossen gewesen war. Gestern Abend liefen sie sich zufällig über den Weg, und der Rest war Geschichte.

»Und warum hast du ihn dann so schnell rausgeworfen?«, fragte ich.

»Er hätte nicht eine Minute länger bleiben dürfen«, erklärte sie ernst. »Papa und Gaston kommen jeden Moment, um mich zum Brunchen abzuholen.«

»Wo geht ihr hin?«, fragte ich und versuchte, ruhig zu klingen, obwohl mein Herz raste.

»Eggs and Co. Komm doch mit«, schlug sie vor.

»Ich kann nicht«, lehnte ich ab und verfluchte das schlechte Timing. »Billie kommt heute an. Ich muss zum Flughafen, um sie abzuholen.«

»Stimmt, das hatte ich ganz vergessen. Er wird sicher enttäuscht sein.«

»Wer?«, krächzte ich.

»Papa natürlich. Er sagte, dass er dich gern besser kennenlernen möchte.«

Puh! Ich atmete tief durch.

»Ja, richte ihm doch bitte aus, dass ich mich darauf freue und wir uns hoffentlich bald wiedersehen.«

Clotilde nickte und fügte hinzu: »Aber wenn ich darüber nachdenke, wird Gaston vermutlich auch enttäuscht sein. Wahrscheinlich würde er zu gern ein Croissant in deinen Ausschnitt fallen lassen.«

»Nächstes Mal ziehe ich einen Rollkragenpullover an, sobald er in der Nähe ist«, versicherte ich ihr.

Sie schenkte mir einen süffisanten Blick, der zu sagen schien *Bien sûr!*

Billie kam am Flughafen Charles de Gaulles durch die Zollabfertigung und drückte mich als Erstes fest an sich.

Nachdem ich wochenlang alle Leute zur Begrüßung geküsst hatte, genoss ich die Umarmung und verharrte länger darin als üblich.

»Hey!«, sagte Billie deshalb prompt und löste sich von mir. »Ist alles in Ordnung?«

»Jetzt, wo du hier bist, ja«, versicherte ich und drückte sie noch einmal.

»Gut, denn ich bin gekommen, um Spaß zu haben, und kann leider nicht lange bleiben. Lass uns deshalb das Meiste aus meinem Besuch in Paris herausholen.«

»Perfekt«, stimmte ich zu und half ihr mit dem Gepäck. »Kleine Einschränkung: Ich bin ein bisschen angeschlagen. Gestern Nacht waren wir lange unterwegs und haben viel getrunken und getanzt. Tut mir leid!«

»Das muss dir nicht leidtun, El. Ich werde mich um dich kümmern. Und ich freue mich, dass du anscheinend deine Tanzschuhe wiedergefunden hast.« Sie legte den Arm um meine Schultern.

Billie war auf der Durchreise zur Hochzeit einer Freundin in London und würde nur zwei Tage in Paris bleiben. Und wegen beruflicher Termine in Australien hatte sie nicht früher kommen können. Aber das würde mich nicht davon abhalten, jede Minute ihres Besuchs zu genießen.

Als wir mit der Metro in die Stadt fuhren, besprachen wir, was wir unternehmen wollten. Ich ging die Liste der Touristenattraktionen durch, von denen ich annahm, dass Billie sie gern sehen würde – Eiffelturm, Centre Pompidou, Louvre, Versailles –, aber sie unterbrach mich. »Ella, nicht dieser Touristenquatsch. Ich möchte *dein* Paris sehen.«

»Also gut. Wie wäre es dann, wenn wir dein Gepäck

in der Wohnung abstellen, anschließend Kaffee *en terrasse* trinken und danach ein Picknick an der Seine machen? Es soll ein sonniger Nachmittag werden.«

»Perfekt. Wein, Käse, ein Baguette – was könnte besser sein?«

»Klingt toll! Vielleicht kommt Clotilde auch mit«, sagte ich.

»Gute Idee, ich würde deine Vermieterin gern unter die Lupe nehmen. Sichergehen, dass ich mit ihr einverstanden bin.«

Billies erster Eindruck von dem Apartment war so, wie ich erhofft hatte. Sie staunte mit vielen Ohs und Ahs. Clotilde hatte es geschafft, vor ihrem Brunch noch die Küche fertig aufzuräumen, die jetzt nur so blinkte. Ich verspürte eine Welle der Dankbarkeit. Ich bot Billie einen Kaffee an und fragte, ob sie kurz duschen wolle, aber sie beharrte darauf, startklar zu sein.

Wir zogen los und suchten uns ein Café mit einer Terrasse, die in der Sonne lag, was in meiner Wohngegend genauso leicht war, wie in Frankreich zuzunehmen.

Bei zwei Espressi redeten wir kreuz und quer über alles Mögliche. Billie berichtete, dass sie mit ihrer Firma jetzt in andere Staaten expandierte und – was noch aufregender war – einen Riesenanstieg ihrer Verkaufszahlen verzeichnete, seit eine Darstellerin unserer australischen Lieblings-Soap *Neighbours* eine ihrer Halsketten getragen hatte. Als sie das beinahe beiläufig erwähnte, bestellte ich zwei Gläser Champagner, um zu feiern, und tadelte sie dafür, mir das nicht schon früher erzählt zu haben.

Dann war ich an der Reihe und erzählte, wie sehr ich das Leben in Paris lieben gelernt hatte. Ich gestand ihr zwar auch, dass der Anfang ein bisschen steinig gewesen sei, die Suche nach dem Traumjob nicht ganz so lief wie geplant und die Jagd nach der richtigen Unterkunft auch kein Spaziergang gewesen war, aber dass ich nun glücklich berichten könne, endlich angekommen zu sein.

Durch das Gespräch mit Billie wurde mir noch einmal klar, wie toll es hier in Paris war. Begeistert stellte ich fest, wie viel spannende Sachen ich in kurzer Zeit erlebt hatte, vor allem, wenn ich es damit verglich, was mir in den vergangenen acht Jahren mit Paul und unserer »Sesshaftigkeit« alles entgangen war.

»Und was steht als Nächstes bei deiner Eroberung von Paris an?«, fragte Billie schließlich.

»Ich muss einen anderen Job finden, um meinen zunehmend kostspieligeren Lebensstil zu finanzieren. Vorzugsweise etwas, das nichts mit schmutzigem Geschirr zu tun hat.«

»Und was ist mit dem Instagram-Account? Hast du dich etwa in Käse verliebt?«

Ich hatte Billie noch nicht von meiner Dinner-Wette mit Serge erzählt, und sie musste annehmen, dass ich Käse nur zum Spaß probierte und darüber postete. Was nicht heißen soll, dass es kein Spaß war. Der Gedanke, ihr von Serge zu erzählen und die Wette zu erklären, machte mich ein bisschen nervös. Ich wollte auf keinen Fall, dass sie etwas, das für mich sehr wichtig geworden war, für verrückt hielt. Andererseits war mir ihre Unterstützung wichtig, also packte ich aus.

»Ich habe gewettet, im Laufe eines Jahres 365 verschiedene Käse zu probieren.«

»Du hast *was*? Mit wem? Aber wieso? Du machst Witze, oder?«

»Na ja …«

»O Gott, du machst keine Witze. Was hat dich darauf gebracht, dass du so viel Käse essen musst?«

»Es gibt da einen besonderen Käse-Typen«, sagte ich.

»Es gibt einen Mann in deinem Leben, und du hast ihn bisher mit keinem Sterbenswörtchen erwähnt?«

»So ist das nicht. Er ist nur derjenige, bei dem ich meinen Käse kaufe«, erwiderte ich.

Billie wirkte enttäuscht.

»Kurz nach meiner Ankunft in Paris wetteten wir, dass ich nicht alle französischen Käsesorten in einem Jahr probieren kann«, erklärte ich ihr.

»Ich denke, man hat dich übers Ohr gehauen, meine liebe Freundin. Klingt so, als würde er ein verdammt gutes Geschäft mit dir machen.« Sie sah mich mitfühlend an.

»Nein, das stimmt nicht«, widersprach ich. »Ich kaufe den Käse ja nicht immer bei ihm. Nur meistens.« Ich unterbrach mich kurz, ehe ich hinzufügte: »Ehrlich gesagt war mir nicht klar, wie viele verschiedene Sorten es gibt …«

Billie nickte.

»Jedenfalls«, fuhr ich fort, »haben wir nur um eine Einladung zum Abendessen gewettet, es wäre also nicht so schlimm, wenn ich verliere. Aber aus irgendeinem Grund ist es mir wichtig geworden zu gewinnen. Ich will erfolgreich sein. Der Instagram-Account ist so eine Art Käsetagebuch geworden.«

Billie schwieg.

»Du hältst mich doch nicht für verrückt, oder?«, fragte ich.

»Na ja, sämtliche französischen Käsesorten zu probieren ist sicher keine schlechte Erfahrung, aber es scheint mir doch ein bisschen übertrieben. Könntest du nicht einfach nur hundert oder so probieren? Und der Wetteinsatz ist ein *Abendessen*? Was läuft da wirklich zwischen dir und diesem Typen? Bist du sicher, dass du nicht in ihn verknallt bist?« Ihre Hartnäckigkeit war gleichermaßen bewundernswert wie nervig.

»Nein. Darum geht es nicht.« Ich wünschte, das wäre für Billie genauso klar wie für mich. Serge war hier zu meinem ersten Freund geworden, und die Wette spielte dabei eine große Rolle. »Er hat mein Interesse für Käse geweckt und bringt mir viel über die verschiedenen Sorten und ihre Herkunft bei.«

»Und das hat wirklich nichts mit Sex zu tun?« Billie zog die Brauen hoch und sah mich skeptisch an.

Ich hätte mich beinahe an meinem Getränk verschluckt. »Nein! Wir sind nur Freunde. Lass uns später bei dem Geschäft vorbeigehen, damit du sehen kannst, wie wunderbar es ist. Wenn du den ganzen Käse siehst, wirst du die Sache hoffentlich besser verstehen.«

Billie drehte eine Haarsträhne um einen Finger, das tat sie oft, wenn sie nachdachte.

»Was ist das bloß mit dir, dem Käse und Paris?«, fragte sie schließlich.

»Wie meinst du das?«

»Ist schon komisch, dass Paul dich in Paris mit Comté

herumgekriegt hat, und nach der Trennung von ihm wettest du mit einem Kerl, jeden Tag eine andere Käsesorte zu essen.«

Ich zuckte mit den Schultern, da ich darauf keine Antwort wusste. Ich hatte nie eine Verbindung zwischen meiner ersten Nacht mit Paul in Paris und dieser Wette gesehen.

»Hast du etwas von ihm gehört?«, fragte Billie leise.

»Von wem? Paul?« Ich schüttelte den Kopf. »Und ehrlich gesagt bin ich darüber auch froh. Hier war so viel los, dass ich nicht mal Zeit hatte, an ihn zu denken.«

»Und du hast auch keine Updates gesehen?«

»Nö. Um das zu vermeiden, habe ich alles gelöscht.«

»Dann soll ich dir vielleicht auch nicht erzählen, dass er mir vor ein paar Wochen in Melbourne über den Weg gelaufen ist?« Sie sah mich stirnrunzelnd an.

Ich schluckte.

»Und dass er mit einer Frau unterwegs war?«

Sofort dachte ich an Jessyka. »Sah sie aus wie ein CrossFit-Girl?« Es interessierte mich mehr, als mir lieb war.

»Keine Ahnung. Sie wirkte fit, aber ich weiß nicht, wie ein CrossFit-Girl aussieht.«

»Ist sowieso egal«, versuchte ich mich selbst zu überzeugen, trotz des Golfballs, der plötzlich in meinem Hals steckte. Obwohl es das Beste gewesen war, mit ihm Schluss zu machen, wollte ich nicht, dass er mit einer anderen glücklich war. Billie sah offenbar die Tränen in meinen Augen, denn sie fragte mich, wann ich anfangen würde, mit französischen Männern auszugehen. Ich erzählte ihr von meiner Art Date mit Gaston und unserem Zusammentreffen auf Clotildes Party am Vorabend.

»Aber ich bin nicht sicher, ob er auf mich steht«, fügte ich hinzu.

»Lass mich das beurteilen. Erzähl mir von ihm.«

Ich berichtete alles, was ich über Gaston wusste, und wollte gerade unseren seltsamen Canapé-Moment ausführlich beschreiben, als sie mich unterbrach.

»Ella, ich bin sehr dafür, dass du wieder mit Kerlen ausgehst, aber dieser Typ kommt mir irgendwie überheblich vor.«

»Er ist sehr pariserisch. Weltmännisch und kultiviert. Und er ist Journalist«, verteidigte ich ihn.

»Was für eine Art von Journalist?«, fragte sie.

»Das weiß ich nicht genau«, gestand ich.

»Es ist nicht alles Gold, was glänzt, Ella.«

»Jetzt sei doch nicht so dramatisch, Billie«, erwiderte ich lachend. »Und mach dir keine Sorgen um mich. Nichts kann schlimmer sein als eine Beziehung mit Paul.«

»Du solltest dich nicht sofort wieder in eine feste Beziehung stürzen. Verabrede dich und checke, wen es da draußen alles gibt. Vielleicht solltest du mal jemanden daten, den du normalerweise gar nicht in Betracht ziehen würdest.«

»Mach dir keine Sorgen um mich«, wiederholte ich. »Aber die Männer stehen bei mir auch nicht gerade Schlange. Leider hält die Dürre an.«

Billie rieb sich theatralisch den Bauch.

»Wo ist nun dieser Käseladen? Ich sterbe vor Hunger. Sollen wir hingehen und etwas für deine Wette tun?«, fragte sie.

»Dann mal los.« Ich bat den Kellner um die Rechnung.

»Kannst du an einem Tag auch mehrere Käse essen?«

»Natürlich! Ich kann an einem Tag mehrere essen und dann ein paar Tage pausieren«, erklärte ich mit ernster Stimme.

»Ist vermutlich auch besser für deine Figur.«

»Schwer zu sagen, ob es für die Figur besser ist, viel Käse auf einmal zu essen«, wandte ich ein.

Mit heiseren Stimmen vom vielen Reden und Lachen und jeder Menge Koffein in unseren Adern machten wir uns auf den Weg zu Serge.

Kaum hatten Billie und ich die *fromagerie* betreten, da streckte Serge seinen Kopf aus der Tür des Lagerraums und sang zur Melodie von Lionel Richies *Hello*: *»Hello, is it Brie you're looking for?«*

Ich fragte mich, wie oft Serge diese Textzeile bei Touristen anbrachte und ob er bei all seinen Kunden so ausgelassen war. Bestimmt nicht, dachte ich und erinnerte mich an unsere erste Begegnung.

»*Gouda one*, Serge.« Er war nicht der Einzige, der ein oder zwei Käsewortspiele draufhatte.

Er schlug sich lachend auf die Schenkel und nickte begeistert. Billie kicherte und warf mir einen vielsagenden Blick zu.

»Serge, das ist Billie«, stellte ich sie vor, bevor sie irgendetwas sagen konnte, das mir peinlich sein würde. »Sie ist gerade aus Australien angekommen und wird mir zwei Tage beim Käseessen helfen.«

Serge streckte die Hand über die Theke und sagte sehr charmant: »*Bonjour*.«

»Hältst du sie für genauso verrückt wie ich, sich auf diese Wette eingelassen zu haben?«, fragte Billie ganz direkt.

Ich bohrte ihr meine Finger in die Rippen.

»*Non, non, non*. Französischen Käse kennenzulernen ist meiner Meinung nach für einen Ausländer eine sehr amüsante Angelegenheit. Es ist ein Bekenntnis zu diesem schönen Land. Es ist sehr patriotisch.«

»Würdest du denn das Gleiche über einen Ausländer sagen, der herkommt, um die französische Geschichte zu studieren?«, bohrte Billie weiter.

»Die Geschichte dieses großartigen Landes lässt sich oft am besten anhand der Geschichte seines Käses erzählen. Napoleon, Religion und Revolution – es steckt alles da drin«, erwiderte Serge und strahlte mich dann an. Er war nicht gerade eine Hilfe, Billie davon zu überzeugen, dass er für mich nur mein Käsehändler war.

»Welchen Käse sollen wir zu unserem Picknick mitnehmen?«, brachte ich das Gespräch in eine andere Umlaufbahn.

»Möchtest du etwas Neues ausprobieren? Oder vielleicht möchte deine Freundin einen deiner Favoriten probieren? Comté? Oder Sainte-Maure? Valençay?« Serge fuhr fort, meine Lieblingskäsesorten herunterzurattern, und Billie wandte sich mir zu.

»Ja, Ella, was sollen wir nehmen? Du scheinst *eine Menge* Favoriten zu haben.«

Glücklicherweise waren die Nuancen von Billies Neckerei, die ein Muttersprachler sofort verstand, zu subtil für Serge.

»Die hat sie wirklich«, stimmte er zu. »Und sehr gute, wie ich hinzufügen muss.«

Ich lachte angestrengt und wollte nur noch aus diesem Geschäft raus, bevor Billie nicht mehr zu bremsen war. »Serge, stell uns doch bitte einfach eine kleine Käseauswahl zusammen, die sich gut für ein Picknick eignet und zu einer Flasche Rosé passt.«

»*Parfait*«, stimmte er zu und holte begeistert verschiedene Käse aus der Auslage.

Sobald er uns den Rücken zukehrte, beugte sich Billie über die Theke und musterte ihn von oben bis unten. Dann wandte sie sich mir zu, und ihre hochgezogenen Brauen sagten so viel wie: *Nicht schlecht*. Ich schüttelte ablehnend den Kopf, konnte ihr aber im Grunde nicht widersprechen. Serge trug die Schürze heute enger umgebunden, und mir fiel auf, dass er größer und besser gebaut war, als ich anfangs dachte. Sein T-Shirt enthüllte verführerische Armmuskeln, und ich fragte mich, ob er ins Fitnessstudio ging. Zum Glück machte er aber nicht den Eindruck eines CrossFit-Typen.

Serge drehte sich um und erwischte uns beide dabei, wie wir ihn anstarrten. Schnell machte ich einen blöden Witz, dass Billie sich in einem Jetlag-Dämmerzustand befinde, und beeilte mich mit dem Bezahlen.

Sobald wir den Laden verlassen hatten, drehte sich Billie zu mir um und sagte: »Ella, er steht auf dich. Das ist sonnenklar.«

»Blödsinn. Es ist eine harmlose Käseverkäufer-Kundin-Beziehung. Ich glaube, dass Käse ihm wirklich etwas bedeutet.«

»Es ist eindeutig mehr«, widersprach sie. »Als er sagte, dass er hofft, dich bald wiederzusehen, war das Verlangen offensichtlich!«

»Für mich nicht. Du weißt doch, ich bevorzuge die Männer glatt rasiert, weltmännisch und ein bisschen moderner.«

»Ella! Sei doch nicht so verbohrt. Er sieht echt gut aus, und dieser Bart ist klasse.«

»Ich gebe ja zu, dass er ein gewisses *je ne sais quoi* hat, aber er ist trotzdem nicht mein Typ.«

»Du hast recht. Er ist kein bisschen so wie Paul«, sagte sie, und dann schwiegen wir beide.

Da wir mehr Käse hatten, als zwei Leute in einer Woche vertilgen konnten, schickten wir Chris und Clotilde Nachrichten, ob sie uns bei einem *apéro* an der Seine Gesellschaft leisten wollten. Chris hatte mich so oft nach Clotilde gefragt, dass ich auf diese Weise zwei Fliegen mit einer Klappe schlagen konnte.

Dann gingen wir zum Flussufer und kauften unterwegs noch den unverzichtbaren Wein und das Baguette. Die Tänzergruppen waren wieder da, und wir suchten uns einen Platz in der Nähe der Tangotänzer.

Als die Sonne langsam unterging, gesellte sich Chris zu uns, und ich stellte ihm Billie vor – meine beiden australischen Freunde, die an den entgegengesetzten Seiten der Welt lebten, kamen zusammen. Sie sprachen über Melbourne und prüften, ob sie gemeinsame Freunde hatten. Die beiden verstanden sich so gut, als würden sie sich schon Jahre kennen.

»Und wie macht sich Ella beim Geschirrspülen?«, scherzte Billie.

»Sie ist die Beste, die ich je hatte«, antwortete er lachend. »Darin ist sie sehr viel besser als im Kaffeekochen. Aber unter uns gesagt ist ihr Verstand in dem Café verschwendet. Es ist vermutlich Zeit, dass sie sich nach einem richtigen Job umschaut ...«

Ich zog verlegen die Schultern hoch. Das hatte Chris mir bisher noch nie nahegelegt, und ich fragte mich, ob ich womöglich Signale ausgesendet hatte, dass ich unglücklich im Flat White sei. Natürlich arbeitete ich gern in dem Café, und es war toll, so kurz nach meiner Ankunft eine Einkommensquelle gefunden zu haben, aber allmählich traute ich mir eine größere Herausforderung zu. Chris musste das gespürt haben.

Da ich mich bei dem Thema unbehaglich fühlte, bat ich ihn, Billie zu erzählen, warum er nach Paris gezogen war. Daraufhin berichtete er ihr unverfroren, dass er verrückt nach den Französinnen sei. Ich hatte angenommen, dass er gegenüber einer völlig Fremden versuchen würde, es anders zu begründen, aber er war so klar und entschieden wie immer. Er erzählte gerade, wie er nackt aus der Wohnung einer verheirateten Frau vor deren wütendem Ehemann fliehen musste, als Clotilde auftauchte.

Sie trug einen kurzen Lederrock, ein weißes T-Shirt und sah einfach göttlich aus. Sie ließ sich lässig zwischen Billie und Chris nieder, und ich hätte schwören können, dass ich Sterne in Chris' Augen sah. Obwohl Clotilde die einzige Französin unter uns war, fügte sie sich perfekt in die Gruppe ein, und nach ein paar Gläsern Wein hätte ich platzen können vor Freude, von meinen alten und neuen Freunden umgeben zu sein.

Während wir die zweite Flasche tranken, wandte sich das Gespräch mir und meinem Leben in Paris zu.

»Esst ihr beide auch so viel Käse wie Ella?«, fragte Billie, und mein Gesicht nahm die Farbe des Rosé an.

Chris schüttelte den Kopf. »Unmöglich.«

Clotilde lächelte. »Natürlich. Für die Franzosen ist das ein sehr wichtiges Nahrungsmittel.«

»Ich persönlich kann mir bessere Dinge vorstellen, für die ich mein Geld ausgebe«, fügte Chris hinzu. »Wie kannst du dir diesen ganzen Käse eigentlich leisten, El? Dein Verdienst im Flat White reicht doch dafür niemals aus.«

»Ich habe noch ein paar Ersparnisse«, gestand ich. »Aber du hast recht, ich sollte mich bald mal nach einem anderen Job umschauen.«

Chris zwinkerte mir zu.

»Mir war nicht klar, dass du mehr Arbeit brauchst«, sagte Clotilde. »Was würdest du denn gern machen?«

»Sie kann gut schreiben«, mischte sich Billie ein.

»Mit Worten kann sie allerdings umgehen«, pflichtete Chris ihr bei. »Ihr solltet ihre Kommentare im Café mal hören.«

Clotilde nickte nachdenklich.

Als die Leute ringsum langsam einzupacken begannen, schaute Clotilde auf ihre Armbanduhr und sagte, dass sie gehen müsse. Wir standen alle auf, um uns zu verabschieden, und Chris konnte Clotilde davon überzeugen, dass sie in dieselbe Richtung gehen mussten. Dies war ihre erste Begegnung, seit er wusste, dass sie mit Gaston verwandt war, und er wirkte wie ein Mann, der in einer Mission unterwegs war.

Billie und ich blieben noch, um die Flasche auszutrinken und den restlichen Käse zu verdrücken. Es wurde spät, wir wurden sentimental, umarmten uns unter den Sternen. Es fühlte sich gut an, sie bei mir in Paris zu haben. Es fühlte sich *normal* an. Ich wünschte, sie könnte bleiben.

Als wir nach Hause gingen, fragte sie mich, für wen oder was Clotilde modelte, und ich gestand, keine Ahnung zu haben.

»Ich glaube, dass da etwas Seltsames vor sich geht«, flüsterte sie mir zu. »Als ich sie darauf ansprach, sagte sie, es sei ein bisschen kompliziert und sie habe nur einer Freundin ausgeholfen.«

»Ich würde nicht zu viel hineininterpretieren«, erwiderte ich und dachte an meine ersten Begegnungen mit Clotilde. »Neuen Leuten gegenüber ist sie immer zurückhaltend.«

»Es kam mir nur so vor, als würde sie etwas verheimlichen. Ich kann es nur schwer erklären.«

»Wie viele Gläser Wein hast du eigentlich getrunken?«, fragte ich.

Billie lachte. »Na ja, ein paar«, gestand sie.

»Außerdem macht sie das Modeln nur nebenbei. Hauptsächlich arbeitet sie für eine Food-App.«

»Du hast recht, es ist vermutlich nichts«, sagte Billie und hakte sich bei mir ein.

Nach einem weiteren wunderbaren Tag mit meiner Freundin war es schließlich Zeit, Billie am Gare du Nord zu verabschieden, wo sie den Eurostar nach London nahm. Zum Abschied überreichte sie mir ein Geschenk.

Ich nahm mir vor, es erst zu Hause auszupacken, aber sobald ich in der Metro saß, hielt ich es nicht mehr aus und musste einen Blick riskieren. Zwischen dem roten Geschenkpapier befand sich ein ledergebundenes Tagebuch. Ich bewunderte sein Gewicht und die Maserung des Leders, bevor ich es aufschlug und die Widmung las:

Ma belle Ella.

Für all deine Käseprobier-Abenteuer, die aufgezeichnet und mitgeteilt werden sollten. Und lass nur ja keine Details über Begegnungen mit Käseverkäufern weg.

In Liebe, Billie xx

Diese Geste war aufmerksam und ermutigend, obwohl ihr Hinweis auf Serge so durchsichtig war wie eine Scheibe Schweizer Käse. Trotzdem musste ich lächeln. Nach nur wenigen Stunden unterstützte sie Serge mehr, als sie es je bei Paul getan hatte.

Als ich an das Lachen von Mr Cheeseman dachte und an sein begeistertes Gesicht, wenn er mitten in einer Käse-Herkunftsgeschichte steckte, kam mir in den Sinn, wie wunderbar es sein musste, mit dem Inhaber einer *fromagerie* zusammen zu sein. *Und wie super das erst für meine Wette wäre.*

Aber Vorteile hin oder her, ich war nun mal nicht in Serge verliebt.

Kapitel 21

Nachdem der Wirbelwind Billie aus Paris hinausgefegt war, verfiel ich einer angenehmen Routine. Die Kater wurden weniger. Ich hörte auf, Angst davor zu haben, Jean-Pierre über den Weg zu laufen, und genoss es wieder, an den Wochenenden zu arbeiten und unter der Woche ein französischer *flâneur* zu sein.

Zum ersten Mal seit Wochen kam ich zur Ruhe. Der Frieden war jedoch nur vorübergehend, denn kaum hatte ich Luft geholt, da begann ich eine Niedergeschlagenheit zu spüren, die die Franzosen *coup de blues* nennen.

Ich hatte es genossen, mein Leben jemandem zu zeigen, den ich so gut kannte, aber Billies Besuch hatte auch eine Menge Gedanken und Gefühle über Melbourne aufgewühlt – vor allem in Bezug auf meine gescheiterte Beziehung mit Paul, die ich seit meiner Abreise ignoriert hatte.

Um meine Stimmung zu heben, quälte ich mich aus dem Bett und zog meine Laufschuhe an. Da ich seit meiner Ankunft in Paris viel geschlemmt und getrunken hatte, war es höchste Zeit für ein bisschen Sport. Schnaufend lief ich hinüber zum Canal Saint-Martin und versuchte, ein wenig von Audrey Tautous Eleganz der übers Wasser springenden Steine in dem Film *Amélie* in meinen Laufstil zu integrieren. Doch stattdessen schnaufte ich laut, während ich über das Kopfsteinpflaster stampfte und mein Körper sich mit der ersten, nicht mit Käse in Zusammenhang stehenden Anstrengung seit Wochen abmühte.

Nach etwa zwanzig Minuten blieb ich stehen und machte Stretching, was hauptsächlich daraus bestand, meinen Kopf zwischen den Beinen hinabhängen zu lassen, bis mir übel wurde. In dem Moment klingelte mein Handy. Die Nummer war unterdrückt, was normalerweise ein Freifahrtschein war, den Anruf zu ignorieren, aber internationale Nummern werden nie angezeigt, und ich hatte schon eine Weile nichts von Mum gehört, also ging ich ran.

»*Oui*, hallo.«

»Hallo, ist da Ella? *C'est Gaston* …«

Huch!

»*Salut*, Gaston«, antwortete ich zwischen zwei Atemzügen. »Könntest du eine Sekunde warten, *s'il te plaît*?« Ich hielt mit der Hand das Mikrofon zu. Oh, *mon dieu*! Ich keuchte wie eine Neunzigjährige, die gerannt war, um den Bus noch zu erwischen.

»Bist du noch dran?«, fragte er.

»Ja, Hi. *Desolée*, ich steckte gerade mitten in etwas *très important*. Falls du wissen möchtest, wo Clotilde ist … Sie ist diese Woche nicht in Paris«, sagte ich und spielte die Gelassene.

»Ehrlich gesagt geht es nicht um Clotilde«, sagte er. »Ich möchte dich gern für heute Abend zum Essen einladen.«

Mein Herz setzte einen Moment lang aus, und das lag nicht an meinem miserablen Fitnesslevel. Meine Begegnungen mit Gaston wechselten bisher zwischen heiß und kalt, und abgesehen von seiner Nachricht und dem Canapé-Moment hatte ich mich schon gefragt, ob das Interesse an einer Beziehung nicht ein bisschen einseitig war.

»Klar, lass mich kurz meinen Terminkalender checken …«, sagte ich und wartete ein paar Sekunden, um den Eindruck zu vermitteln, ich würde tatsächlich in meinem Kalender nachschauen. »Ja, ich habe Zeit. Heute habe ich nur vormittags ein paar Termine.« *Losrennen, um mir ein Outfit zu kaufen, und meine Beine rasieren.*

»Super, dann komme ich so gegen acht zu Clotildes Wohnung und hole dich ab, *ça va*?«

»*Oui, d'accord*«, stimmte ich zu.

»Super, à tout à l'heure.«

Ich rannte nach Hause, so schnell ich nach meinem »Marathon«-Lauf in der Lage war, und sprang unter die Dusche. Sobald ich wieder präsentabel war, zog ich los, um mir ein schickes und preiswertes Outfit zu kaufen. Ich war die Sommergarderobe leid, mit der ich angekommen war, und außerdem verdiente mein erstes offizielles Date in Paris ja wohl etwas Neues. Gaston hatte nicht erwähnt, wohin wir gehen würden, aber sein Geschmack schien genau wie der von Clotilde gehoben zu sein. *Hoffentlich ist es nicht zu teuer, und falls doch, dann kann ich nur hoffen, dass er bezahlt, dachte ich.*

Einige Stunden später, nach mehr als nur ein paar stressigen Momenten, in denen ich versucht hatte, in verschiedenen Umkleidekabinen überall in der Stadt Reißverschlüsse hochzuziehen, war ich wieder zu Hause und wartete darauf, dass es an der Tür klingelte. Ich trug ein schwarzes Kleid – schlank machend – und rote Highheels, um das Ganze ein bisschen aufzupeppen. Als ich die Tür öffnete, musterte mich Gaston von oben bis unten. Verlegen nagte ich an der Unterlippe.

»*O là là*«, sagte er nach ein paar Sekunden der Bewunderung, und ich entspannte mich. Die Lust, die sich in Gastons Augen zeigte, fühlte sich Lichtjahre entfernt von dem an, was ich während der letzten Monate unserer Beziehung bei Paul wahrgenommen hatte. Unglaublich belebend.

Unterwegs erzählte mir Gaston, dass wir zu einem gerade erst eröffneten Restaurant gingen, dessen Koch bei einigen Drei-Michelin-Sterne-Restaurants gelernt hatte, die ich alle nicht kannte. Er sagte, dass die Küche dort ziemlich hochgejubelt würde. Ich war sehr aufgeregt.

Wir gingen an der Schlange vorbei – in der ich jemanden murmeln hörte, dass man allein eine Stunde warten müsse, um auf die Warteliste für einen Tisch aufgenommen zu werden –, und Gaston trat auf die erste Kellnerin zu, die in Sicht kam, und sagte leise etwas zu ihr. Sie nickte und bedeutete uns, ihr zu folgen. Der Speiseraum wirkte edel und gediegen, rote Tapete mit kunstvollem Schnörkelmuster setzte sich vom Parkettboden und den dunklen Samtvorhängen ab. Tiefhängende Lampen verbreiteten dicht über den Tischen behagliches Licht.

Während wir an unsere Plätze geführt wurden, legte Gaston die Hand in meinen Rücken. Seine Berührung war warm, und nach so vielen Jahren mit Paul, gefolgt von den Monaten als Single, genügte das, um in mir den

Wunsch zu wecken, mein Kleid herunterreißen und über Gaston herfallen zu können. Doch dank meiner Schamhaftigkeit – und wegen der anderen Gäste – blieb das Kleid da, wo es war, und es gelang mir, eine Art pariserischer Gelassenheit an den Tag zu legen.

»Wie hast du die Warteliste umgangen?«, fragte ich, sobald wir uns gesetzt hatten, und reckte den Hals, um die übrigen Gäste in dem voll besetzten Raum zu begutachten.

»Ich habe vorher angerufen«, antwortete er nüchtern, beinahe geschäftsmäßig.

»Aber der Laden ist voll. Ich bin überrascht, dass du einen Tisch bekommen hast«, erwiderte ich.

»Ich habe es über den Job arrangiert, das war kein Problem.«

»Stimmt, du bist Journalist, nicht wahr? Worüber genau schreibst du eigentlich?«, fragte ich und war jetzt noch neugieriger geworden.

»Ich bin Restaurantkritiker.«

Plötzlich ergab Gastons Beurteilung von Clotildes Kochkünsten Sinn. Er war es gewohnt, in den besten Restaurants von Paris zu essen, und besaß offenbar extrem sensible Geschmacksknospen.

»Das ist mein Traumjob«, sagte ich bewundernd.

»Es ist okay, aber in Wahrheit gar nicht so toll, wie es klingt. Auch in Paris gibt es furchtbare Restaurants, die besprochen werden müssen, *n'est-pas*?«

Die folgende halbe Stunde verbrachte er damit, mir von den unzähligen kostenlosen Essen in Restaurants zu erzählen, die sein Job beinhaltete. Für mich klang das umwerfend. Der perfekte Pariser Typ mit dem perfekten Job!

Mein Gieren nach allem, was Gaston repräsentierte, wurde nur unterbrochen durch das Auftauchen eines Kellners.

»*Bonsoir*«, begrüßte er uns kühl und strich seine schicke Lederschürze glatt.

»*Bonsoir*«, antwortete ich und versuchte, so französisch wie möglich zu klingen.

»Oh, guten Abend«, antwortete der Kellner auf Englisch, ohne mit der Wimper zu zucken. »Möchten Sie, dass ich Ihnen erläutere, was wir heute auf der Karte haben?« Er schaute uns beide an, als würden wir seine Zeit verschwenden.

»*En français, s'il vous plaît*«, sagte Gaston unvermittelt.

»*D'accord*«, antwortete der Kellner und begann uns dann Gott weiß was zu erzählen. Ich verstand so gut wie nichts. Gaston antwortete, und der Kellner verschwand.

Gaston schaute mich an und lächelte. Ich fragte ihn, warum er wollte, dass der Kellner uns die Gerichte auf Französisch vorstellte statt auf Englisch.

»Das ist wichtig für die Kritik«, antwortete er rasch. »Außerdem wollte ich, dass er uns bald wieder allein lässt, damit wir uns besser kennenlernen können. Ich habe eine Flasche Wein bestellt, ich hoffe, das ist in Ordnung.« Er schaute mir tief in die Augen, und ich schmolz dahin. Entspannt sank ich in meinen Stuhl zurück.

»Dann helfe ich dir hier also bei deiner Kritik?«, fragte ich.

»Gewissermaßen«, antwortete er. »Ich hoffe, du hast

nichts dagegen, wenn wir gegenseitig von unseren Gerichten probieren.«

Ich versicherte ihm, dass dies nicht der Fall sei.

»Und wie gefällt es dir, mit Clotilde zusammenzuwohnen?«, fragte er.

»Es ist super.«

»Aber sie ist ganz schön verrückt, oder? Als Kind wurde sie ständig aufgezogen, es war mir so peinlich! Sie sah damals aus, als würde sie nicht in ihren eigenen Körper passen.«

Sofort meinte ich, sie verteidigen zu müssen. »Aber das ist heute doch ganz anders. Sie ist ein Model!«

»So etwas in der Art.« Gaston schmunzelte.

Was sollte das jetzt wieder heißen?, fragte ich mich, verfolgte das Thema aber lieber nicht weiter.

Als der Kellner den Wein an unseren Tisch brachte, bestellte Gaston für uns beide das Essen. Er sagte mir, dass es drei Gerichte geben würde, die wir probieren mussten: die Taube, die Pastete und die Schoko-Tarte. Ich hatte nie zuvor Taube gegessen und stellte mir vor, wie die fliegenden Ratten von Paris in den Kochtopf kamen. Dieses Bild erstickte meinen Appetit im Keim, aber wir befanden uns schließlich in Gastons Domäne, und er schien zu wissen, was er tat.

Die Zuwendungen aus der Küche hielten sich in Grenzen, kein Amuse-Bouche oder Gaumenkitzler, wie ich es mit schicken französischen Restaurants in Verbindung gebracht hatte. Dieser Ort gab sich über die Maßen elitär, und man hatte es offenkundig nicht nötig, kostenlose Häppchen zu verteilen. Als das Essen serviert wurde, fotografierte Gaston alles und achtete darauf, es aus jedem Winkel zu erwischen, während ich mich mit mehr Begeisterung am Brotkorb labte, als ich eigentlich zeigen wollte. *Ich bin heute gelaufen, also bitte!*, dachte ich.

»Also, was denkst du, *ma belle*?«, fragte Gaston, als ich einen Bissen von der Taube probierte.

»Nicht schlecht«, antwortete ich und bemühte mich, nicht zu würgen. Obwohl ich mich sehr anstrengte, bekam ich die Vorstellung von diesen schmutzigen Vögeln nicht aus dem Kopf.

Gaston verbrachte einen Großteil des Essens damit, mir die Pariser Gastro-Szene zu erklären, und ich lauschte fasziniert von seinem Wissen. Er erzählte mir ausführlich, wie sich die Küche in den vergangenen zehn Jahren drastisch verändert hatte. Während es lange Zeit keine spannenden Neuerungen gab, sei die Stadt in Bezug auf das Essen seit den Tagen von Paul Bocuse und *»sa nouvelle cuisine«* wieder zu einem der aufregendsten Orte weltweit geworden. Gaston mochte die traditionelle französische Esskultur nicht – rotkarierte Tischdecken und behäbige Kellner. Er bevorzugte den neuen, modernen Stil. Er ratterte die Namen junger Köche herunter, die die Wiedergeburt der französischen Küche anführten.

Ich war nicht mutig genug einzugestehen, dass ich alles an diesen traditionellen Bistros und Brasserien liebte, sogar die typischen Tischdecken. Aber da ich mich nicht qualifiziert genug fühlte, über Foodtrends zu diskutieren, schwieg ich lieber und nickte beifällig. Gelegentlich ließ ich mich ablenken durch Gastons markantes Kinn und die perfekt geformten Wangenknochen. Ob er wohl gut küsste?

Der Kellner kam, um das Geschirr vom Hauptgang abzuräumen, und reichte uns die Dessertkarte. Ich fragte Gaston, ob wir Käse bestellen sollten, und war erpicht auf den Moment, in dem ich meine Kenntnisse präsentieren und ihm von der Wette erzählen konnte.

»Aber Ella, in Paris kann *jeder* guten Käse kaufen. Lass uns die Schoko-Tarte nehmen, von der ich gesprochen habe, und noch ein Dessert deiner Wahl. Dann sehen wir, wozu die Küche in der Lage ist.«

Ich sank in meinen Stuhl zurück und traute mich nicht, meine Wette mit Serge zu erwähnen. Stattdessen bestellte ich den geheimnisvoll klingenden »Apfel in Apfel« und Gaston die »*Ups, ma tarte*«. Als das Dessert serviert wurde, leerten wir gerade die letzten Tropfen aus der Weinflasche. Meine Alkoholverträglichkeit war nicht annähernd so hoch wie die der Franzosen, und ich fühlte mich herrlich gelöst.

Gaston brach ein Stück von etwas ab, das sich als neuinterpretierte Schoko-Tarte entpuppte, und fütterte mich damit. Ich leckte aufreizend daran, und er fragte mich, wie es mir schmecke. Ich antwortete, dass es göttlich sei, obwohl ich in meinem Bemühen, beim Essen sexy auszusehen, kaum auf den Geschmack geachtet hatte. Ich befand mich in einer anderen Welt, in der wir mit dem Essen bereits fertig und nackt waren. Ganz schön stickig hier. Ich ignorierte meinen Teller mit den dehydrierten Apfelspiralen, die aus etwas explodierten, das aussah wie ein Baiservulkan auf einem Bett aus Apfelmus.

Plötzlich spürte ich, dass Gastons Fuß zärtlich über die Innenseiten meiner Schenkel strich. Unser Date war zwar bisher ganz gut gelaufen, aber das überraschte mich jetzt doch. Ein Fuß unter meinem Kleid. War das die übliche Verführungstechnik? Ich wusste, dass die Franzosen sexuell forscher waren als andere Kulturen, aber trotzdem, *o là là*. Mein letztes »erstes Date« lag fast ein Jahrzehnt zurück, und die vielen Jahre mit Paul hatten möglicherweise meine Kenntnis der entsprechenden Vorgehensweise eingeschränkt.

Verlegen schaute ich mich um, aber niemand schien uns zu beachten, nicht einmal die lässigen Kellner, die viel zu sehr damit beschäftigt waren, beim Herumstehen hip auszusehen.

Ich schwamm mit dem Strom, sank tiefer in meinen Stuhl und ließ Gastons Fuß höher rutschen.

»Hast du nach dem Essen schon etwas vor?«, fragte er, und ich unterdrückte ein Lachen – momentan hatte ich eigentlich nie irgendwelche Pläne.

»Nichts Konkretes«, antwortete ich ungezwungen. Dann warf ich alle Bedenken über Bord und schlug vor, noch irgendwo etwas zu trinken.

»Gute Idee. Ich habe zu Hause noch eine Flasche Champagner, falls du Lust hast mitzukommen?«

Das nenne ich mal zielstrebig, dachte ich und dankte Gott, dass er den ersten Schritt gemacht hatte.

»Champagner wäre prima.«

Das Nächste, woran ich mich erinnere, war, dass Gaston dem Kellner dankte und mich schnell zu einem Uber führte. Ich hatte gar nicht mitbekommen, dass er eins bestellt hatte.

Wir rasten durch die Straßen von Paris und erreichten

Gastons Haus in Saint-Germain in einer Straße, die ich wiedererkannte aus der Zeit, als ich im sechsten Arrondissement bei Jean-Pierre und seiner Mutter gewohnt hatte. Rasch verdrängte ich das Bild von den beiden, wie sie in ihrem förmlichen Wohnzimmer Tee tranken, aus meinem Kopf.

Nachdem ich die Treppe hinauf zu Gastons Apartment gestöckelt war, musste ich zweimal hingucken, als er das Licht einschaltete, so schön war es dort. Er hatte den großzügigen Raum mit einer eleganten Mischung aus modernen und antiken Möbeln eingerichtet, die aussahen wie geradewegs aus der *Vogue Living* hergebeamt. Mir blieb jedoch nicht viel Zeit zum Bewundern, denn nur Sekunden nachdem er die Tür geschlossen hatte, zog Gaston mich an sich und küsste mich fest auf den Mund. Damit hatte er meine volle Aufmerksamkeit.

Der Rest der Nacht war ein Nebel aus Sex, Champagner und schließlich ein paar *petits fours*, die Gaston »zufällig« noch im Kühlschrank gehabt hatte. Mir war gar nicht klar gewesen, wie sehr ich es brauchte, begehrt zu werden, und es fühlte sich unglaublich gut an, wieder in den Armen eines Mannes zu liegen.

Als wir schließlich einschliefen, war ich erschöpft. Die Dürre-nach-Paul war offiziell vorbei.

Kapitel 22

Als am darauffolgenden Morgen die Sonne durch die Fenster von Gastons Apartment schien, glitt ich aus dem Bett, zog einen kuscheligen grauen Bademantel an und trat ans Fenster, um die Aussicht zu begutachten. Die Wohnung lag im vierten Stockwerk eines Gebäudes im Haussmann-Stil mit Blick auf eine ruhige Wohnstraße. Sie hatte hohe Stuckdecken und einen schmalen schmiedeeisernen Balkon, der auf einer Postkarte von Paris hätte abgebildet sein können. Ich fragte mich, ob diese Wohnung auch der Familie gehörte, so wie die von Clotilde, aber wie auch immer, ich hatte in jedem Fall einen Gewinner am Haken.

Meine Nacht mit Gaston hatte sich angefühlt wie der Wendepunkt zwischen den Tränen, die ich wegen Paul in Melbourne vergossen hatte, und meiner Rückkehr ins Dating-Spiel.

Gaston tauchte hinter mir auf und legte die Arme um meine Taille. Ich hielt den Blick auf die wenigen unten vorbeifahrenden Autos gerichtet, die unsichtbare Linien durch die Stadt zogen. Meine Stadt.

»Ella, komm wieder ins Bett«, sagte er mit rauer Morgenstimme und starkem französischem Akzent. »Ich brauche heute nicht zu arbeiten. Es gibt keinen Grund, früh aufzustehen.«

»Also, ich weiß nicht recht«, erwiderte ich kokett. »Aber wenn du darauf bestehst …« In dem Moment drehte er mich mit Schwung herum und küsste mich leidenschaftlich. Nach fast einem Jahrzehnt mit demselben Typen war ich den wilden und spontanen Sex, der aus der Lust geboren wird, nicht mehr gewohnt. Ich entzog mich Gaston für einen Moment und genoss seinen Anblick –, er stand nackt im Morgenlicht, seine bronzefarbenen Schultern verjüngten sich zu den muskulösen Armen –, bevor ich mich wieder an ihn presste, um weiterzumachen.

Alles fühlte sich neu und aufregend an, und nach der vergangenen Nacht war ich auch ein bisschen empfindlich und wund. Aber ich erholte mich schnell. Bei Paul war ich mir immer meiner Mängel bewusst gewesen und litt seit Beginn unserer Beziehung an Teenager-typischen Hemmungen und Unsicherheiten. Im Laufe der Jahre lernte ich meinen Körper zwar zu akzeptieren und so zu lieben, wie er war – ein bisschen zu dicke Beine, ein zu langer Oberkörper und schmale Schultern –, aber als ich mit Gaston schlief, fühlte ich mich zum ersten Mal sexy. Ich hielt das für den Paris-Effekt.

Der schöne Herbsttag verging wie im Traum. Nach etlichen Stunden im Bett, dem Verputzen einer Flasche Rosé und der Reste von Pralinen und Mini-Eclairs beschloss ich, nach Hause zu gehen. Ich sehnte mich nach einer Dusche und richtigem Schlaf. Stundenlanges Herumtollen war anstrengend.

Während ich nach meinen in der Wohnung verstreuten Kleidungsstücken suchte, summte Gastons Handy. Ich hatte mein Höschen und das Kleid gefunden und war gerade dabei, beides überzustreifen, als er sagte: »Begleite mich heute Abend zum Essen.« Es klang mehr wie ein Befehl als wie eine Frage, aber ich fand das irgendwie sexy. Begeistert von der Vorstellung, schon wieder mit Gaston auszugehen, fiel mein Blick auf das zerknitterte Kleid. Ich konnte auf keinen Fall in denselben Klamotten wie gestern bleiben.

»Ich gehe lieber nach Hause«, sagte ich.

»Aber du musst mitkommen! Es ist schon wieder ein Testessen, und ich will dort nicht allein hin«, flehte er.

»Welches Restaurant?«

»Le Bistro. Wir sind garantiert vor Mitternacht fertig.«

Verzweifelt versuchte ich, mit den Händen mein Kleid glattzubügeln. »Aber Gaston, ich habe nichts zum Anziehen! Kannst du nicht jemand anderen fragen?«

»Nein, alle sind verreist«, erwiderte er. »Davon abgesehen will ich unbedingt mit dir gehen.«

Ich fühlte mich geschmeichelt. Ein Restaurantkritiker nahm mich an zwei Abenden hintereinander mit zum Essen. Davon abgesehen machte ein Abendessen in einem Bistro bestimmt Spaß.

Nachdem ich kurz nachgedacht hatte, sagte ich, dass ich zuerst nach Hause müsse, um mir Jeans und T-Shirt anzuziehen. Er murrte, sagte, dass er hungrig sei und für 20.00 Uhr reserviert habe.

Es war 19.20 Uhr.

»*O là là*«, sagte ich, um die Stimmung zu heben.

Gaston lächelte. »Ich habe eine Idee. Vorn an der Ecke gibt es ein Geschäft. Lass mich dir etwas kaufen. Ich verspreche, dass ich einen guten Geschmack habe.«

Ich überlegte zumindest eine Sekunde lang, bevor meine

Begeisterung mich überwältigte. Zwei Abendessen, Champagner, das pariserischste Apartment, das ich mir hätte erträumen können, und nun auch noch das Angebot, mir neue Kleidung zu kaufen. War es zu früh, *meine Liebe zu gestehen*?

»Okay, *pourquoi pas*!«, antwortete ich. »Wenn es dir nichts ausmacht.«

»Wegen des Kleides bestimmt nicht. Lieber hätte ich dich nackt, aber vielleicht finden wir etwas, das nah dran ist. Ach, und wir sprechen es ›*pourquoi pas*‹ aus, du musst das *pooourrr* betonen«, sagte er, rollte das »r« und kniff mich in die Wangen.

Unten in der Boutique sah ich mir gerade ein bunt bedrucktes Maxikleid an, als Gaston neben mir auftauchte und fragte: »Wie ist es mit diesem?« Er zog ein Kleid, das man leicht mit einem Negligé verwechseln konnte, vom Bügel und hielt es an meine Schultern. Es war knallrot, extrem tief ausgeschnitten und genauso kurz. Es war nicht gerade das, was ich für ein lässiges Abendessen im Bistro ausgesucht hätte, aber ich dachte: *Wenn ich schon in Paris bin, warum nicht?*

»Es wird an dir super aussehen«, flüsterte Gaston mir ins Ohr.

»Okay. Ich probiere es mal an.«

Grinsend schob mich Gaston zu den Umkleidekabinen.

Ich stand vor dem Spiegel, betrachtete das Mädchen darin und musste unwillkürlich an jenen schicksalhaften Abend denken, als ich mich für das Essen mit Paul fertig machte. Ich fühlte mich inzwischen weit entfernt von der Person, die ich damals gewesen war, und empfand das als beruhigend. Und dieses gewagte Kleid passte irgendwie dazu. Gaston schob den Vorhang einen Spalt auf und spähte herein. Langsam drehte ich mich zu ihm um und fragte: »Ist es nicht zu kurz oder zu tief ausgeschnittenen oder zu durchsichtig …« Verlegen strich ich mit der Hand über mein Käsebäuchlein.

Doch Gaston pfiff bewundernd und ging mit seiner Kreditkarte zur Kasse. Das war bei weitem der schnellste Shopping-Trip, den ich je erlebt hatte.

Ich verließ die Boutique in dem neuen Kleid, und wir gingen rasch die Straße hinunter. Die Luft war plötzlich frisch geworden. Der Herbst zeigte sich immer deutlicher, die Blätter wechselten die Farbe, ließen die Bäume zunehmend nackter aussehen. Ich fühlte mit ihnen, da ich mir ein wenig entblößt vorkam.

Wie aufs Stichwort sah ich einen alten Mann, der vor einem Café saß, Rotwein trank und auf meine Brüste starrte. Ich schaute an mir hinab und sog hörbar die Luft ein. Der fehlende BH und der kühle Wind sorgten dafür, dass meine harten Nippel die Blicke aller anzogen. Ich verschränkte die Arme vor der Brust. Zum Glück bekam Gaston nicht mit, wie unwohl ich mich fühlte.

»Du siehst umwerfend aus«, sagte er. »Merkst du, wie sich alle nach dir umdrehen?«

Kein Wunder, dachte ich. *Ich bin ja auch halbnackt.*

Er gab mir einen Klaps auf den Hintern und fragte, ob mir das Kleid gefiel.

»Ich finde es toll«, versicherte ich und hauchte ihm einen Kuss auf die Wange.

Im Kopf stellte ich mir bereits vor, nach Hause zu kommen, Jogginghose und Hoody anzuziehen.

Als ich das »Bistro« sah, war ich überrascht. Ich hatte mir Holztische, deftiges Essen und vielleicht noch einen Dichter vorgestellt, der in einer Ecke in ein Moleskine-Notizbuch schrieb. Stattdessen erwartete uns eine dezente Beleuchtung, eine gut ausgestattete offene Küche und Hocker längs einer üppig sortierten Cocktailbar.

Plötzlich ergab Gastons Kleiderwahl mehr Sinn. Wie nackt ich mich auch auf dem Weg hierher gefühlt haben mochte, jetzt war ich froh, das verführerische Nachthemd zu tragen; es war so, als würde es in seinen natürlichen Lebensraum zurückkehren.

»*Das* ist ein Bistro?«, fragte ich.

»*O non*, Ella ... Es heißt ›Le Bistro‹ und ist momentan ziemlich angesagt.«

Als wir zu unserem Tisch geführt wurden, schaute ich mich um und stellte fest, dass Le Bistro von echt gut angezogenen Leuten besucht war, von denen die meisten herumstolzierten und miteinander plauderten, während sie am Champagner nippten. *Was ist das nur für ein Leben*?, fragte ich mich.

Trotz des relativ kleinen Raums standen die Tische weit auseinander, was dem Ganzen eine exklusive Atmosphäre verlieh.

Eine Kellnerin erkannte Gaston und kam sofort herbeigeeilt. Sie hauchte ihm zarte Luftküsse auf beide Wangen.

»Ich wusste gar nicht, dass du hier arbeitest«, begrüßte Gaston sie.

»Es ist momentan gut, hier gesehen zu werden«, antwortete sie augenzwinkernd. »Hier essen jede Menge Agenten und Talentscouts zu Abend.«

Gaston übersetzte für mich. Ich schaute mich um und stellte fest, dass die Kellnerinnen tatsächlich außergewöhnlich schön und jung waren – wie frisch von der Highschool. Sie präsentierten ihre makellose Babyhaut in engen Kleidern und tiefen V-Ausschnitten.

Gaston stellte mich Camille vor, die – trotz der Tatsache, dass sie Ballerinas von Chanel trug – mich auf Beinen überragte, die sich bis zu meinem Hals zu erstrecken schienen. Ich verspürte ein kurzes Aufwallen von Eifersucht.

»Hallo, Camille«, sagte ich auf Englisch und versuchte, exotisch und cool zu klingen.

»Hallo, es freut mich sehr, eine *Freundin* von Gaston kennenzulernen«, antwortete sie mit vornehmem britischem Akzent. »Ich hole euch die Karte.« Anmutig schwebte sie davon, ließ einen Hauch von geheimnisvollem Nimbus zurück.

Bevor Gaston mir erzählen konnte, woher er Camille kannte, kam sie mit zwei Gläsern Champagner und den kleinsten Speisekarten, die ich je gesehen hatte, schon wieder zurück. Ich schaute auf die Liste der Gerichte – auf alle drei Wörter –, die grazil auf das Papier geprägt waren, und Camille fragte, ob sie uns etwas erläutern solle. Ich wollte ihr gerade sagen, dass meine Speisekarte keinen Sinn ergeben würde, aber Gaston bemerkte etwas auf Französisch, woraufhin sie nickte und verschwand.

»Ich habe bestellt, okay?«, sagte er. Wieder war ich nicht sicher, ob das eine Frage oder eine Feststellung war.

»Natürlich. Du bist der Profi«, antwortete ich lächelnd.

Ausgelassen von dem Champagner langte ich unter dem Tisch nach Gastons Bein.

»Nicht hier, Ella«, sagte er mit scharfer Stimme. »Jemand könnte uns sehen.«

»Sorry«, sagte ich und rutschte wieder in meinen Stuhl zurück.

Wir verfielen in verlegenes Schweigen.

Als Gaston mir später gerade eine Geschichte über das schlimmste Restaurant erzählte, das er je besprochen hatte, wurden kunstvoll arrangierte Speisen serviert. Obwohl ich mich angestrengt um Konzentration bemühte, konnte ich nicht aufhören, an den nackten Gaston zu denken.

Sekunden später tauchte Camille erneut neben Gaston auf und erkundigte sich, ob wir das Essen »lieben« würden. Mit vollem Mund versicherte ich ihr, dass alles köstlich sei, und obwohl auch Gaston seine Zufriedenheit über Essen und Service bekundete, ging sie nicht wieder, sondern fragte ihn, wie es in letzter Zeit mit seinem Job gelaufen sei. Er antwortete sehr schnell, zu schnell für mich, um zu verstehen. Aber dann verstand ich doch etwas.

»Und wie läuft es bei dir mit dem Modeln?«, fragte Gaston. Unabsichtlich verdrehte ich die Augen und dachte: *Natürlich ist sie Model. Darauf hätte ich schon kommen können, als ich ihre Beine sah.*

Sie antwortete: »*C'est magnifique*«, und sagte dann etwas, was wohl bedeutete, dass sie bei irgendeiner Agentur unterschrieben hatte. *Hm*, dachte ich und zog einen der Spaghettiträger meines Kleides zurecht. *Wollte Gaston ihretwegen nicht, dass ich sein Bein streichle?*

Das Essen ging mit ein paar zusätzlichen Gerichten weiter, die uns – zu Gastons großem Vergnügen – aus der Küche geschickt wurden. Kürbisvelouté an einem Schaum aus Haselnussziegenkäse, Seeteufel in Butter-Zitronensauce und Entenbrust in Rotweinjus mit Wildspargel. Die hervorragend ausbalancierten Portionen sättigten, ohne ein Völlegefühl hervorzurufen.

Bei einem Dessert aus frischen Himbeeren, Baiser und kleinen Explosionen von Knallbrause begann ich Gastons Bewunderung für diese Art der französischen Küche zu verstehen. Sie war sinnlich und befriedigend und ganz sicher feiner als die *croque-monsieurs*, die ich seit meiner Ankunft in Paris verdrückt hatte.

Mir entging allerdings nicht, dass es abgesehen von dem Ziegenkäse, der die Suppe verziert hatte, kein Anzeichen von Käse gab, schon gar nicht in meiner bevorzugten Form von großen Stücken auf einem Brett … *Was sollte man denn dann vor dem Dessert essen?*

Nach dem Essen begleitete mich Gaston im Taxi zu meinem Apartment.

»Möchtest du noch mit hochkommen?«, fragte ich. »Clotilde ist immer noch fort.«

»*Oh, non, non*«, erwiderte er hastig. »Ich muss morgen sehr früh raus und zu einer Weinprobe nach Bordeaux.«

»Oh, wie herrlich.«

»Keineswegs. Es ist eine Qual, so früh den TGV zu nehmen. Manchmal wünschte ich, ich könnte den ganzen Tag in einem Büro arbeiten.«

»Nein, dein Job ist wunderbar.«

»Manchmal.« Er lächelte. »Aber es ist nicht immer leicht.«

Was ist so schwierig an einem Ausflug mit Weinprobe?, wunderte ich mich, hielt aber die Klappe.

»Also dann, danke für diese wunderbaren Tage«, sagte ich und griff nach meiner Handtasche. »Es war so …«

Bevor ich den Satz beenden konnte, küsste mich Gaston leidenschaftlich auf die Lippen.

»*Allez, ma belle*«, sagte er und schob mich beinahe aus dem Wagen. »Ich rufe dich an, und wir wiederholen es irgendwann einmal.«

Beschwingt, aber auch leicht verwirrt stieg ich die Treppe zum Apartment hinauf. War ich einfach nur erschöpft, oder hatte Gaston tatsächlich den ganzen Abend über sehr widersprüchliche Signale ausgesendet? Einerseits hatte er mir ein unglaublich sexy Kleid gekauft, andererseits wollte er nicht mit nach oben kommen, um es mir auszuziehen. Er hatte mich in ein neues Restaurant mitgenommen, in dem er mit Sicherheit Kollegen treffen würde, schob aber meine Hand fort, als ich sein Bein berühren wollte. *War es vielleicht dumm gewesen, gleich beim ersten Date mit ihm zu schlafen?*

Aber ich wollte mir nicht schon wieder über etwas endlos den Kopf zerbrechen. Möglicherweise war Gaston während des Essens so reizbar, weil er im Job war. Essen war sein Leben, und wenn es ihm nur ein bisschen so wie mir ging, dann musste auch er ziemlich ausgelaugt sein von dem vielen Sex in der Nacht zuvor. Seinen Bauchmuskeln nach zu urteilen, zog er allerdings ein strenges Fitnessprogramm durch …

Kapitel 23

Am darauffolgenden Morgen, erfrischt von einer ganzen Nacht Schlaf und voller Endorphine von meinem kürzlich erlebten Sex, ging ich früh aus dem Haus, weil ich durchs Marais spazieren wollte. Nach einer Weile legte ich eine Pause ein, um einen Kaffee zu trinken und zu frühstücken, und gerade als ich bis zu den Ellenbogen in einem knusprigen Croissant steckte, klingelte mein Handy.

War das etwa Gaston? So schnell? Ich wischte mir die Hände an der Jeans ab und verteilte die Krümel über meinen ganzen Besitz. Ich kannte die Nummer nicht, blieb aber hoffnungsvoll.

»*Oui, bonjour*«, meldete ich mich.

»Hallo, spreche ich mit Ella?«, fragte ein Mann mit starkem schottischem Akzent.

Kannte ich irgendeinen Schotten?

»Ja, hier ist Ella.«

»Ah, perfekt, hier ist Tim von Food To Go Go.« Er klang angespannt. Im Hintergrund hörte ich lautes Hupen. Ich brauchte einen Moment, bis ich den Namen der App erkannte, für die Clotilde arbeitete.

»Hi …«, sagte ich nur und überlegte angestrengt, was er wohl von mir wollte.

»Sie sind die Autorin, richtig?«

»Nicht so ganz, ich meine, ich kann schreiben, aber ich arbeite im Verlagswesen«, antwortete ich und erinnerte mich vage daran, dass Clotilde mir erzählt hatte, ihr Chef wolle das Team vergrößern.

»Aber Sie sind die mit dem Käse-Account, oder?«, fragte er.

»Die bin ich«, bestätigte ich und versuchte, meine Überraschung zu verbergen, dass er davon wusste.

»Super, das genügt. Wir brauchen jemanden, der unsere Social-Media-Texte schreibt. Wir versuchen, die Einführungsversion unserer App fertigzustellen, um Fördermittel beantragen zu können.«

O Gott, die Finanzierung einer App. Das klang vertraut. Ich musste unweigerlich an das seltsame Bewerbungsgespräch in dieser WG kurz nach meiner Ankunft in Paris denken. Ich war nicht sicher, ob ich cool genug für diese Art Arbeit war, aber es wäre immerhin ein »echter« Job.

»Können Sie nächste Woche anfangen?«, unterbrach er meine Gedankengänge.

»Sollten wir uns nicht erst einmal in Ruhe über alles unterhalten?«, fragte ich und hätte mich auf der Stelle in den Hintern treten können.

»Ah, vielleicht haben Sie recht. Könnten Sie morgen in meinem Büro vorbeikommen?«

»Klar, sicher«, antwortete ich.

Was zum Teufel war das denn?, fragte ich mich und legte perplex auf. Hatte ich etwa gerade noch einen Job bekommen?

Vermutlich hatte Clotilde mich nach unserem Gespräch beim Picknick mit Billie ihrem Chef vorgeschlagen und vergessen, es mir gegenüber zu erwähnen. Sie war für eine kurze Auszeit auf Ibiza und hatte vorher vermutlich nicht mehr daran gedacht.

Ich bestellte mir noch einen Kaffee, um mich besser konzentrieren zu können und einen Plan zu schmieden. Der vor mir liegende freie Tag war soeben ziemlich voll geworden. Ich musste herausfinden, was Clotilde Tim bereits über mich erzählt hatte. Ihren Posts nach zu urteilen, wie sie bis zum Sonnenaufgang tanzte, durfte es jedoch schwierig werden, sie zu erwischen. Außerdem musste ich shoppen gehen. Aber was trug man bei einem Meeting – oder war es ein Vorstellungsgespräch – bei einem Start-up?

Ich war so überwältigt, dass ich entschied, Mum anzurufen. Ich hatte schon wieder viel zu lange nicht mehr mit ihr gesprochen und wollte ihr von meinem morgigen Treffen mit Tim erzählen. Aber ich musste einfach auch jemandem von meinem wunderbaren Franzosen vorschwärmen. Natürlich war es zu früh für Liebeserklärungen, aber ich konnte Mum zumindest wissen lassen, dass es ernsthaft jemanden gab. Sie brauchte ja nicht zu wissen, dass Gaston und ich erst ein paar Dates hatten. Außerdem würde ihr das vielleicht helfen – und möglicherweise auf irgendeiner unbewussten Ebene auch mir – zu glauben, dass ich endgültig über Paul hinweg war.

»Ist das nicht viel zu früh? Der arme Paul …« war das Erste, was sie dazu sagte.

Sofort bereute ich, sie angerufen zu haben.

»Mum, das ist Monate her! Und um die schmerzhafte

Wahrheit noch einmal zu wiederholen, es war Paul, der entschieden hat, mich zu verlassen.«

»Aber er war so nett, so zuverlässig.« In ihrer Stimme schwangen die übliche Nachsicht und Melancholie mit. Irgendwie fand sie immer noch, dass wir perfekt zusammenpassten.

»Ich weiß, dass du ihn mochtest«, blaffte ich sie an. »Ruf ihn doch an, um ein bisschen mit ihm zu plaudern. Erkundige dich, wie er so zurechtkommt, nachdem er sich selbst gefunden hat.«

Sie ignorierte meinen Vorschlag. »Und wer ist dieser neue Mann? Wo habt ihr euch kennengelernt?«, fragte sie.

Ich erzählte ihr von der Begegnung im Café und den darauffolgenden Zusammentreffen.

»Er ist der Cousin deiner Vermieterin? Das ist eine ziemlich dumme Idee, Ella«, schimpfte sie.

»Mum, was soll das denn heißen? Kannst du dich nicht einfach für mich freuen?«

»Natürlich freue ich mich für dich, Schatz, aber ich will nicht, dass du etwas überstürzt. Ich will nicht, dass du etwas tust, was du nicht mehr ungeschehen machen kannst.«

Zu spät.

»Wie dem auch sei, Mum, genug von den Männern. Morgen habe ich ein Vorstellungsgespräch.«

»Was ist es dieses Mal? Babysitting?«

Ich verdrehte die Augen. Ihre Missbilligung darüber, dass ich meinen Job in Melbourne gekündigt und nach Paris gegangen war, um als Tellerwäscherin zu arbeiten, sickerte wieder einmal durch die Telefonleitung, und ich musste mich zurückhalten, um nicht aufzulegen.

»Nein, ein richtiger Job. Die Social-Media-Texte für eine neue Food-App schreiben«, sagte ich.

»Nun, das scheint in der Tat eine Verbesserung gegenüber dem Café zu sein.«

»Jetzt sei doch nicht so zynisch«, erwiderte ich. Sie hatte echt ein Talent, mich zu verstimmen. Doch ich hasste es, bei unseren seltenen Telefonaten nur zu streiten, deshalb atmete ich tief durch und fragte mit fröhlicher Stimme: »Und was hast du dieses Jahr an Weihnachten vor?«

»Nun, ich wollte dich ja eigentlich überraschen, aber da bei dir momentan anscheinend alles sofort sein muss ...« Sie machte eine Pause und fuhr dann fort: »Ich komme dich besuchen!«

»Oh, prima«, entfuhr es mir, aber ich musste das Gewicht dessen, was sie da gesagt hatte, erst einmal sacken lassen.«

»Du hörst dich nicht gerade begeistert an.«

»Aber natürlich freue ich mich«, versicherte ich und versuchte immer noch, den Frust wegen des Paul/Gaston/Job-Gesprächs abzuschütteln. Meine Mum würde mich in Paris besuchen. Das waren wunderbare Neuigkeiten. »Ich kann es kaum erwarten, dir mein Leben zu zeigen. Und dich durch Paris zu führen. Es gibt so viele schöne Sachen, die wir unternehmen können ...« Ich wollte gerade anfangen, sie aufzulisten, aber sie unterbrach mich.

»Falls du vorhast, für irgendetwas Karten zu kaufen, dann bitte drei, denn ich komme mit Ray.« Ihr Ton war ganz sachlich, und ich brauchte einen Moment, um die Information zu dechiffrieren.

»Wer ist Ray?«, fragte ich vorsichtig.

»Du kennst Ray, er wohnt ein Stück die Straße runter.«

»Nein, ich kenne keinen Ray ein Stück die Straße runter.«

»Du bist ihm einmal begegnet, als er in meinem Garten den Rasen getrimmt hat.«

»Ach, *Ray*, Ray!«, rief ich, als mir die Erinnerung an unseren seltsamen Nachbarn kam. Wie sein Kopf mit den struppigen grauen Haaren über dem Zaun auftauchte, bevor seine schwerfälligen Gliedmaßen in Sichtweite kamen. Gleichgültig, bei welchem Wetter, ich hatte ihn immer in Flanellhemden gesehen.

Das war allerdings eine seltsame Entwicklung.

»Und wieso kommst du mit Ray nach Paris? Irgendein Wohltätigkeitsprojekt?«

»Ella, sei nicht albern. Ich komme mit ihm nach Paris, weil ich möchte, dass du ihn kennenlernst«, sagte sie rundheraus.

»Ich bin ihm schon begegnet, und er machte nicht den Eindruck, als würde er viel reisen. Wie auch immer, sollten wir uns nicht lieber zu zweit treffen? Dann hätten wir genug Zeit für uns beide …«

»Ella, ich muss dir etwas sagen.«

»Klar, was ist los?«

»Ray und ich sind verlobt.«

Mir fiel das Handy aus der Hand.

»Was war das für ein Krach, Ella? Geht es dir gut?«

»Sorry, mir ist das Handy runtergefallen. Ihr seid verlobt?«

»Das sagte ich. Wenn du vielleicht versuchen könntest zuzuhören …«

»Ich habe es gehört, Mum. Und wer überstürzt jetzt etwas?«, fragte ich aggressiver als beabsichtigt.

»Wir sind schon fast ein Jahr zusammen, Liebes. Du warst nur zu sehr mit dem Wechseln deiner Männer und dem Umzug nach Übersee beschäftigt, um es zu bemerken. Im Übrigen fragst du ja auch nie nach meinem Leben. Jedenfalls ist es mir wichtig, dass du Ray vor der Hochzeit kennenlernst.«

»Der Hochzeit …?«, japste ich.

Ich stand unter Schock. *Mum heiratete!*

»Nun, ich gratuliere«, sagte ich und versuchte, nicht wie das narzisstische Einzelkind zu wirken.

»Er ist sehr witzig, wenn man ihn erst einmal besser kennt«, sagte sie leichthin.

»Da bin ich sicher.«

»Und er hat mich sehr unterstützt, seit du mich allein gelassen hast.«

»Hm.«

»Er tut mir sehr gut, Ella.«

Ich begann mich bereits zu bedauern. Es würde kein »Nur Mum und ich« mehr geben. Nun wäre es ein »Wir drei«, wegen Trimm-Ray von weiter die Straße runter. Ich fühlte mich weinerlich.

»Ich muss Schluss machen, Mum«, sagte ich. »Ich rufe dich nächste Woche an.«

Wenn ich früher nach Übersee reiste, war ich anschließend immer wieder erstaunt, wie wenig sich das Leben daheim in der Zwischenzeit verändert hatte. Meine Freunde waren mehr oder weniger noch so wie vorher, und unsere Beziehungen knüpften da an, wo sie vor meiner Abreise unterbrochen wurden. Sämtliche Neuigkeiten waren nahezu vorhersehbar gewesen: Jemand hatte sich verlobt, ein Kind war unterwegs und so weiter. Die meisten dieser Entwicklungen konnte man meilenweit im Voraus erkennen, und das war beruhigend. Was nicht beruhigend war und was ich nicht vorhergesehen hatte, war eine derart große Veränderung, die mich daran erinnerte, dass ich weit weg in einem fremden Land war. Ich wusste nicht einmal, dass sich Mum mit jemandem traf, ganz davon zu schweigen, dass sie eine Hochzeit plante. Und ich war nicht bereit für diesen Knall.

Ich hätte so gern jemandem davon erzählt und gefragt, ob es normal war, was ich in dieser Situation empfand, aber ich musste mich auf das morgige Treffen mit Tim vorbereiten. Ich hatte keine Zeit für eine Untersuchung meiner Gefühle. Also schob ich für den Moment alle Gedanken daran, einen Stiefvater zu bekommen, beiseite. Morgen Abend würde Clotilde zurückkommen, Gespräche über meine Familie und ihre – vor allem über meine kürzliche Sex-Kapade mit ihrem Cousin – mussten bis dahin warten.

Am darauffolgenden Morgen fand ich es immer noch schwer zu glauben, dass ich zu meinem zweiten Vorstellungsgespräch in Paris unterwegs war. Ich mit möglicherweise zwei Jobs in einer Stadt, deren Sprache ich kaum beherrschte! Zugegeben, es war nicht sonderlich schwer gewesen, den ersten Job zu bekommen – abgesehen von der misslungenen Zubereitung des Kaffees –, und der zweite, der sehr viel interessanter klang als Geschirrspülen, war mir quasi in den Schoß gefallen.

Tim und ich trafen uns vor dem Büro und gingen ein paar Etagen tiefer in ein Café. Er war groß, rothaarig, trug dunkle Hosen und ein edel zerknittertes Hemd. Zum ersten Mal hatte ich das Gefühl, passend angezogen zu sein in meinem neuen – vom Preis her stark reduzierten – schwarzen Bleistiftrock und der grünen Bluse, die ich am Vortag im Schlussverkauf bei Zara ergattert hatte.

Sobald wir mit einem Espresso in der Hand am Tisch saßen, fragte mich Tim nach meiner Verlagserfahrung und meinem Uni-Abschluss in Geisteswissenschaften. Er stammte aus Glasgow, redete hektisch, schnell und laut. Er wirkte auf mich wie ein Lebemann, der sich vor kurzem entschlossen hatte, ernsthaft zu arbeiten. Entweder das, oder er hatte eine super Idee bezüglich einer App gehabt, die plötzlich Erfolg hatte, wodurch er gezwungen wurde, ein verantwortungsbewusster Erwachsener zu werden. Anschließend erklärte er mir das Food-To-Go-Go-Konzept – eine sorgfältig gepflegte Lebensmittellieferungs-App – und beschrieb das aktuelle Team. Dann kam er auf die Bezahlung zu sprechen, die grottenschlecht war. Momentan konnten sie es sich nur leisten, mich für zwei Tage die Woche einzustellen, aber er hoffte, dass Gelder hereinkämen und sie dann eine Vollzeitstelle daraus machen könnten. Er erklärte mir, dass der Job ziemlich einfach sei: das Verwalten der Social-Media-Accounts und das Schreiben von Texten für Neueinträge, wöchentliche Werbung und Newsletter.

»Es ist keine Hexerei«, schloss er. »Ich brauche einfach jemanden, der gut ins Team passt. Und der sofort loslegen kann …«

»Hört sich gut an«, antwortete ich.

Damit war der »offizielle« Teil des Vorstellungsgesprächs anscheinend vorbei, und Tim fragte mich das Gefürchtete. »Und warum bist du nach Paris gezogen?«

Dank Chris war ich dieses Mal vorbereitet, auch wenn ich meine Geschichte ein wenig modifizierte und den Comté wegließ. »Ich fand das Leben daheim ein bisschen festgefahren. Mir gefiel mein Job, aber es ging irgendwie nicht schnell genug voran«, präsentierte ich meinen einstudierten Text. »In Australien gehen die Uhren irgendwie langsamer. Ich wollte nach Europa und Anregungen sammeln, neue Dinge ausprobieren, und so bin ich in dem Café gelandet.« Ich war erstaunt, wie leicht mir das alles über die Lippen kam. »Und nun möchte ich mit Hilfe eines Käseverkäufers aus dem Marais jede französische Käsesorte probieren«, improvisierte ich. *Wieso erzähle ich jetzt ausgerechnet von Serge?*, schoss es mir durch den Kopf.

»Das ist also die Geschichte hinter dem Instagram-Account. Bei uns im Büro hat er quasi Kultstatus«, warf Tim ein.

Ich wurde rot. Bestimmt hatte Clotilde all ihre Kollegen animiert, der Seite zu folgen.

»Jedenfalls scheint es mir ein ziemliches Unterfangen zu sein. Wusstest du, dass es in Frankreich mehr Käsesorten gibt, als ein Jahr Tage hat?«

Wieso weiß das jeder außer mir?, jammerte ich innerlich.

»Yep.« Ich nickte. »Aber zum Glück führt mich der brillante Käseverkäufer durch die Liste.«

»Du musst ganz schön Ausdauer haben.«

»Vermutlich … Und was hat *dich* nach Paris verschlagen?«, fragte ich, um die Aufmerksamkeit von mir wegzulenken.

»Meine Freundin ist Pariserin. Wir erwarten in diesem Winter ein Baby«, antwortete er lächelnd, und ich fragte mich, ob seine Eile wegen der Finanzierung etwas damit zu tun hatte, dass er bald eine Familie ernähren musste.

»Du scheinst auch Ausdauer zu haben«, sagte ich, und er lachte. Ich freute mich, dass ich einen guten ersten Eindruck machte.

»Dann kannst du also direkt nächste Woche anfangen?«, fragte er plötzlich und zückte seine Brieftasche, um die beiden Espressi zu bezahlen.

»Klar. Wann du magst. Samstags und sonntags arbeite ich im Café und abgesehen vom Käseprobieren bin ich an den anderen Tagen frei.«

»Abgemacht. Dann bis Montag.«

Strahlend spazierte ich die Straße hinunter. Ich war in Paris, mit zwei Jobs, einem Käsetypen, einem super Apartment und einem traumhaften französischen Liebhaber. Ich drückte mir selbst die Daumen, dass mein glücklicher Lauf noch lange anhalten würde.

Kapitel 24

Ich hatte Clotilde nicht gehört, als sie spät in der Nacht zurückkehrte, aber morgens lag ein Zettel für mich auf der Arbeitsplatte.

Ella, hoffe, du hattest eine schöne Woche. Ich wollte dich nicht wecken, aber wir müssen reden. Wir treffen uns im Le Progrès um 18.00 Uhr. C xx

Ich war nicht sicher, ob sie mit Gaston gesprochen hatte. *Merde. Weiß sie Bescheid? Ist sie sauer?*, fragte ich mich beklommen.

Den ganzen Tag über im Flat White war ich nervös. Meine Euphorie vom Tag zuvor war durch Clotildes Nachricht in Unbehagen verwandelt worden. Ich stürzte mich in das Schrubben von Geschirr, als gäbe es nichts Wichtigeres auf dieser Welt, und schon bald konnte ich nicht mehr zählen, wie oft ich die Nacht bei Gaston im Kopf durchgespielt hatte.

Am Ende meiner Schicht war ich erschöpft, ging in das vereinbarte Café und vertrieb mir die Zeit, bis Clotilde kam, mit einem Glas Weißwein, dem Anstarren der Passanten und dem Grübeln, was sie mir wohl sagen würde.

Eine halbe Stunde später erschien sie, schob sich auf einen Stuhl, die Arme beladen mit Einkaufstüten. Sie war sonnengebräunt und wirkte entspannt von ihrem Trip nach Ibiza; das Strandleben hatte ihr offenbar gutgetan.

»Was hast du gekauft?«, fragte ich, »oder besser gesagt, was *nicht*?«

»Ach, nur ein paar Kleinigkeiten.« Sie schaute auf die Tüten und lachte. Ich lachte auch, jedoch mehr aus Erleichterung, dass sie offenbar nicht sauer auf mich war. »Kann sein, dass ich ein bisschen übertrieben habe. Aber ich wurde gerade für ein Shooting bezahlt und hatte Geld übrig, das vernichtet werden musste.«

»Cool, was für ein Shooting denn?«, wollte ich wissen. Sie war immer sehr zurückhaltend, was ihren Modeljob betraf, beantwortete meine Fragen gar nicht oder behauptete, es sei langweilig gewesen. Aber wie langweilig konnte es denn sein, in Paris als Model zu arbeiten?, fragte ich mich. Dieses Mal parierte sie meine Frage mit einer Gegenfrage: »Und was war so los, während ich weg war? Erzähl mir alles.«

»Irgendjemand hat es geschafft, mir einen Job bei Food To Go Go zu besorgen«, sagte ich.

»Tim hat dich eingestellt?«, kreischte sie. »Dann sind wir ja Kolleginnen!«

»Es kam ziemlich überraschend«, antwortete ich.

Clotilde wirkte verlegen. »Tut mir leid, dass ich vergessen habe, es zu erwähnen.«

»Macht nichts. Ich nehme an, du hast ein verdammt gutes Wort für mich eingelegt. Anfangs wollte er nicht einmal ein Vorstellungsgespräch.«

»Ja, er ist ein bisschen verrückt, unser Tim, aber er ist ein toller Chef. Du wirst den Job gern machen …« Sie schwieg für einen Moment und fuhr dann fort: »Und sonst, irgendwelche Verabredungen, von denen du mir erzählen möchtest?«

Ich versuchte, das Grinsen zu unterdrücken, das sich in meinem Gesicht breitmachen wollte. »Ich weiß nicht, wovon du redest.«

»Ich war nicht sicher, ob du momentan aufgelegt bist für Dates, aber als Gaston anrief, um zu fragen, ob du mit mir nach Ibiza fliegst, hatte ich den Eindruck, dass er etwas plante.«

Auwei, was sie wohl sonst noch weiß …

»Und? Habt ihr euch amüsiert?«, fuhr sie fort.

»Hast du mit ihm gesprochen?«, fragte ich zurück.

»Nein, nur vor meinem Abflug. Warum?«

Seit meiner Verabredung mit Gaston hatte ich mir sehnlichst gewünscht, die Verabredung bis ins Detail analysieren zu können, so wie ich es mit meinen Freundinnen daheim getan hätte, und dass Clotilde seine Version noch nicht gehört hatte, ermutigte mich. Früher an diesem Tag hatte ich das Treffen Chris gegenüber erwähnt und gesagt, dass sich Gaston bei den beiden Abendessen mir gegenüber so unterschiedlich verhalten hatte. Ich war rot geworden, als er mich die Sache mit dem Fuß unter dem Kleid noch einmal genau wiederholen ließ. Alles, was ich dann als Antwort bekam, war: »Willkommen in Paris, Anfängerin. Liebe gibt es hier nicht nur in Form eines gemeinsamen Bankkontos und Sonntagsbrunchs.« Er sagte, dass mir mit der Zeit diese Unsicherheit und Aufregung, die damit einhergingen, sich mit Franzosen zu verabreden, sogar gefallen würden. »Was denkst du, warum ich so hartnäckig bin?« Und ich hatte geglaubt, dass dieses Dating-Spiel für Männer einfacher sei, vor allem für so gelassene Kerle wie Chris.

Und nun bettelte Clotilde förmlich um Details … Ich setzte an zu einer Beschreibung des Restaurants und des Essens am ersten Abend, aber sie unterbrach mich.

»Ja, ja, ja, ich war schon dort. Das Essen ist gut, aber es ist ein bisschen prätentiös, *non*? Könntest du einfach dazu übergehen, was *après le dinner* passierte? Gaston wird mir nicht alles verraten, aber so wie ich meinen Cousin kenne, bin ich sicher, dass etwas passiert ist. Pack schon aus, *ma belle*.«

»Was meinst du mit so wie du deinen Cousin kennst?« Ich spürte, wie mir schon wieder das Blut in die Wangen schoss.

»Ach, du weißt doch, was ich meine, Ella. Jungs sind nun mal so. Also?«

»Nun, er hat mich mit zu sich genommen.«

»Uuh. Und dann?«

»Meine Lippen sind versiegelt«, antwortete ich grinsend, trotz einer keimenden Sorge, dass Gastons Verhalten gar nichts Besonderes gewesen war. Bevor ich Gelegenheit hatte, Clotilde über den Playboy-Ruf ihres Cousins auszufragen, sagte sie: »Lass uns ein bisschen Käse kaufen gehen. Nach den Tagen mit Meeresfrüchten und Obst lechze ich nach etwas Zähflüssigem.«

Ich musste nicht großartig überredet werden. Und schon kurz darauf traten wir durch die Tür von Serges Geschäft.

»*Bonsoir, mesdames*«, begrüßte er uns fröhlich. »Ella, es ist schon eine Weile her, dass ich dich gesehen habe.«

Mein letzter Besuch lag gerade einmal eine Woche zurück. Und ich hatte seither auch Käse gegessen, nur keinen aus seinem Geschäft. Tatsächlich war ich ziemlich beschäftigt gewesen – mit einem heißen Franzosen ins Bett zu gehen und so weiter –, aber ich hatte nicht vor, dieses Detail auszuplaudern.

»Ich dachte, dass du vielleicht keinen Käse mehr willst. Vielleicht bist du schon bereit für unser Abendessen?«, fügte er hinzu.

»Oh, ich war gar nicht in der Stadt, sondern mit Clotilde auf Ibiza«, log ich und deutete auf Clotilde, die die Brauen hochzog.

Wieso log ich ihn an?

»Ich wohne bei Clotilde«, fügte ich als eine Art Vorstellung hinzu. »Clotilde, Serge ist der Inhaber vom besten Käsegeschäft in Paris.«

»*Enchanté*«, sagten beide gleichzeitig. Wenn mich nicht der Käsegeruch daran erinnert hätte, dass ich in Frankreich war, hätte es diese Höflichkeit bestimmt getan.

Clotilde fackelte nicht lange und kaufte ein Stück Sainte-Maure, den leicht nach Stall riechenden Ziegenkäse von der Loire, den auch ich lieben gelernt hatte, vor allem in Kombination mit frischen Feigen oder Honig. Dieses Mädchen wusste, was sie wollte.

»Was sollen wir noch nehmen?«, fragte sie mich und taxierte die Sorten in der Vitrine.

»Ella, ich habe da etwas, das du probieren musst«, unterbrach uns Serge. »Ich weiß ja, wie sehr du Blauschimmelkäse magst.« Ich nickte zustimmend, bekam aber sofort Bedenken. Serges Empfehlungen bei Blauschimmelkäse waren immer sehr geschmacksintensiv.

»Mach dich auf einen Leckerbissen gefasst«, sagte er. »Dieser Bleu de Corse wurde kürzlich geliefert. Er stammt von Korsika, du kennst die Insel südlich vom französischen Festland? Ich pack dir ein bisschen davon ein. Geht aufs Haus. Und wenn du das nächste Mal kommst, verrätst du mir, wie er dir geschmeckt hat.«

Ich konnte mich des Eindrucks nicht erwehren, dass Serges Akzent seit unserer letzten Begegnung stärker geworden war. Und ein kleines bisschen verführerischer. Aber ich ließ mich ablenken. Also gab ich mir alle Mühe, genauer zuzuhören, was er sagte.

»Absolut köstlich.«

»Bist du sicher?«, fragte ich, nicht überzeugt.

»*Mais oui*, vor allem zu einem Glas Rosé.«

Er wandte sich an Clotilde und fragte sie auf Französisch, ob sie diesen Käse schon einmal probiert habe.

»*Oui, oui, je l'adore*«, sang sie beinahe als Antwort. Sie fügte hinzu, dass er wirklich sehr intensiv sei, und kniff hingebungsvoll die Augen zusammen.

»Deine Freundin hat einen guten Geschmack«, sagte Serge. »Fast so gut wie deiner, Ella. Jedenfalls, wenn du nicht gerade Fotos von Käse im Internet postest.«

»Ah, da fällt mir etwas ein. Ich habe einen neuen Job, Serge! Ich werde die Social-Media-Texte für ein Start-up schreiben.«

Verwirrt schaute er mich an. »Sag mir bitte, dass das nicht bedeutet, noch mehr Fotos von Käse.« Er seufzte.

»Es ist eine App, mit der man sich Essen liefern lassen kann, also nicht nur Fotos von Käse, sondern von *sämtlichen* Lebensmitteln«, erklärte ich.

»Und dafür bezahlt dich jemand?«, fragte er zweifelnd.

»Ganz sicher sogar«, erwiderte ich und konnte mein Glück immer noch nicht fassen.

Er schien zu überlegen und sagte schließlich: »Hoffentlich findest du dann überhaupt noch Zeit, deinen alten Freund Serge zu besuchen.«

»Keine Sorge, das Büro ist ganz in der Nähe«, versicherte ich ihm.

»Er mag dich«, sagte Clotilde, sobald wir den Laden verlassen hatten.

»Wer? Gaston?«, knüpfte ich an das Gespräch an, das wir geführt hatten, bevor wir die *fromagerie* betraten. »Hat er dir das gesagt?« Ich konnte die Hoffnung in meiner Stimme hören, und das war nicht vorteilhaft.

»Nein … dieser Käse-Typ.«

Serge? Wie kam sie denn darauf?

»Er ist nur ein Freund. Er empfiehlt mir guten Käse. Mehr ist da nicht.«

»Er flirtet mit dir«, beharrte sie.

»Vermutlich nur, damit ich wiederkomme«, versicherte ich. »Bestimmt gehöre ich zu den profitableren Kunden. Außerdem bringt er mir viel über *fromage* bei.«

»Ah, es geht also nur um Käse. Mein Fehler.« In gespielter Kapitulation hob sie die Hände.

»Im Ernst, zwischen uns läuft nichts. Serge ist doch gar nicht mein Typ.«

»Klar, wir kennen ja alle deinen Typ: groß, dunkelhaarig und mit einem Hauch Gaston.« Sie lachte.

Ich fiel mit ein und dachte daran, dass Billie einen ähnlichen Witz gemacht hatte, als ich mit ihr in der *fromagerie* war.

Zum Glück war ich sicher, dass Serge nicht so über mich dachte. Falls überhaupt, dann war ich für ihn das Mädchen, das nicht aufhörte, ihn wegen Empfehlungen zu belästigen.

Auf dem Weg nach Hause erzählte mir Clotilde von ihrem Kurzurlaub, den Cocktails am Strand, dem Besuch von Nachtclubs bis in die frühen Morgenstunden und von den Treffen mit Freunden, die sie Jahre nicht gesehen hatte. Aber aus welchem Grund auch immer, ich konnte mich nicht recht auf ihre Worte konzentrieren.

Als wir zu Hause ankamen, hatte ich es aufgegeben, mehr über Gastons Beziehungsgeschichten zu erfahren. Clotilde würde nie etwas gegen ihn sagen. Stattdessen weihte ich sie in das ein, was mich derzeit fast genauso sehr beschäftigte: die Überraschungsverlobung meiner Mutter.

»Magst du denn den Mann, den sie heiraten wird?«, fragte Clotilde, nachdem ich ihr erzählt hatte, dass mir Mum bei ihrem Besuch zu Weihnachten ihren Verlobten vorstellen wolle.

»Keine Ahnung. Ich kenne ihn kaum«, erwiderte ich. »Ich bin ihm nur einmal begegnet, als er ihr im Garten geholfen hat. Ehrlich gesagt habe ich nicht damit gerechnet, dass sie noch einmal eine Beziehung eingeht, ganz davon zu schweigen, dass sie heiraten will.«

»Ella, darf ich dich fragen, was mit deinem Vater passiert ist?«

»Das ist eine lange Geschichte«, antwortete ich und war nicht wirklich erpicht darauf, in die Details einzusteigen. Andererseits wollte ich Clotilde keine Abfuhr erteilen.

Mein Vater verließ Mum und mich, als ich klein war. Ich kann mich kaum an ihn erinnern. Er war ein junger amerikanischer Künstler, der in einem Atelier in Australien arbeitete, wo sie sich auch kennenlernten. Schon kurz darauf wurde Mum schwanger mit mir. Ein paar Jahre bekamen die beiden es zusammen hin und waren glücklich, obwohl sie kein Geld hatten und in einer Art Künstlerkommune lebten. Aber dann wurde ihm ein Stipendium in den USA angeboten, und er verschwand. Wir haben ihn nie wiedergesehen.

Als ich sechzehn wurde, bat ich meine Mutter, mir zu helfen, Kontakt zu ihm aufzunehmen. Nach ein paar Wochen sagte sie, sie habe es versucht, jedoch keinen Erfolg gehabt. Gemeinsame Freunde hatten ihr erzählt, er würde abgekoppelt vom Versorgungsnetz in den Bergen leben. Ich war mir nie sicher, ob sie gelogen hatte, aber wenige Monate später erhielten wir einen Brief mit der Nachricht, dass er an Leberversagen gestorben sei.

Das wühlte meine Mum damals ganz schön auf, was mich überraschte, denn bis zu diesem Moment schien sie ihn völlig ausgeblendet zu haben. Ihre Reaktion zeigte mir jedoch, dass sie immer noch mehr für ihn empfunden hatte, als mir klar gewesen war.

Ich war mir ziemlich sicher, dass Ray nach meinem Vater der erste Mann in ihrem Leben war. Von dem wenigen, was ich über ihn wusste, schien er mir der Inbegriff des australischen Kerls zu sein: freundlich, zuverlässig und nett. Und kein bisschen interessant.

Als ich Clotilde all das erzählte, fiel mir auf, wie schnell ich sprach. Die Gedanken, die seit dem Telefonat mit meiner Mum durch meinen Kopf wirbelten, quollen aus mir hervor wie ein Käse, der im Kern flüssig ist. Es fühlte sich gut an, alles herauszulassen.

»Oh, Ella, das ist ja schrecklich«, sagte Clotilde mit Tränen in den Augen.

»Ist schon gut. Ich hatte jahrelang Zeit, um damit klarzukommen.«

Ich packte den Bleu de Corse aus, um an etwas anderes zu denken als an meinen Vater. Das Stück sah feucht, glitschig und unattraktiv aus; im Gegensatz zu anderen Blauschimmelkäsen mit den typischen tiefen Taschen war dieser von feinen Edelschimmellinien durchzogen.

»Das Teil riecht aber echt streng«, sagte ich und kämpfte dagegen an, das Gesicht zu verziehen. Clotilde beugte sich über den Käse und schnupperte lustvoll daran.

»Ich habe schon Schlimmere gerochen«, sagte sie, schnappte sich das Messer und schnitt ein großes Stück ab. Ich schnitt mir ein wesentlich kleineres Stück ab, besorgt, dass dies der erste französische Käse sein könnte, den ich nicht mochte – jedenfalls dem Geruch und der Beschaffenheit nach zu urteilen.

Doch der erste Bissen war überwältigend. Clotilde ermutigte mich, direkt noch ein Stück zu essen. Der Käse war cremig, trotz der feuchten Rinde, und körnig, und er hatte diese unverwechselbare Schärfe von Schafsmilch. Er verursachte nicht diese salzige Intensität auf der Zunge wie ein Roquefort, sondern war insgesamt würzig.

»Bei sehr kräftigem Käse solltest du immer ein bisschen mehr probieren«, sagte Clotilde mit ernster Miene. »Manchmal schmeckt mir der erste Bissen überhaupt nicht, aber der zweite stimmt mich um, und beim letzten bin ich süchtig. Wie ein Kind, das zum ersten Mal ein Gemüse probiert.«

»Clotilde, du klingst wie Serge!«

»Ah, er geht dir also immer noch im Kopf herum?« Sie aß noch ein Stück Käse und seufzte vor Genuss. »Käse kann wirklich süchtig machen, *n'est-ce pas*?«

In der Theorie stimmte ich ihr zu, war jedoch überzeugt, dass dieser korsische Blauschimmelkäse die Ausnahme von der Regel darstellte.

Widerwillig schnitt ich mir noch ein Stück ab, ein noch kleineres als beim ersten Mal, und schob es mir in den Mund. Er schmeckte, ich war jedoch sicher, nie an den Punkt zu gelangen, süchtig danach zu werden.

»Und wie ist Ray so?«, fragte Clotilde und nahm sich noch ein Stück Käse.

»Ganz okay, soweit ich das beurteilen kann«, antwortete ich und dachte daran, dass er das komplette Gegenteil von dem war, wie ich mir immer meinen Vater vorgestellt hatte. »Ein bisschen langweilig vielleicht. Er ist der Gouda der Käsewelt und war bestimmt noch nie im Ausland.«

»Dann bist du bestimmt aufgeregt, ihn an Weihnachten besser kennenzulernen«, sagte Clotilde.

Ich nickte ohne Begeisterung.

Wenn ich ehrlich war, freute ich mich nicht sonderlich auf diesen seltsamen australischen Nachbarn, der mein Stiefvater werden sollte, und ich konnte mir auch nicht annähernd vorstellen, was meine Mum an ihm fand.

Und warum jetzt, wo sie doch schon seit zwanzig Jahren Nachbarn waren? War das so eine Art Verlegenheitslösung, weil sie einsam war? Oder die Revanche für meinen Auslandsaufenthalt? Noch immer wirbelten die Gedanken in meinem Kopf herum. Natürlich verhielt ich mich wie das verwöhnte Kind, das eifersüchtig ist auf den neuen Partner seiner Mutter und ihr verübelt, dass sie es so lange verheimlicht hat. Aber dagegen konnte ich nichts machen. Die Art, wie ich es erfahren hatte, verdeutlichte nur, dass ich nicht mehr zu ihrem alltäglichen Leben gehörte, und das verursachte mir schreckliches Heimweh.

An jenem Abend lag ich im Bett, dachte über Gaston, meine Eltern und Blauschimmelkäse nach und erkannte, dass mein Leben in Frankreich irgendwann genauso kompliziert geworden war wie jenes, das ich in Australien zurückgelassen hatte. Im Sommer war es ruhig und manchmal auch einsam gewesen, aber dieser Herbst und auch der Winter schienen sich zu einer ereignisreichen Zeit zu entwickeln. Ich postete auf Instagram ein Foto des Bleu de Corse und schrieb, dass ich gegenüber diesem Käse gemischte Gefühle hegte. Ich erhielt ein paar Kommentare, sowohl zustimmende als auch widersprechende. Je länger ich in Frankreich war, desto besser verstand ich, dass einige Käsesorten durchaus kontrovers beurteilt wurden. Deshalb war ich dankbar, dass es so viele Sorten gab – dadurch konnte man schnell zur nächsten wechseln, wenn einem ein bestimmter Geschmack nicht zusagte. Und diese wertvolle Lektion ließ sich durchaus auch auf das Leben übertragen.

Mein Handy summte, und Gastons Name erschien auf dem Bildschirm. Als ich las, wie sehr ihm unser Abendessen – und das, was darauf folgte – gefallen hatte und dass er es gern bald wiederholen würde, schlug mein Herz sofort schneller. *Alles wiederholen? Ja, bitte!* Mein Handy an mich drückend schlief ich ein.

Kapitel 25

Die Tage vergingen wie im Flug, und noch bevor ich michs versah, brach das ungemütliche Novemberwetter an. Ich war zwar noch nicht bereit, Stiefel und eine Winterjacke anzuziehen, aber ein dicker Wollpulli erwies sich als willkommene Annehmlichkeit.

An einem bitterkalten grauen Samstagmorgen entschied ich, den Tag damit zu begrüßen, im Bett eine Schale Kaffee zu trinken, bevor ich mich auf den Weg zu meiner Schicht im Flat White machte.

Ich aktualisierte mein Käsetagebuch, das ich in dem Notizbuch von Billie begonnen hatte. Während der vergangenen Wochen hatte ich häufig etwas hineingeschrieben, und es machte Spaß, meine Eintragungen durchzugehen und mich daran zu erinnern, wie ich den Käse in fast alle meine Lebensbereiche integriert hatte. Clotilde liebte ihn, Serge bewunderte ihn, und Gaston aß ihn gern heimlich, wenn er dazu »gezwungen« wurde, aber nie im Restaurant.

Meine 365 Tage des Käseessens waren auf Kurs. Im Hinblick auf die Anzahl der getesteten Sorten war ich ein bisschen hinter meinem Zeitplan zurück, aber das würde ich während der Weihnachtstage leicht aufholen können.

Als ich auf eine bestimmte Eintragung stieß, musste ich schmunzeln. Sie fing an mit dem Abendessen mit einem alten Freund und endete mit einem Käse-Kater, der mich daran zweifeln ließ, ob meine 365 Käsetage fortgesetzt werden konnten, sollten und würden.

Mein Freund Henry war aus London zu Besuch da gewesen. Wir hatten uns an unserem ersten Tag an der Uni in einem Kurs über Arthouse-Filme kennengelernt und waren befreundet, bevor ich mit Paul zusammenkam. Henry kannte mein wahres Ich. Mein Ich vor Paul. Die Abenteurerin.

Wir gingen abends in eine urige Weinkneipe in der Nachbarschaft, und Henry gratulierte mir zu meiner Trennung von Paul.

»Ella, ich war nie ein Fan von ihm«, erzählte er mir. »Jetzt kann ich ja ehrlich sein. Er war ein Langweiler.«

Ich wusste zu schätzen, dass er zu mir hielt.

Dann erzählte ich Henry von der Arbeit und von Gaston und Clotilde, aber erst als ich von meiner Käsewette berichtete, strahlte er plötzlich und scherzte, dass er das Gleiche in Großbritannien machen könnte, aber mit Bier, und dann bestellte er in nahezu unverständlichem Franzenglisch die größte Käseplatte, die es in dem Lokal gab.

Als die prächtige Auswahl serviert wurde, erläuterte ich kurz die verschiedenen Sorten und beeindruckte ihn – und mich selbst auch ein bisschen – mit meinem angesammelten Wissen. Wir hatten einen Riesenspaß dabei, alles zu probieren – Langres, Ossau-Iraty und Saint Agur –, ahmten Gastro-Kritiker nach, analysierten theatralisch jeden einzelnen Geschmack und wurden mit der Zeit immer lauter.

Als die Nacht fortgeschritten und die Zahl der Gäste geschrumpft war, entschieden wir, immer noch nicht genug Käse verspeist zu haben, und wechselten über zu Münsterkäse.

Da er zu den sehr würzigen Sorten zählt, ist er nicht für empfindliche Gaumen geeignet. Erst versetzt er dir einen Schlag in die Nase, dann in den Mund. Ich erinnere mich, den ersten Bissen schrecklich gefunden zu haben und auch den zweiten und dritten, aber wie Clotilde vorhergesagt hatte, begann er mir allmählich zu schmecken, relativ gesehen. Henry dagegen hatte nicht dieselbe Vorbereitungszeit wie ich gehabt, sich an die intensiveren französischen Käse zu gewöhnen, und verschmähte ihn sofort. Tapfer probierte er noch ein paarmal, änderte seine Meinung jedoch nicht, was dazu führte, dass ich heldenhaft fast die gesamte Portion verdrückte.

»Ich habe dich vermisst, Ella«, sagte Henry, als wir nach Hause torkelten und ich ihn bis vor sein Hotel begleitete. »Ich habe dein altes Ich vermisst. Das klingt klischeehaft, aber ich bin froh, dich zurückzuhaben.«

Wir umarmten und verabschiedeten uns sehr emotional, lachten wie zwei betrunkene Idioten, bevor sich unsere Wege trennten. Von dem Nachhauseweg weiß ich nicht mehr viel, außer dass ich wahnsinnig befreit durch die stillen Straßen von Paris wanderte. Woran ich mich allerdings bis in jedes scheußliche Detail erinnere, ist die folgende Übelkeit, die so stark war, dass ich überlegte, die Wette aufzugeben.

In jener Nacht konnte ich mir nicht vorstellen, dass mein Magen jemals wieder irgendeinen *fromage* vertragen würde – was für eine bittere Perspektive. Mir wurde dadurch jedoch klar, dass ich nicht immer alles bis auf den letzten Krümel aufessen musste, schon gar nicht, wenn es sich um Stinkkäse handelte.

Serge hätte dem vermutlich zugestimmt.

Der nächste Eintrag gehörte zu meinen liebsten, vor allem weil Gaston dabei eine Rolle spielte, der mittlerweile den Großteil meiner nicht um Käse kreisenden Gedanken füllte.

Es war ein für die Jahreszeit ungewöhnlich warmer und sonniger Novembertag gewesen, und ich hatte extrem gute Laune, weil Tim angerufen und mir einen weiteren bezahlten Arbeitstag pro Woche bei Food To Go Go angeboten hatte. Das Start-up habe zwar nicht die große Finanzspritze erhalten, die er sich erhofft hatte, wie er mir aufgebracht erzählte, aber immerhin einen ordentlichen Zuschuss, sodass sie es sich leisten konnten, mich für drei Tage die Woche zu bezahlen. Ich war froh, denn das bedeutete einen zusätzlichen Verdienst zu meinem Job im Flat White, den aufzugeben ich noch nicht wirklich bereit war.

Gut gelaunt und entschlossen, Geld mit gutem Essen zu verprassen, ging ich zu Serge, um für ein Picknick einzukaufen. Mir war aufgefallen, dass ich mit Gaston noch nie gepicknickt hatte – da er mich in die neuesten Restaurants von Paris ausführte –, und ich wollte ihm zeigen, dass ein selbst zusammengestelltes Essen im Freien auch schmackhaft und romantisch sein konnte.

Mit zwanzig Minuten Verspätung traf Gaston in

seinem schicken grauen Anzug an unserem vereinbarten Treffpunkt am Seine-Ufer ein. Er war nervös und abgehetzt, sagte, er habe nach dem Treffen mit seinem Redakteur weder ein Taxi noch ein Uber bekommen. Es war nicht schlimm, dass er zu spät kam; ich hatte gern gewartet und die vorwinterliche Sonne genossen. Trotzdem brauchte er eine halbe Stunde, um sich zu beruhigen. Linkisch setzte er sich auf eine zusammengefaltete Tageszeitung – weil er seinen Anzug nicht schmutzig machen wollte –, und wir tauchten ein in das käselastige Picknick, das ich zusammengestellt hatte. Wir aßen Pont-l'Évêque und Neufchâtel, einen Kuhmilchkäse in romantischer Herzform, der mir sehr passend für unser Date schien, und tranken Weißwein aus dem Jura, der frisch und leicht schmeckte. Ich war stolz und zufrieden mit mir.

Gerade als Gaston anfing, sich zu entspannen und Spaß zu haben, zuckte er plötzlich zusammen und fasste sich an die Haare.

»*Merde!* Ich glaube, mir hat ein Vogel auf den Kopf geschissen!«

Ich lachte. Sein ungläubiger Gesichtsausdruck war unbezahlbar. »Das soll Glück bringen.«

»Wem? Dem Vogel?«

»Nein, dir«, prustete ich. »Senk mal den Kopf und lass mich den Schaden begutachten.«

Folgsam legte er das Kinn auf die Brust.

»Da ist so gut wie nichts«, versicherte ich ihm, was ihn jedoch nicht beruhigte.

»Lass uns gehen«, verlangte er.

»Das ist nur ein bisschen Taubenkacke. Kein Grund zur Sorge.«

»*Nur* Taubenkacke? Hast du die Tauben von Paris gesehen? Sie sind schmutzig.«

Und du hast mich mal eine essen lassen, dachte ich, verzog jedoch keine Miene, da ich merkte, dass Gaston die Situation alles andere als witzig fand. Er begann zusammenzupacken, obwohl wir noch Essen und eine halbe Flasche Wein übrig hatten.

»Komm mit zu mir«, sagte er. »Ich will duschen … und du sollst mir dabei Gesellschaft leisten.«

Gastons Angebot war zu gut, um es abzulehnen, also packte ich mit leichtem Bedauern den Käse ein, und wir fuhren mit dem Taxi zu Gastons Wohnung. Als ich ihm die Haare wusch, kehrte sein Lächeln zurück. Am Ende verbrachten wir einen wunderbaren Nachmittag, öffneten die Fenster, um die letzten Sonnenstrahlen einzufangen, und hielten uns zu den Tauben in sicherer Entfernung. Wir breiteten eine Decke auf dem Teppich aus und picknickten drinnen, tauschten die Plastikbecher gegen Weingläser.

Als ich zurückblickte auf all meine Abenteuer, zusammengestellt in meinem Käsetagebuch, musste ich daran denken, wie sehr sich mein Leben in Paris von dem mit Paul unterschied.

Serge unterstützte mich weiterhin bei meinem Unterfangen, brachte mir viel über neue Käsesorten bei und hielt mich von Varianten fern, für die ich seiner Meinung nach noch nicht bereit war. Seltsamerweise brachte es ihn immer noch aus der Fassung, dass ich Bilder auf Instagram postete. Er sagte, dass die Leute wohl nichts Besseres zu tun hätten, wenn sie mir beim Käseessen zugucken wollten. Als ich erwiderte, dass sich die französische Esskultur verändere und er gut daran täte, sich auf dem Laufenden zu halten, hielt er dagegen, dass die französischen Traditionen wichtiger seien als die neuste kulinarische Modeerscheinung. Was als lockerer Austausch begann, endete jedes Mal in einer heftigen Diskussion. Wenn es um französisches Essen ging, war mit Serge nicht zu spaßen.

Ich blätterte die restlichen Seiten meines Käsetagebuchs durch und stellte mir all die winterlichen Käsegerichte in Frankreich vor, mit denen ich sie füllen konnte: *fondue, raclette, tartiflette!* Ich wusste, dass diese Gerichte – zu schwer als sommerliche Kost – mir durch die kalten Tage helfen würden. Was ich über den europäischen Winter gehört hatte, schüchterte mich ein. In Melbourne wurde es nie richtig kalt, und da meine Garderobe größtenteils aus Kleidern und T-Shirts bestand, fühlte ich mich schlecht vorbereitet. Doch allein der Gedanke an diese Gerichte fühlte sich warm und kuschelig an. Begleitet von diesen positiven Vorstellungen war ich endlich in der Lage, mein Bett zu verlassen und mich für die Arbeit im Café fertig zu machen.

Kurz nachdem ich im Flat White eingetroffen war und meine Schürze umgebunden hatte, kam Gaston herein. Ich trug gerade einen Stapel Teller nach vorn ins Café und stellte sie hastig ab. Dann wischte ich die Hände an der Schürze ab und winkte ihm zu.

»*Bonjour*, Ella«, begrüßte er mich, kam zu mir an die

Kaffeemaschine geschlendert und küsste mich auf beide Wangen.

»*Salut*, Gaston«, erwiderte ich leicht verlegen, weil er mich mit einem Berg Geschirr erwischt hatte. Er war seit Wochen nicht im Café gewesen, und ich hatte ihn immer noch nicht darüber aufgeklärt, dass ich nicht als Barista arbeitete.

»Ich war in der Gegend, und da fiel mir ein, dass ich noch nie deinen Kaffee probiert habe«, sagte er.

Chris sah mich irritiert an. Ich warf ihm einen flehenden Blick zu, und er sagte: »Ella, hättest du jetzt nicht eigentlich Pause? Wie wäre es, wenn ich dir und Gaston einen Kaffee mache?« Ich formte mit den Lippen ein unhörbares »Danke«.

Nachdem ich mir mit dem Kaffee ein bisschen Mut angetrunken hatte, hielt ich die Zeit für gekommen, Gaston über meine wahre Arbeit im Flat White aufzuklären. »Du weißt, dass ich hier nicht als Barista arbeite, oder?«, sagte ich beinahe beiläufig.

»Echt nicht? Du hast es mir doch erzählt.«

»Nun, nicht direkt«, erklärte ich. »Genau genommen helfe ich in der Küche.«

»Du kochst?«, fragte er und klang genauso überrascht wie ich damals, als ich dachte, Chris hätte mir einen Job als Köchin angeboten.

»Nicht ganz. Ich spüle Geschirr.«

Ich sah, wie sich Gastons Miene veränderte, und wir saßen eine Weile lang verlegen schweigend da.

»Machst du das gern?«, fragte er nervös.

»Natürlich nicht. Ich verdiene mir nur etwas Geld dazu,

solange der Job bei Food To Go Go Teilzeit ist«, improvisierte ich. *War es denn so schlimm, Geschirr zu spülen?,* fragte ich mich gleichzeitig und spürte, dass es in Gastons Augen eine minderwertige Tätigkeit war.

Er wirkte nachdenklich, als müsse er abwägen, ob er mit einer Tellerwäscherin zusammen sein konnte.

»In einem Sommer habe ich mal am Strand von Saint-Tropez Eis verkauft«, sagte er und klang erleichtert. »Na, und du hast zumindest auch noch diesen Autorenjob. Ich nehme an, dass du das Geschirrspülen bald an den Nagel hängst, *non*?«

»Klar«, versicherte ich und wusste genau, dass ich das vermutlich nicht tun würde. Wie sollte Gaston auch ahnen, dass der Gratiskaffee und die nette Gesellschaft mehr als Grund genug waren zu bleiben?

Kapitel 26

Mum und Ray trafen am 23. Dezember ein, aber ich tat mich schwer, in Weihnachtsstimmung zu kommen. In Australien hätte ich die vorweihnachtliche Zeit am Strand genossen, aber stattdessen war ich in Schal, Mantel und Handschuhen dabei, einen überteuerten kleinen Weihnachtsbaum zu kaufen. Das Wetter, das ich im Herbst schon zeitweise als eisig empfunden hatte, war da im Vergleich zu jetzt geradezu mild gewesen.

In der Woche vor Weihnachten war es in Paris einsam geworden, da viele Leute die Stadt verließen, um zu ihren Familien zu fahren oder Ferien in wärmeren Gefilden zu machen. Clotilde war klugerweise mit ihrem Vater für ein paar Wochen nach Thailand geflogen, und Gaston war zu einem Freund nach Nizza gefahren. Arbeitskollegen waren vom Radar verschwunden, und mir blieb nichts anderes übrig, als die Stunden bis zum Eintreffen von Mum und Ray herunterzuzählen.

An ihrem ersten Tag spazierten wir durch Paris. Wir starteten in meinem Viertel, in dem ich ihnen meinen Obst- und Gemüsemarkt zeigte und auf einen Kaffee mit ihnen ins Flat White ging. Dann liefen wir am Louvre vorbei, durch den Jardin des Tuileries und die Champs-Élysées hinunter, die in ein Dorf aus kleinen Holzhäusern verwandelt worden waren, in denen Lebkuchen, Glühwein und Weihnachtsnippes verkauft wurden. Während die Stunden nur so verflogen, beobachtete ich Ray aufmerksam, versuchte, ein besseres Verständnis von dem Mann zu bekommen, den meine Mum bald heiraten wollte.

Als ich die beiden am Flughafen abgeholt hatte, waren sie Hand in Hand aus dem Ankunftsgate gekommen. Aus irgendeinem unverständlichen Grund trug Ray zu seinem üblichen Flanellhemd eine Baskenmütze. *Auweia!* Er stand verlegen daneben, als Mum ihr Gepäck fallen ließ und mich fest in die Arme schloss. Aber nachdem sie uns einander »vorgestellt« hatte, sagte er: »Komm her, Liebes«, und schloss mich in seine Arme. Sein starker australischer Akzent klingelte mir in den Ohren, während ich mich aus seiner Umarmung wand und die beiden zum Taxistand schob.

Ray spazierte durch Paris wie ein Kind, voller Verwunderung betrachtete er alles und jeden mit frischem Blick. Er bestaunte das effiziente Metro-System, blieb für gefühlt eine Stunde an einem Stand mit Nutella-Crêpes stehen und ließ Mum und mich vor jedem Denkmal posieren, während er mit einer Einwegkamera Fotos schoss. Ich fragte mich, wo er ein solches Relikt von Kamera überhaupt hatte kaufen können.

»Und? Wie läuft es so? Ihr wirkt glücklich«, fragte ich meine Mutter später, als Ray sich fürsorglich aufgemacht hatte, uns eine weitere Runde Glühwein zu holen. Ein Getränk, das er als »verdammt genial« bezeichnete, seit er es an diesem Nachmittag kennengelernt hatte.

»Er ist wunderbar, nicht wahr?«, antwortete sie.
»So gut kenne ich ihn nun wirklich noch nicht.«
»Das kommt schon noch. Er ist unheimlich nett und großzügig. Ich bin so froh, dass du ein bisschen Zeit mit ihm verbringen wirst!«
»Ich auch«, versicherte ich, obwohl ich mir insgeheim immer noch wünschte, meine Mum Weihnachten für mich allein zu haben.

Nachdem wir den ganzen Tag herumgelaufen waren und Dinge besichtigt hatten, wurden Mum und Ray vom Jetlag eingeholt. Ich steuerte sie in Richtung meines Zuhauses und plante den Weg praktischerweise so, dass er uns an Serges Geschäft vorbeiführte. Ich schlug vor, fürs Abendessen ein bisschen Käse mitzunehmen.
»Das ist eine super Idee«, sagte Ray, als wären wir die ersten Touristen, die je darauf gekommen waren.
»Hier kaufe ich immer meinen Käse«, sagte ich mit vermutlich mehr Begeisterung in der Stimme als beim Louvre. Es war witzig, Mum und Ray am Schaufenster stehen und den Käse beäugen zu sehen, so wie ich es ein paar Monate zuvor getan hatte. Ich schob sie durch die Tür.
»Mum, Ray, das ist Serge. Inhaber meiner Lieblings-*fromagerie* in Paris.«
»*Enchanté!*«, sagte Serge und schüttelte beiden über die Theke hinweg die Hand.
Ich zeigte Mum, was ich für unser Weihnachtsessen besorgt hatte. Wie viele französische Familien würden wir am 24. ein Festessen haben. Ich hatte bereits den traditionellen Bûche de Noël bestellt und einen Haufen Geld für

ein bisschen Foie gras ausgegeben. Außerdem wollte ich einen Truthahn zubereiten und hatte für den Notfall den Gefrierschrank voll mit Picard-Fertiggerichten.

Die Männer gingen zur Vorderseite des Ladens, wo Serge Ray seine Auswahl an Trüffelkäse zeigen wollte, die er für die Festtage bekommen hatte. Es war mir unendlich peinlich, als ich Ray fragen hörte, ob man schimmeligen Käse essen kann, aber Serge, der an Ausländer gewöhnt war, nahm sich die Zeit und erklärte die Feinheiten von französischem *fromage* bis ins letzte Detail. Überraschenderweise verstanden sich die beiden auf Anhieb; zwei alte Seelen, die miteinander harmonierten wie Brot und Käse.

Auch Mum wirkte entzückt von Serges Geschäft und fügte unserer bereits umfangreichen Bestellung immer noch mehr hinzu.

»Mum, ich denke, das reicht für die nächsten Tage. Vergiss nicht, dass wir nur zu dritt sind.«

»Liebes, wir sind nur dieses eine Mal über Weihnachten in Paris. Warum also nicht ein bisschen sündigen?«, lautete ihre Antwort, die ganz untypisch für sie war. Ich musste grinsen und legte den Arm um sie.

Aber dann öffnete Ray den Mund, und plötzlich erfolgte alles Weitere wie in Zeitlupe. »Serge, Kumpel, warum kommst du nicht zum Weihnachtsessen zu uns?«, fragte er hoffnungsvoll. »Du kannst uns bei dem vielen Käse beraten.«

Ich erstarrte.

»Oh, was für eine wunderbare Idee«, pflichtete Mum ihm bei.

»Serge hat bestimmt schon etwas vor«, sagte ich hastig.

»Ehrlich gesagt fahre ich erst am ersten Feiertag zu meinen Freunden an die Loire und arbeite an Heiligabend lange«, sagte er und sah mich forschend an, als versuche er herauszufinden, was ich von dieser Einladung hielt. Ich schenkte ihm ein zurückhaltendes Lächeln.

»Ein Abendessen mit euch fände ich super«, fügte er hinzu, »wenn es auch für dich okay ist, Ella.«

Seine Antwort hing ein paar Sekunden in der Luft, bevor ich mich gezwungen sah zu sagen, dass ich mich sehr freuen würde, wenn er zu uns käme.

»*Parfait!*«, antwortete er mit einem Lächeln.

»Verdammt parfay«, ahmte Ray ihn nach, und die beiden Männer schüttelten einander herzlich die Hand.

Ich war nicht sicher, wie wohl ich mich damit fühlte, dass Serge sich bei einer derart intimen Feier zu uns gesellte, versuchte jedoch, mir nichts anmerken zu lassen. Ich nannte ihm meine Adresse und überzeugte ihn, nicht noch mehr Käse mitzubringen.

»Und wo hast du Serge kennengelernt?«, fragte Mum, als wir das Geschäft verlassen hatten.

»Na, in seiner *fromagerie*.«

»Du kanntest ihn vorher nicht? Außerhalb dieses Käsegeschäfts?«

»Nein, natürlich nicht. Als ich in Paris ankam, kannte ich hier niemanden.«

»Wie viel Käse isst du momentan eigentlich, Ella?« Sie klang besorgt, aber ich wollte in dem Moment nicht darauf eingehen.

»Das ist eine witzige Geschichte«, sagte ich, »die ich dir morgen erzählen werde, nachdem du ausgeschlafen hast.«

Ähnlich wie es mir bei Billie ging, war ich auch Mum gegenüber zögerlich, von der Wette zu erzählen. Ich fürchtete, sie würde das für unsinnig halten oder denken, dass ich meine Zeit in Frankreich mit einer Fress-Mission verschwendete. Vielleicht war es einfacher, nach dem Abendessen mit Serge zu erklären, worum wir gewettet hatten. So wie Mum und Ray von ihm sprachen, konnte man meinen, er sei das Beste, was sie an diesem Tag in Paris gesehen hatten. Zum Glück übermannte sie nach ein paar Bissen die Müdigkeit, und sie gingen früh zu Bett, überließen mir die Planung des Weihnachtsessens. Da Serge nun auch kommen würde, fühlte ich mich noch mehr unter Druck, ein wundervolles Essen zu kochen. *Der Truthahn musste gelingen!*

Heiligabend verbrachte ich damit, zwischen Supermarkt und Wohnung hin und her zu rennen, Geschirr zu spülen und verzweifelt im Internet Rezepte zurate zu ziehen. Mum bot ständig ihre Hilfe an, aber jedes Mal, wenn sie in die Küche kam, folgte Ray ihr, und es endete damit, dass ich beide wieder hinausscheuchte. Ich schickte sie zu einem langen Spaziergang an der Seine, damit ich mich konzentrieren konnte.

Serge kam pünktlich.

Ohne seine Arbeitsschürze wirkte er eleganter. Er trug ein perfekt gebügeltes weißes Hemd und eine süße grünrote Fliege. *Und entdeckte ich da etwa einen Haarschnitt?* Er brachte einen Strauß Lilien und zwei Flaschen Champagner mit und etwas, von dem ich nur annehmen konnte, dass es ein großer runder Käse war.

»Serge«, sagte ich, als er mir alles überreichte, »du solltest uns helfen, den Käse zu essen, und nicht noch mehr mitbringen!« Ich führte ihn hinein und beschäftigte mich damit, die Blumen in eine Vase zu stecken, um meine Verlegenheit zu verbergen. Glücklicherweise brach Mum das Eis, indem sie sofort den Champagner öffnete und Gläser verteilte. Ray gesellte sich zum Anstoßen zu uns, nippte einmal an seinem Glas und öffnete dann eine Dose Bier.

Ich trank schnell ein paar Schlucke, um meine Anspannung zu lindern, die vermutlich daher rührte, dass ich meine Mum, meinen zukünftigen Stiefvater und meinen Käsehändler zu einem Weihnachtsessen hier hatte, und ging in die Küche, um nach dem Truthahn zu sehen. Doch es sollte sich herausstellen, dass das Essen die geringste meiner Sorgen war.

»Also, sag mal, was hältst du von unserer Ella?«, hörte ich Ray Serge fragen.

Merde, fluchte ich innerlich. *Ich kann Ray einfach nicht unbeaufsichtigt lassen.*

Ich trank einen großen Schluck Champagner und rief Ray in die Küche, damit er mir half.

Zum Glück war das Essen größtenteils ein Erfolg. Der Truthahn war zwar ein bisschen trocken, was aber mit reichlich Soße kaschiert wurde, und irgendwie hatte ich es mit einer ungesunden Dosis französischer Butter geschafft, köstlichen Kartoffelbrei als Beilage zu zaubern.

Die Käseplatte richtete ich in der Küche an und passte auf, dass Serge nicht mitbekam, wie ich zig Fotos von der Zusammenstellung schoss. Es war bei weitem der meiste Käse, den ich bei einer Mahlzeit gehabt hatte, und die Platte sah verdammt gut aus.

»Also, Ella, du wolltest mir doch erzählen, warum du so viel Käse isst«, sagte Mum, als ich mit dem Käse ins Zimmer trat.

»Äh …« Ich stockte. Mir war entfallen, dass sie nichts von der Käsewette wusste, und nun war ich gezwungen, die Wahrheit zu enthüllen, während der Wettpartner dabei war.

»Ich versuche, hier in Frankreich alle französischen Käsesorten zu essen«, sagte ich rasch, ohne zu sehr ins Detail zu gehen.

Serge nickte aufmunternd.

»Warum?«, fragte Mum und klang überrascht.

»Warum nicht? Käse ist schließlich lecker.« Ich wurde rot und sah Serge an.

»Ich freue mich ja, dass du in Frankreich deinen Spaß hast, aber …«

Verdammt, jetzt kommt das Aber …

»… war es das wert, dein geregeltes Leben in Melbourne dafür aufzugeben?«

»Wie meinst du das?« Ich war ein bisschen überrascht über die Wendung, die dieses Gespräch plötzlich nahm.

»Nun ja, dein Auszeitjahr ist zur Hälfte herum, Ella. Es wird Zeit, darüber nachzudenken, was du danach machen willst. Du wirst ja nicht für immer in Frankreich bleiben.«

»Nein, vielleicht nicht, aber noch bin ich hier, also kann ich es auch genießen«, versuchte ich, die lockere Atmosphäre wiederherzustellen.

Aber Mum war noch nicht fertig. Sie fuhr fort, mir vorzuhalten, dass sie *dennoch* überrascht sei, wie ich mein Leben in Melbourne dafür aufgeben konnte, in Paris als

Tellerwäscherin in einem Café zu arbeiten. Und sie regte sich darüber auf, dass ich meine Ersparnisse aufbrauchte. Meine Käse-Esserei schien sie nicht im Geringsten zu beeindrucken.

»Wenn du dann ohne Job, Geld und Freund wieder in Australien bist, wirst du sicher verstehen, dass meine Reaktion ›Ich hab's dir ja gesagt‹ sein wird.«

»Ich würde nichts anderes erwarten«, erwiderte ich. Mir war klar, dass sie es gut meinte, aber ich war es leid, mich ständig verteidigen zu müssen.

Unerwarteterweise unterbrach Ray Mums Verhör und sagte, dass er es für bewundernswert hielt, was ich seit meinem Umzug nach Paris erreicht hatte. »Was für ein Abenteuer«, sagte er und drückte Mums Hand.

»Danke, Ray«, sagte ich und fügte hinzu: »Ich bin froh, dass einer von euch das versteht.«

»Du hast noch den Rest deines Lebens Zeit, um zu schuften, Ella. Da kannst du ruhig ein paar Abenteuer erleben, solange du jung bist«, fügte Ray hinzu. »Ich habe Australien bisher nie verlassen. Und sieh doch, was ich alles verpasst habe.«

Bevor ich Gelegenheit hatte, ihn zu bedauern, fiel Mum ihm ins Wort. »So jung ist sie nun auch nicht mehr«, sagte sie und deutete mit dem Kopf auf mich. »Als ich so alt war wie sie, hatte ich bereits ein zweijähriges Kind.«

»Ja, aber ich denke, das ist heute anders. Die Kids nehmen sich die Zeit herauszufinden, was sie wollen«, erwiderte Ray.

»Vielleicht. Aber Ella kann nicht einfach vor ihrem Leben in Australien davonlaufen. Und uns alle zurücklassen«, widersprach Mum. Die Erschöpfung und zu viel Weihnachtsstimmung hatten sie offenkundig eingeholt.

Ich warf Serge einen verlegenen Blick zu, der jedoch sehr intensiv seine Hände begutachtete.

Wir verfielen in ein unbehagliches Schweigen, betrachteten alle die Käseplatte vor uns.

Aber dann räusperte Serge sich. »Ich stimme Ray zu. Was Elle in Paris auf die Beine stellt, ist wunderbar. Bei den vielen Arbeitslosen ist es gar nicht leicht, hier einen Job zu finden, und sie hat zwei. Und sie wird allmählich zur Käseexpertin. Das ist in Frankeich *très important.*«

Mum wirkte überrascht, als Serge fortfuhr, mein Leben hier zu rechtfertigen. »Wenn man die Liebe der Franzosen zum Käse versteht, versteht man viel von ihrer Seele.«

Was ich nicht in Worte fassen konnte, brachte er genau auf den Punkt, sogar in einer für ihn fremden Sprache. Ich schenkte ihm ein erleichtertes Lächeln, das hoffentlich vermittelte, wie dankbar ich ihm war. *Dieser Mann steckte voller Überraschungen!*

Mum verzog sich grollend ins Bad, und als sie zurückkam, hatte sie sich glücklicherweise ein bisschen beruhigt. Endlich stürzten wir uns auf den Käse, und Serge erklärte begeistert die verschiedenen Sorten. Alles schien wieder gut zu sein.

Auf wundersame Weise verlief der Rest des Abendessens ohne eine weitere Szene, und Mum ging früh zu Bett, sagte, sie könne die Augen nicht länger offen halten.

Ich kochte für Serge einen Kaffee, und Ray folgte mir in die Küche.

»Mach dir keine Sorgen wegen deiner Mum, Liebes«,

sagte er, als er ins Spülbecken griff und mit seinen großen, von der Gartenarbeit schwieligen Händen die Weingläser und Champagnerflöten spülte.

»Oh, ich mache mir keine Sorgen«, erwiderte ich defensiv. »Ich verstehe nur nicht, warum sie mein Leben hier so verurteilt.«

Ray schwieg für einen Moment, als müsse er erst nachdenken, was er darauf erwidern solle.

»Ich glaube, manchmal hat sie einfach Angst, dass du dich ganz aus dem Staub machst, so wie dein alter Herr es getan hat. Du weißt schon, dass du jene zurücklässt, die dich lieben, weil sich irgendwo anders etwas Spannenderes auftut.«

Und dann fiel der Groschen. Mir war nie in den Sinn gekommen, dass Mum fürchten könnte, ich würde sie genauso verlassen, wie Dad es getan hatte. Es überraschte mich, dass Ray so viel darüber wusste, immerhin war Mum bei diesem Thema normalerweise sehr verschlossen.

»Aber natürlich.« Ich nickte.

»Du musst wissen, dass sie dich für ein gutes Mädchen hält«, sagte er nach einer Weile.

»Ich weiß.«

»Und ich tue das auch«, fügte er hinzu.

»Danke, Ray.«

»Okay, dann will ich die jungen Leute mal allein lassen«, sagte er und ging zu Serge, um ihm eine Gute Nacht zu wünschen und sich bei ihm für den Käse zu bedanken.

Ich schnappte mir die Kaffeekanne, zwei Tassen und eine kleine Flasche Brandy und brachte alles ins Wohnzimmer.

Da wir für ein Weihnachtsessen entsprechend Wein konsumiert hatten, fühlte es sich inzwischen völlig normal an, mit einem Käsehändler zu Hause einen Schlummertrunk zu nehmen.

»Ist alles in Ordnung, Ella?«, fragte er, als ich mich neben ihn aufs Sofa setzte.

»Klar, Weihnachten ist doch die übliche Zeit für Familienstreitereien, oder?«

»Bei mir ist es eine Weile her, dass ich Gelegenheit dazu hatte, aber ich kann mich noch gut daran erinnern.«

»Bitte entschuldige. Ich wollte nicht unsensibel sein«, sagte ich.

»Nein, ist schon okay. Ich bin Einzelkind, und meine Eltern sind beide tot. Das ist das Problem bei Kleinfamilien. Aber ich bin glücklich. Ich habe gute Freunde – obwohl die momentan alle Kinder bekommen und aufs Land ziehen.«

»Freunde sind die Familie, die wir uns aussuchen können«, sagte ich.

»Was für ein wunderbarer Gedanke«, sagte Serge, als sei ich der erste Mensch, der diese Vorstellung in Worte gefasst hatte.

»Es hört sich so an, als habe deine Mutter dich in Australien wirklich vermisst«, fügte er hinzu.

»Ich vermisse sie auch, aber ich bin nur für ein Jahr hier und will das Beste daraus machen. Ich möchte nicht für meine Entscheidungen verurteilt werden.«

»Du bleibst wirklich nur ein Jahr?« Serge klang überrascht und setzte sich kerzengerade hin.

»Yep. Mein Visum gilt ein Jahr.«

»Das ist aber schade. Paris steht dir«, sagte er und lehnte sich wieder zurück.

Ich trank einen großen Schluck Brandy und badete in der Fantasie, Pariserin zu werden.

»Vielleicht findest du ja einen Grund, noch ein bisschen länger zu bleiben«, fügte er mit frechem Grinsen hinzu.

»Daumen drücken«, sagte ich und dachte kurz an Gaston, bevor ich mich fragte, was in Serges Augen wohl der Grund sein könnte.

Als Serge sich verabschiedete, war es schon nach Mitternacht, und ich begann mich selbst wie mit Jetlag zu fühlen. Er wünschte mir frohe Weihnachten und küsste mich auf beide Wangen, während er behutsam meine Schultern umfasste. Sein Wollmantel war weich vom Tragen, und ich hätte mich stundenlang hineinkuscheln können. Bevor Serge ging, verharrte er einen Moment, als wolle er noch etwas sagen.

Vor lauter Angst, was das sein könnte, dankte ich ihm schnell für sein Kommen, wünschte ihm ebenfalls schöne Weihnachtstage und sagte, dass wir uns bald in der *fromagerie* sehen würden.

Trotz der Erschöpfung konnte ich jedoch nicht schlafen.

Rays Worte gingen mir nicht aus dem Kopf. Ich war erschrocken darüber, dass Mum meinen Weggang aus Australien damit gleichsetzte, dass mein Vater uns verlassen und nach Amerika gegangen war. Ich war nicht vor der Verantwortung davongelaufen, vielmehr hatte ich einen Trottel von Freund gehabt, der »sich selbst finden« wollte und mich gehen ließ.

Obwohl Ray sehr vorsichtig gewesen war, als er Dad erwähnte, fragte ich mich, ob Mum ihm alles erzählt hatte. Vielleicht hatte Ray sich zusammengereimt, was wohl geschehen war, bevor er sich den Weg in ihr Leben »gärtnerte«. Vielleicht war er längst nicht der Einfaltspinsel, für den ich ihn gehalten hatte.

Am darauffolgenden Morgen war die Atmosphäre zwischen Mum und mir ein bisschen angespannt.

»Du weißt, dass ich nächstes Jahr wieder zu Hause bin«, sagte ich und goss jedem eine große Schale Kaffee ein.

»Ella, ich freue mich für dich, dass es dir hier gut geht. Ich will nur nicht, dass du denkst, nach Übersee zu fliehen, um sich zu amüsieren, sei in deinem Alter ein verantwortungsbewusstes Verhalten. Sieh dir doch nur deine Käse-Geschichte an. Das Ganze ist albern«, erwiderte sie und machte keinen Hehl daraus, wie enttäuscht sie von mir war.

»Entspann dich, Mum, mein Visum ist nur für ein Jahr. Im Nu bin ich wieder in Melbourne und richte mein Leben ein. Es sei denn natürlich, ich finde einen umwerfenden Franzosen und heirate ihn …«, sagte ich halb im Scherz. Das Bild von Gaston und mir, wie wir durch Konfettiregen schreiten, blitzte in meinem Kopf auf, aber ich schob es sofort beiseite. Es war definitiv zu früh, um auf einen Antrag zu hoffen.

»Sei nicht albern, Ella. Du wirst keinen Franzosen heiraten«, schimpfte Mum.

Ich umarmte sie und versicherte zum gefühlt millionsten Mal, dass ich schon bald wieder zu Hause sein würde. »Und keine Sorge. Ich werde hier nicht in irgendeiner Künstlerkommune abtauchen«, sagte ich zögernd, unsicher, ob ich damit zu weit ging.

»Ich weiß, Ella, mein Schatz. Ich weiß.«

Ein paar Tage nach Silvester flogen Mum und Ray zurück, freuten sich auf die Sonne und das warme Wetter. Ich verabschiedete die beiden am Flughafen Charles de Gaulle, wünschte ihnen eine sichere Reise und dachte bei mir, dass ich Ray tatsächlich mochte. Er war zuverlässig und standhaft und schien einen Platz im Herzen meiner Mutter gefunden zu haben. Ich war zuversichtlich, dass die beiden glücklich miteinander werden würden, und hoffte insgeheim, dass Mum sich mehr auf ihn konzentrieren würde und keine Zeit mehr hatte, mich damit unter Druck zu setzen, wann ich endlich nach Hause käme.

In der Metro zurück in die Stadt scrollte ich in meinem Handy die alten Nachrichten von Gaston durch. Über Weihnachten hatte ich ihm auch ein paar geschickt, aber nicht viel von ihm gehört, außer dass er sich darauf freue, nach Paris zurückzukehren und mich wiederzusehen. Ich fragte mich aufgeregt, wie sich die Dinge mit ihm wohl in diesem Jahr entwickeln würden, und konnte es kaum erwarten, dass er wieder nach Hause kam. Gern hätte ich ihm noch eine Nachricht geschickt, wollte jedoch nicht aufdringlich wirken, also öffnete ich Instagram, um mich mit den Urlaubsfotos anderer Leute abzulenken.

Ich ging auf meinen eigenen Feed, der die umwerfende Käseplatte zeigte, die wir für unser Weihnachtsessen zusammengestellt hatten. Ich dachte an Serge und fragte mich, ob er seinen Urlaub bei den Freunden an der Loire wohl genoss. Es fühlte sich seltsam an, dass er so weit weg von Paris war. Er war so süß und aufrichtig gewesen, als wir uns an Heiligabend noch unterhielten, nachdem Mum und Ray zu Bett gegangen waren. Und ich musste immerzu daran denken, wie er mich gegenüber meiner Mutter verteidigt hatte.

Ich freute mich wirklich auf dieses neue Jahr und darauf, mehr Zeit mit ihm in der *fromagerie* zu verbringen. Und da wir jetzt echte Freunde waren, die sich auch außerhalb seines Ladens trafen, würde er vielleicht sogar noch mehr zu meinem Leben gehören. Eine schöne Vorstellung.

Teil vier

Kapitel 27

In den ersten Wochen des neuen Jahres war unglaublich viel los. Ich war so sehr mit meiner Arbeit, dem Essen von Käse und dem Sex mit Gaston beschäftigt, dass ich gar nicht merkte, wie kalt es in Paris geworden war. Selbst in den Momenten, in denen meine Nase und meine Zehen ganz taub wurden, kümmerte mich das nicht, da ich mich mental auf meinen ersten Skiurlaub in Frankreich vorbereitete.

Gaston hatte mich für ein paar Tage in eine Hütte eingeladen, die ihm zusammen mit einigen Freunden gehörte – natürlich besaß er auch eine Skihütte –, und ich war begeistert auf den Vorschlag eingegangen. Ich war unvorstellbar aufgeregt, die imposanten Alpen zu sehen, Schneebälle zu werfen und durch die verschneite Bergwelt zu stapfen. Dass ich zum letzten Mal mit sechzehn auf Klassenfahrt Skier an den Füßen hatte – und zwar in den weitaus flacheren Bergen von Australien –, kam mir erst wieder in den Sinn, als Clotilde mich fragte, ob es in Down Under überhaupt schneien würde.

Gaston und ich trafen spät an einem Freitagabend in der Hütte ein, nachdem wir den Eilzug nach Lyon genommen und dann mit einem Mietwagen durch den Abendnebel gefahren waren. Wir waren an diesem Tag lange unterwegs gewesen, und trotz meiner guten Vorsätze, die ganze Nacht wilden Sex auf einem Bärenfell vor einem flackernden Kaminfeuer zu haben, waren wir auf die Sofas gesackt, hatten die Füße in die Fußwärmer gesteckt und waren nach einem Glas Wein sofort eingeschlafen.

Am nächsten Morgen bewunderte ich vom Balkon aus den Neuschnee und stellte mir vor, ich sei eine Eiskönigin in einem weißen Turm. Bald darauf fand ich mich auf dem Berg wieder, in Skikleidung und mit kompletter Ausrüstung. Das herrliche Gefühl, das ich in der gemütlichen Hütte empfunden hatte, war verschwunden, und ich befand mich eindeutig außerhalb meiner Wohlfühlzone.

Wir befanden uns auf einer besonders langen *piste* irgendwo in Chamonix, umgeben von einer malerischen Landschaft, doch ich war zu angespannt, um irgendetwas anderem als der furchterregenden Abfahrt vor mir Aufmerksamkeit zu schenken.

Als Gaston mich gefragt hatte, ob ich eine gute Skiläuferin sei, hatte ich das *selbstverständlich* bestätigt. Ich wollte vor meinem neuen Liebhaber das Gesicht wahren, und soweit ich mich erinnerte, war ich als Teenager die Hänge irgendwie hinuntergekommen. Aber nun, ein paar Jahre später und ein paar Kilo schwerer, war mein inneres Koordinationsgerät anscheinend defekt, und ich schaffte es nicht einmal mehr, aufzustehen und gleichzeitig meine Skier herumzudrehen.

Sekunden nachdem ich aus dem Sessellift gestolpert und mit dem Gesicht voran im Schnee gelandet war, befand ich mich bereits am Rande meines ersten Nervenzusammenbruchs. Und nach dem zehnten Sturz – ich hatte gerade einmal 50 Meter vom Skilift aus zurückgelegt – wollte ich nur noch die Brocken hinschmeißen, in die Hütte zurückkehren und meine Wunden lecken.

»Ich kann das nicht. Tut mir leid, Gaston. Ich bin dafür nicht geschaffen.« Tränen traten mir in die Augen. Ich versuchte, sie zurückzuhalten, aber dieser vertraute Kloß in meinem Hals wollte einfach nicht verschwinden. Ich fühlte mich wie ein Kind mit aufgeschürftem Knie, das auf eine tröstende Umarmung hoffte. Aber Gaston sah mich nur verwirrt an und erklärte mir – *erneut* –, wie das mit dem Pflugbogen funktionierte. Ich verstand zwar das Konzept, vor allem dank seiner wilden Handbewegungen und dramatischen Demonstrationen, aber ich bekam es einfach nicht hin.

»Bring mich bitte einfach nur diesen Berg hinunter. Vielleicht kann ich ja morgen eine Unterrichtsstunde nehmen, und dann werde ich meine Skihaltung schon finden.«

»Was meinst du mit ›Skihaltung‹, Ella?«, fragte er allen Ernstes.

»Das war ein Witz«, fuhr ich ihn an.

»Schon gut, schon gut. Ich bringe dich runter an die Bar, dort kannst du eine Pause machen«, sagte er, zog mich hoch und schaffte es, mich den Rest der Strecke nach unten zu navigieren.

»Ich möchte dir einen Drink spendieren«, sagte ich lächelnd, sobald ich das Ende der Piste erreicht hatte. »Dafür, dass du mich heil nach unten gebracht hast.«

»Klar«, stimmte er zu, zog seine Skier aus und half mir dann aus meinen. »Und anschließend können wir es auf einer leichteren *piste* noch einmal versuchen.«

»Das werden wir sehen«, murmelte ich unhörbar.

Ich spazierte mit Gaston stolz durch die Berghütte bis in die Bar. Er war bei weitem der attraktivste unter all diesen schick angezogenen Skifahrern.

»Was möchtest du trinken, Ella?«

»Einen *vin chaud*, bitte«, sagte ich und erwärmte mich physisch wie auch geistig für diesen neuen Standort. Mit einem traumhaften Ausblick auf die Berge Glühwein zu trinken war das, was ich wirklich wollte. Ich war in meinem innersten Wesen kein Schneehase.

Nach einem Glas *vin chaud* spürte ich, wie ich mich allmählich von der traumatischen Erfahrung dieses Vormittags zu erholen begann. Jedenfalls bis ich hinter mir eine Frauenstimme hörte.

»Gaston!« Die Stimme kam mir bekannt vor, aber ich wusste nicht, woher. Ich drehte mich um und sah – *verdammt!* – Camille. Sofort blitzte die Erinnerung auf, wie wir in diesem »Bistro« das Missvergnügen hatten, diesem spindeldürren Model-Bindestrich-Kellnerin–Bindestrich–was-auch-immer zu begegnen.

Was zum Teufel machte sie hier?

Ich schaute mich in der Hoffnung um, irgendwo einen charmanten Modeltypen-Bindestrich-Freund zu entdecken, mit dem sie hier war, aber erfolglos.

Wir begrüßten uns höflich, und Gaston lud sie ein, uns bei einem Drink Gesellschaft zu leisten. Als die beiden furchtbar schnell auf Französisch quatschten, hörte ich immerhin heraus, dass sie mit ihrem Vater zum Skifahren hergekommen war. *Na klar, kleines reiches Mädchen ist mit Papa im Urlaub …* Als Nächstes konnte ich mir erschließen, dass sie sich gerade von jemandem namens Antoine getrennt hatte und in den Skiurlaub gefahren war, um einen klaren Kopf zu bekommen.

Gerade noch darüber begeistert, etwas von dem Gespräch zu verstehen, fragte ich mich nun, warum sie Gaston etwas so Persönliches erzählte, wo sie doch angeblich nur Bekannte waren.

Sie redeten und lachten, bis Camille sich entschuldigte, so unhöflich zu sein, und ins Englische wechselte. Sie war sich offenkundig nicht darüber im Klaren, dass ich das Meiste verstanden hatte: zuletzt berufliches Zeug, ziemlich langweilig, aber durchsetzt von Anspielungen und Flirterei.

Als ich aus dem Fenster sah, entdeckte ich draußen einen Jungen, der gerade Maß auf mich nahm und dann einen Schneeball gegen die Fensterscheibe donnerte. Mich überkam das starke Gefühl, dass sich dieses Skiwochenende nicht so entwickelte wie erhofft.

Nachdem Camille ihren Espresso getrunken hatte, schlug sie vor, dass wir alle zusammen ein bisschen fahren sollten, und Gaston fragte mich, ob ich bereit sei, es noch einmal zu versuchen.

Das meint er doch nicht ernst, dachte ich. *Ich habe nicht vor, mich dieser Peinlichkeit im Beisein von Camille auszusetzen.*

Ich murmelte etwas von einem schmerzenden Knie aufgrund einer alten Verletzung, die ich mir zugezogen hatte, als ich bei den Commonwealth Championships Korbball gespielt hatte. Ich rechtfertigte diese Übertreibung mir gegenüber damit, dass ich immerhin die beste Torschützin in meiner Dienstagabendmannschaft gewesen war.

»Hast du denn etwas dagegen, wenn ich dann mit Camille fahre?«, fragte er.

Natürlich habe ich das. Du sollst gefälligst hierbleiben und mir Gesellschaft leisten, wollte ich sagen. Stattdessen entschied ich mich für: »Nein, natürlich nicht. Mach nur, und viel Spaß.«

Bilder von Gaston und Camille, wie sie im Sessellift kuschelten und dann Hand in Hand mühelos die Hänge hinunterglitten, überfluteten meine Fantasie, aber offenbar hatte ich nur die Wahl, die beiden allein losziehen zu lassen oder mitzugehen. Mein Selbsterhaltungstrieb siegte.

Als die beiden aufbrachen, hörte ich, wie Camille Gaston fragte, was Korbball sei, woraufhin er mit den Schultern zuckte.

Ich schaute ihnen hinterher, wie sie aus der Bar in Richtung Sessellift schlenderten, und sah, wie sie kicherten, als sie beim Anfahren in den Lift gedrückt wurden. Ich beobachtete sie, bis ihre Mützen nur noch Flecke am Berg waren und sie dann hinter der Kuppe verschwanden.

Ich versuchte, mich zu beruhigen. Schließlich war Camille ungeplant und überraschend aufgetaucht. Gaston hatte *mich* in seine Skihütte mitgenommen.

»Kellner, ich brauche noch einen Drink«, bestellte ich in panisch klingendem Französisch.

Während der folgenden Stunde blieb ich auf demselben Platz sitzen. Meine Muskeln waren bereits verspannt von dem kurzen, aber physisch herausfordernden Skifahrversuch. Anfangs beobachtete ich die Leute, scrollte durch Instagram und las Zeitschriften. Aber als die Minuten verstrichen, wusste ich allmählich nicht mehr, womit ich mich beschäftigen sollte. Ich versuchte, Gaston auf dem Handy anzurufen, damit er mir den Weg zurück zur Hütte erklärte, landete jedoch bei der Voicemail – vermutlich hatte er kein Netz.

Ich begann mich ein bisschen verloren zu fühlen. Erinnerungen, wie ich im Regen am Schultor darauf wartete, dass meine Mutter mich abholte, stiegen in mir hoch. Sogar die Kellner schenkten mir aufmunternde Blicke, als wollten sie sagen: *Keine Sorge, Kleine, du wurdest nicht vergessen.*

Nachdem ich schon über eine Stunde allein war, überlegte ich, wie groß die Gefahr für mein Leben sein könnte, mit dem Lift nach oben zu fahren und nach Gaston Ausschau zu halten.

Allmählich machte ich mir Sorgen. Camille und Gaston hausten mittlerweile bestimmt in einer Art Eishöhle, die er mit bloßen Händen gebaut hatte, und hatten mich längst vergessen.

»Wen kümmert schon Ella«, murmelte ich verbittert. »Sie kann ja nicht einmal Ski fahren.«

Ich überflog die Speisekarte und wünschte, ich wäre wieder in Paris, wo ich mich mit Käse trösten konnte. Das erinnerte mich an Serge. Ob er wohl auch Ski fuhr? Er würde mich bestimmt nie zurücklassen, um mit irgendeinem Flittchen auf den Berg zu fahren.

Aber zurück zu meinen gegenwärtigen Sorgen. *Wo zur*

Hölle steckte mein Freund? Ich bereitete im Kopf eine Rede vor, für den Fall, dass Gaston jemals wieder mit seiner neuen und besseren – will heißen, mit Würde und Stil Ski laufenden – Eiskönigin auftauchte. Als ich ihn im Geiste des böswilligen Verlassens beschuldigte, drohten mir die Tränen zu kommen, was nur dadurch verhindert wurde, dass mir besagter Mann auf die Schulter klopfte und mich mit von der kalten Winterluft hübsch geröteten Wangen anlächelte.

»Du bist wieder da!«, rief ich, vergaß meinen Monolog und schlang die Arme um ihn.

»Geht es dir gut?«, fragte er, wand sich aus der Umarmung und ordnete sein Haar.

»Wo ist Camille?«, fragte ich.

»Sie wollte noch einen Freund ihres Vaters treffen. Der leitet in Paris irgendeine große Modelagentur.«

»War es denn schön?«, fragte ich und suchte sein Gesicht nach Hinweisen ab, dass ihre Spritztour doch nicht ganz so unschuldig gewesen war.

»Klar. Es war echt gut. Du hättest es allerdings nicht überstanden. Jede Menge Buckelpisten und vereiste Stellen. Selbst *ich* konnte kaum mit Camille mithalten.«

»Ich dachte schon, du hättest mich vergessen«, gestand ich und kämpfte schon wieder gegen die Tränen an. Plötzlich wollte ich nicht mehr, dass er erfuhr, wie wütend ich über sein langes Wegbleiben gewesen war.

Er sah mich an und sagte: »Warum sollte ich so etwas tun, *Ella? Je t'aime bien.*«

Heiliger Bimbam! Hatte er gerade gesagt, dass er mich liebt? Ich sah ihn mit verklärtem Blick an.

»Wow, Gaston«, sagte ich dann. »*Je t'aime aussi.*«

Er wirkte plötzlich irritiert, schien etwas sagen zu wollen, schwieg jedoch.

»Alles gut?«, fragte ich.

»Sicher. Lass uns ein bisschen Wellness machen. Mir ist kalt. Und für heute Abend habe ich einen Tisch in einem Restaurant in der Stadt gebucht. Es ist sehr gemütlich dort, genau dein Geschmack. Da gibt es jede Menge Käse.«

Er nahm meine Hand, und wir kehrten zurück zur Hütte.

Den Nachmittag in der heißen Wanne zu faulenzen linderte meine nervliche Anspannung wegen des Wartens auf Gaston. Natürlich würde Gaston nie etwas mit Camille anstellen, und wenn sie noch so attraktiv war. Als wir uns schließlich zum Abendessen fertig machten, schwebte ich schon wieder auf Wolke sieben.

Sobald ich das Restaurant betrat, war ich hingerissen. Holztische und -stühle zierten den Speiseraum, in einer Ecke loderte ein einladendes Kaminfeuer. Die meisten Tische waren von Familien oder Pärchen besetzt, die sich über einen Topf auf einem Rechaud beugten. Ihre Gesichter wirkten rosig, und sie strahlten zufrieden.

Gaston verriet mir, dass dies ein Fondue-Restaurant sei, und fügte hinzu, dass es spezialisiert sei auf Savoyard-Käsefondues, bei denen eine Mischung aus Comté, Emmentaler und Beaufort verwendet wurde. Als er mir die Tradition des Fondue erklärte, lief mir bereits das Wasser im Mund zusammen. Der aus den Bergen stammende, geschmolzene Käse wird in einem großen Gemeinschaftstopf serviert, und alle am Tisch tunken an langen Spießen Brotstücke in die Käsemischung. Das erinnerte mich daran, wie meine Mutter auf Kindergeburtstagen ein Schokoladenfondue servierte, obwohl mir die herzhafte Variante sehr viel verlockender schien.

Gastons Auswahl des Restaurants machte wieder wett, dass er mich allein gelassen hatte, um schwarze Pisten hinunterzurasen. Er kannte den Weg zu meinem Herzen.

Als unser Fondue serviert wurde, sabberte ich bereits erwartungsvoll. In meiner Begeisterung, das Brot in den Käse zu tauchen und ihn zu kosten, verbrannte ich mir die Zunge. Um sie zu kühlen, trank ich schnell einen großen Schluck Wein. Gaston lachte und bezeichnete mich als Anfängerin, aber das war mir egal. Wenn es darum ging, Essen auszuprobieren, war ich noch nie sonderlich geduldig gewesen.

Das Fondue, das Gaston als das ultimative Klischee der französischen Bergregionen abtat, repräsentierte für mich alles, was gut war auf der Welt. Ich tunkte ein Brotstück nach dem anderen in den blubbernden Käse, ließ mich gelegentlich ablenken durch die als Beilagen servierten Cornichons und Wurstwaren. Wenn ich dem Käse einen Moment Zeit zum Abkühlen gönnte, schmeckte ich einen Hauch von Knoblauch und Weißwein. Käse konnte so beruhigend und wärmend sein, vor allem nach einem langen Tag auf den Pisten – oder, wie in meinem Fall, einem langen Tag in der Bar.

»Dann ist Fondue also der wahre Grund, warum die Menschen in den Winterurlaub fahren?«, scherzte ich.

Gaston beugte sich vor und kniff mich in die Wange. »Das und, du weiß schon, das Skifahren.« Er lachte.

»Es macht dir hoffentlich nichts aus, dass ich auf Skiern eine solche Katastrophe bin …«, sagte ich.

»Natürlich nicht, du bist Australierin!«, antwortete er. »Du bist wahrscheinlich auf einem Surfbrett mehr zu Hause, stimmt's?«

»Aber natürlich«, prahlte ich und nahm mir im selben Moment vor, niemals einen Strandurlaub mit Gaston zu machen.

Ich kam mir inzwischen total blöd vor, dass ich mich in der Bar so aufgeregt hatte, und ich dankte Gott, dass ich meine Sorgen wegen Camille nicht ausgesprochen hatte, denn dann hätte Gaston möglicherweise nicht gesagt, dass er mich liebt.

Ich war berauscht vom Käse, dem Wein und der *amour* und verfiel schon bald in eine Art Fondue-Benommenheit – zum Glück, denn nach diesem Essen waren Gaston und ich zu abgefüllt, um uns zu bewegen, geschweige denn, Sex zu haben. Als wir wieder in unserer Hütte waren, schlug er mir vor, einen Film anzuschauen, und schlief prompt nach dem Vorspann ein. Sobald ich ihn leise schnarchen hörte, stellte ich den Ton ganz leise und dachte darüber nach, was für ein märchenhafter Abend das gewesen war. Vermutlich war ich die glücklichste Australierin, die je nach Frankreich gezogen war.

Kapitel 28

Der Abschied von den Bergen war bittersüß. Süß, weil Gaston gesagt hatte, dass er mich liebt – und weil ich wusste, dass ich nie wieder Ski fahren musste –, aber bitter, weil mein romantischer Ausflug zu Ende war und ich in die reale Welt zurückmusste.

Gaston wirkte auf der Rückfahrt im Zug etwas reserviert und abweisend, und ich konnte nur hoffen, dass es nicht doch an meinem katastrophalen Misserfolg beim Skifahren lag. Ich versuchte, ihn aufzumuntern, indem ich vorschlug, Sex auf dem Klo zu haben. Aber er stieg nicht auf mein Angebot ein und verschlief stattdessen fast die ganze Fahrt. Als er aufwachte, schlang er die Arme um mich und küsste meinen Nacken. Offenbar hatte unsere romantische Auszeit ihn einfach nur erschöpft. Ich lud ihn ein, bei mir zu Abend zu essen, aber er sagte, er habe am nächsten Morgen einen Abgabetermin, also trennten sich unsere Wege. Er stieg in ein Taxi, und ich fuhr mit der Metro, worüber er lachend den Kopf schüttelte. Er verstand nie, warum ich so gern öffentliche Verkehrsmittel benutzte, und sagte, sie seien voller »Bettler, Straßenmusiker und Leute, die drängeln und schubsen, um einen Platz zu finden«. Aber ich fand die Fahrten mit der Metro toll. Die vielen Menschen, die man dabei beobachten konnte, waren so unterschiedlich, und ich genoss es, wenn mir ein Sänger oder Akkordeonspieler während der Fahrt ein Ständchen brachte.

Als ich die Metro verließ, begann ich übers Abendessen nachzudenken. Noch unter Strom von der Liebe und hungrig von der frischen Bergluft, war ich in der Stimmung, einen Käse zu probieren, der außergewöhnlich und wärmend war – und den Winter erträglicher gestaltete. Außerdem wollte ich etwas auf Vorrat im Kühlschrank haben, um Clotildes Rückkehr von ihrem Thailand-Trip mit Papa Jean zu feiern, den die beiden über die ursprünglich geplanten zwei Wochen hinaus verlängert hatten. Offenbar war es angenehmer, in Südostasien am Strand zu sitzen, als den Winter in Paris zu verbringen. Sie würden spät an diesem Abend zurückkehren, und ich wusste, dass Clotilde ihren französischen Käse vermisst hatte.

Ich ging also geradewegs zu Serge, um mir etwas empfehlen zu lassen und mich verspätet für den Weihnachtskäse zu bedanken, außerdem wollte ich ihm unbedingt von meiner Fondue-Entdeckung erzählen. Es waren ereignisreiche Wochen gewesen, und ich freute mich darauf, ihn zu sehen.

»Happy New Year«, sagte ich grinsend, als ich die Tür öffnete. »Wie waren deine Ferien?«

Er erzählte mir – auf Französisch –, dass es toll gewesen sei, und wollte wohl auf diese Weise testen, ob sich mein Sprachverständnis in den Ferien verbessert hatte.

»Wunderbar«, antwortete ich auf Englisch.

»Und, hast du es geschafft, den restlichen Käse vom Weihnachtsessen noch zu verdrücken?«

»Sprich nicht davon, Serge. Ich habe zu viel gegessen.«

Er verzog in gespieltem Entsetzen das Gesicht und sagte: »Von Weihnachtskäse kann man gar nicht genug essen.«

Aha, dachte ich. Wenn es in Verbindung mit einem Fest- oder Feiertag geschah, war Völlerei in Frankreich also akzeptiert. *Gut zu wissen!*

»Mir ist heute nach etwas besonders Köstlichem«, sagte ich. »Irgendetwas Üppiges, Cremiges. Was würdest du vorschlagen?«

»Lass mal sehen.« Er fuhr mit der Hand über die Theke. »Hast du schon mal Mont d'Or probiert?«

»Ich kenne noch nicht einmal den Namen«, gestand ich.

»*O là là!*«, rief er und erklärte mir dann, dass dieser »sehr besondere« Käse nur im Herbst und Winter zu bekommen war. Mir lief das Wasser im Mund zusammen, als Serge beschrieb, wie dieser Käse mit Knoblauch, Salz und einem Schuss *vin blanc* im Ofen gebacken werden konnte. Das klang himmlisch.

»Hm«, murmelte ich und betrachtete den weißen, weichen Käse in der runden Holzschachtel. »Dann pack mir mal einen ein.«

»Es ist allerdings eine Schande, Käse wie diesen allein zu essen«, sagte er beinahe schwermütig.

»Echt? Wieso?«, fragte ich. Obwohl ich ja gar nicht allein sein würde, da Clotilde zurückkam.

»Nun, es ist die Art Käse, die am besten mit jemandem

gemeinsam verspeist wird …« Er verstummte, und ich wartete nervös darauf, dass er fortfuhr.

»Wenn du heute Abend noch nichts vorhast, komm doch einfach zum Abendessen zu mir. Ich nehme den Käse später mit.«

»Ist das quasi ein Date?«, fragte ich ängstlich. Hoffentlich hatte ihn das Weihnachtsessen nicht auf falsche Gedanken gebracht, was uns beide betraf.

»Ich möchte mich für deine Gastfreundschaft revanchieren«, antwortete er und umging damit die Frage.

Ich wollte schon antworten, dass ich nach meinem Skiurlaub sehr erschöpft sei, aber dann dachte ich, wie witzig es sein könnte, bei Mr Cheeseman zu Hause Käse zu essen.

»Okay, warum nicht?«

In diesem Moment betrat eine perfekt gekleidete Dame um die achtzig den Laden, und es war zu spät, um mit Serge noch einmal über die Art unserer Verabredung zu sprechen. *Vielleicht kennt er die genaue Bedeutung von »Date« nicht. Außerdem habe ich ihm ganz bestimmt von Gaston erzählt …*

»Komm so gegen acht«, sagte er und reichte mir einen Zettel mit seiner Adresse.

Ich eilte aus dem Laden, war froh, wieder draußen zu sein. Hatte ich gerade einem Date mit Serge zugestimmt? *Merde!* Vielleicht interpretierte ich nur zu viel hinein; wäre ja nicht das erste Mal … Vermutlich verrannte ich mich wegen Gastons Liebeserklärung in die Vorstellung, alle Franzosen würden mich lieben.

Was auch immer das heute Abend war, ich würde Gastons Namen frühzeitig erwähnen, und falls es wirklich als Date gedacht sein sollte, erinnerte dies Serge daran, dass ich einen Freund hatte.

In meinem Kleiderschrank etwas zu finden, das ich an diesem Abend tragen konnte, erwies sich als ungeahnt schwierig. Ich wollte lässig aussehen – und auf keinen Fall sexy –, wollte meinen Gastgeber aber auch nicht kränken, indem ich schlampig gekleidet bei ihm auftauchte. *Senden Highheels ein falsches Signal aus? Wären verwaschene Jeans zu zwanglos?*

Ich schaute auf die Uhr und stellte fest, dass ich mich verspäten würde, wenn ich nicht bald eine Entscheidung traf. Vielleicht hätte ich Clotilde per SMS um Rat fragen sollen, aber sie war vermutlich noch in der Luft. Außerdem wollte ich ihr eigentlich nicht auf die Nase binden, dass ich zum Abendessen zu Serge ging, weil sie es womöglich Gaston erzählte. Es war besser, diese Verabredung erst zu erwähnen, wenn ich sicher sein konnte, dass keine romantischen Ambitionen dahintersteckten. Plötzlich war alles so kompliziert!

Nachdem ich alle auf dem Boden ausgebreiteten Outfits prüfend durchgegangen war, entschied ich mich für eine schwarze Jeans, ein passendes schwarzes T-Shirt und flache Schuhe. Das Haar steckte ich zu einem echt schicken Chignon hoch, schnappte mir meine Handtasche, trug im Eiltempo Lippenstift auf und stürmte durch die Tür.

Ich hatte bisher nie darüber nachgedacht, wo Serge eigentlich wohnte, und war überrascht von der Pracht seines Wohngebäudes. Serge drückte auf den Türöffner und sagte über die Sprechanlage, dass ich in den vierten Stock kommen müsse, Apartment A.

In Schürze und mit einem Kochlöffel in der Hand öffnete Serge die Wohnungstür und winkte mich herein. »*Vite, vite, vite!* Schnell, schnell, schnell«, sagte er und scheuchte mich den Flur entlang. »Wir wollen doch nicht, dass etwas anbrennt.«

Als ich mich umschaute, verwirrten mich vor allem zwei Dinge. Zum einem, wie bezaubernd sein Zuhause war, vor allem für einen Junggesellen. Zum anderen, dass er den Tisch, der für zwei gedeckt war, mit einer Kerze dekoriert hatte. *Merde!* Es sah definitiv nach einem Date aus.

Das konnte peinlich werden.

»Du hast eine tolle Wohnung, Serge«, sagte ich, als er mir ein Glas Schaumwein reichte, einen Crémant de Bourgogne. Längs der hohen Decke verliefen Holzbalken in der Farbe von Espresso, die einen schönen Kontrast zu den crèmeweißen Wänden und vielen Bücherregalen bildeten. Zwei Ledersofas, weich wie Butter nach vielen Jahren der Benutzung, luden unter den Fenstern zum Sitzen ein. Das Apartment war nicht groß, wirkte aber trotzdem geräumig.

»Ich wusste gar nicht, dass du sie so schön eingerichtet hast«, fuhr ich fort.

»Ella, es gibt eine Menge Dinge, die du nicht von mir weißt«, sagte er augenzwinkernd, schob mich in die Küche und rührte dort in einem Topf auf dem Herd, in dem etwas vor sich hin blubberte. Mir wurde ganz warm im Bauch, weil ich daran denken musste, wie ich an meinem ersten Tag in Paris Serge in seinem Laden kennengelernt hatte. Ich war so voller Erwartung und aufgeregt gewesen, in Frankreich zu sein!

»Du hast vermutlich recht. Und bestimmt gibt es auch eine Menge Dinge, die du nicht über mich weißt«, sagte ich und suchte nach einer Möglichkeit, Gaston zu erwähnen, statt so geheimnisvoll daherzuschwafeln. »Aber wie auch immer«, wechselte ich den Tonfall, »was kochst du da?«

»Selbstgemachte Papardelle«, sagte Serge und erzählte mir, dass er, als er im vergangenen Sommer in Italien Urlaub gemacht hatte, dort an einem Pasta-Kochkurs teilgenommen hatte. Ich stellte ihm immer mehr Fragen und versuchte, locker zu klingen, merkte aber plötzlich, dass ich ihn quasi verhörte, während ich gleichzeitig unfähig war, meinen Freund zu erwähnen.

Ich leerte mein Glas viel zu schnell – Serge hatte aus seinem nur ein paar Schlucke getrunken – und fühlte, wie mir davon warm wurde. Mit einer Entschuldigung suchte ich das Bad auf, um kurz durchzuatmen; ich brauchte einen Plan für diesen Abend, der nicht beinhaltete, dass ich ein Glas nach dem anderen in einem Zug leerte und wie eine Idiotin brabbelte.

Ich setzte mich aufs Klo und machte mir Vorwürfe, mich überhaupt in diese Situation gebracht zu haben. Die Gedanken wirbelten durch meinen Kopf. War das mit Gaston und mir etwas so Festes, dass wir uns nicht mit anderen verabreden durften? Wir hatten noch nicht darüber gesprochen, aber er hatte gesagt, dass er mich liebt. Betrog ich ihn, wenn ich mich mit einem anderen traf?

War das hier überhaupt ein Date? War es zu spät, um aus der Nummer wieder rauszukommen? Sollte ich vortäuschen, krank zu sein? Vielleicht konnte ich aus dem Fenster klettern und abhauen. Aber dann hätte ich meinen Käsemann verloren … *O Gott.*

Ich wusch mir die Hände und verließ das Bad.

»Ist alles in Ordnung?«, fragte Serge und zog mir am Esstisch galant einen Stuhl heraus.

»Klar. Entschuldige. Ich muss heute Nachmittag ein bisschen zu viel Kaffee getrunken haben«, antwortete ich und sah, dass zwei Teller mit köstlich aussehender Pasta warteten. Außerdem entging mir nicht, dass er mein Glas aufgefüllt hatte. *Großartig …*

»*Alors*, als ersten Gang haben wir heute Abend Pasta mit Trüffel und Gruyère. Etwas Leichtes und Einfaches, damit wir dann zügig den Käsegang folgen lassen können.«

Ich lachte über seine Vorstellung von leicht und einfach, drehte die cremigen Pappardelle um meine Gabel und stopfte sie mir wenig anmutig, aber hungrig in den Mund. Vielleicht fand er meine Essmanieren ja abtörnend …

Nach den Nudeln servierte Serge sofort den geschmolzenen Mont d'Or, schmucklos in seiner Schachtel mit zwei Löffeln. Er beobachtete mich aufmerksam, als ich ein bisschen von dem warmen, zerfließenden Käse auf ein Stück knuspriges Brot strich. Da ich mich nur zu gut daran erinnerte, wie ich mir in den Bergen am Fondue die Zunge verbrannt hatte, wartete ich einen Moment, bevor ich mir den warmen Käse in den Mund schob.

»Serge, was hast du mir angetan?«, fragte ich kauend.

»Was ist los? Schmeckt es dir nicht?« Er klang überrascht.

»Doch! Ich verstehe nur nicht, wie du diesen Käse so lange vor mir geheim halten konntest«, erwiderte ich in gespielter Entrüstung.

»Ella …«, antwortete er langsam. »Diesen Käse kann man nicht so oft essen. Erstens bekommt man ihn nur während ein paar Monaten jedes Jahr. Außerdem ist er sehr, sehr *riche*!«

»Ich denke, meine Käse-Wette ist erledigt. Das hier ist und wird für immer meine einzige Sorte sein. Mir war gar nicht klar, dass ich genau danach gesucht habe. Kann ich diesen Käse heiraten?«, scherzte ich.

Serge lachte und sagte, ich dürfe unsere Wette ruhig aufgeben, er habe mich ja bereits dazu gebracht, einem Abendessen zuzustimmen. Das wäre jetzt der perfekte Augenblick gewesen, um Gaston zu erwähnen, aber es fühlte sich immer noch nicht richtig an. Stattdessen wechselte ich das Thema und fragte Serge, wie es zu seiner Käse-Liebe gekommen sei.

»Das ist eine lange Geschichte«, sagte er. »Eine für ein anderes Mal. Und du?«

»Auch eine lange Geschichte«, gestand ich und dachte an mein Picknick mit Paul.

Ein paar Augenblicke lang aßen wir in behaglichem Schweigen, verloren in unseren Gedanken, bis Serge mich auf eine meiner jüngeren Käseentdeckungen ansprach.

Nachdem wir gegessen hatten, stand ich auf, um beim Abräumen zu helfen, merkte jedoch, dass mir nach dem Crémant ein bisschen schwindelig war.

Serge fasste mich am Arm, damit ich nicht das Gleichgewicht verlor. Er nahm seine Hand nicht sofort wieder weg, und es war, als stünde die Zeit still. Ich hätte zurückweichen sollen, aber meine Beine wollten nicht kooperieren.

Bevor ich merkte, was geschah, beugte Serge sich vor und legte seine großen warmen Hände auf meine Wangen. Und dann küsste er mich so zärtlich, dass ich dahinschmolz wie ein Saint-Marcellin an einem warmen Tag.

Ich wusste, dass ich mich ihm hätte entziehen sollen, aber seine Lippen fühlten sich so … richtig an! *Serge* fühlte sich so richtig an. Die Minuten vergingen, während wir eng umschlungen dort standen.

Und dann erinnerte ich mich plötzlich an Gaston und erstarrte. Ich befreite mich aus der Umarmung und platzte heraus: »Serge, ich kann das nicht tun. Ich habe einen Freund.«

»Was? Wieso hast du mir das nicht gesagt?« Er wich ein paar Schritte zurück, stieß gegen einen Stuhl und sah mich entsetzt an.

»Es tut mir leid, ich dachte, ich hätte es dir bereits erzählt. Aber dann kam dieses Abendessen und der Käse …« Ich vermochte meine Gedanken nicht zu ordnen. Alles, woran ich denken konnte, war, ihn erneut zu küssen. Ich bedauerte, etwas gesagt zu haben, und hätte mich so gern wieder in seine Arme gestürzt, aber seine Miene warnte mich nachdrücklich, das ja zu unterlassen.

»Es tut mir so leid, Serge.«

Er schwieg.

»Vielleicht sollte ich jetzt gehen«, sagte ich. »Vielen Dank für das Abendessen.« Ich schnappte mir Mantel und Handtasche und eilte durch die Tür.

Draußen empfing mich eine kalte Winternacht, und ich fragte mich, was in mich gefahren war. Die Kombination aus köstlichem Essen, dem Wein und natürlich dem Käse musste mich dazu gebracht haben, mir einzubilden, ich empfände etwas für Serge. Er war doch eindeutig nicht mein Typ! Er war altmodisch und traditionsbewusst. Sein Haar ergraute bereits, und er machte fürchterliche Witze. Aber etwas an ihm war ausgesprochen charmant. Und dann erinnerte ich mich an den Kuss und hätte schon wieder dahinschmelzen können. *Verdammt!*

Immer noch tief in Gedanken öffnete ich die Wohnungstür und war überrascht, Clotilde im Dunkeln auf dem Sofa sitzen zu sehen.

»Clotilde, du bist zurück! Wie geht es dir? Es kommt mir vor, als wärst du eine Ewigkeit weg gewesen. Wie war es in Thailand?«, fragte ich.

Sie wandte mir das Gesicht zu, und ich sah, dass ihre Augen rot waren und dass sie weinte.

»Hey, was ist denn los?«, fragte ich und ging rasch zu ihr. »Ist etwas passiert?«

»O Gott, Ella! Es ist total verkorkst und zu kompliziert, um es zu erklären. Ich wüsste gar nicht, wo ich anfangen sollte.«

Ich dachte an meinen Abend mit Serge und fühlte mit ihr.

»So schlimm kann es gar nicht sein«, erwiderte ich. »Was es auch ist, wir finden bestimmt eine Lösung.«

Sie drehte sich zur anderen Seite, nahm etwas aus ihrer Handtasche, warf sie auf den Tisch und reichte mir eine Ledermappe. Nervös schlug ich sie auf.

Was zur Hölle ist das?, fragte ich mich und blätterte rasch hindurch. Die Seiten zeigten ziemlich anzügliche Fotos, meistens von Füßen, manchmal mit ein oder zwei »Requisiten«. Bei einem Bild hätte ich beinahe laut gelacht, riss mich aber zusammen, als ich Clotildes verzweifelten Blick sah.

»Was ist los, Clotilde? Was hat das zu bedeuten?«

»Ella, ich schäme mich so«, schluchzte sie und brach erneut in Tränen aus. So hatte ich sie noch nie erlebt. Zwischen Schluchzern kam stückweise die Wahrheit heraus.

Clotilde hatte als Fußmodel posiert. Anfangs ging alles mit rechten Dingen zu, es waren vor allem Aufnahmen für Designerschuhe – sie hatte wirklich tolle Füße –, aber sie ließ sich auf einen Stilisten ein, der ihr immer höhere Summen zahlte für die immer bizarreren Aufnahmen, die ich in der Mappe gesehen hatte.

Clotilde hatte vermutet, dass er ein Fetischist war, aber die Bezahlung war super, und sie fand es eigentlich ganz spaßig. Bis Papa Jean in den Weihnachtsferien dann diese Mappe fand.

»Ella, er ist so wütend! Er sagte, es sei nicht in Ordnung, die perversen Fantasien von Leuten zu unterstützen.«

Sie tat mir unendlich leid.

»Ich habe ihm geantwortet, dass die Leute Spaß haben können, woran auch immer sie wollen. Solange mein

Gesicht nicht auf den Fotos zu sehen ist, spielt es keine Rolle. Aber er ist ganz die alte Schule, was Anstand betrifft. Er hat mich angeschrien und gesagt: ›Stell dir vor, deine Mutter würde noch leben!‹ Er sagte, wie enttäuscht sie von mir wäre und darüber, was aus mir geworden sei.« Erneut liefen die Tränen, und ihr Körper bebte, als sie nach Atem rang.

»Nimm es nicht so schwer«, sagte ich und rieb ihr über den Arm. »Er wird dir bestimmt verzeihen. Kannst du ihm nicht einfach sagen, dass du nie wieder solche Aufnahmen machst?«

»Das spielt keine Rolle mehr, er will mir den Geldhahn zudrehen und das Apartment wegnehmen. Ella, was sollen wir denn jetzt machen?«

»Er will, dass du ausziehst?« Plötzlich wurde mir klar, dass diese Sache auch mich betraf.

Ich gab mein Bestes, Clotilde zu trösten, hatte jedoch Mühe zu verstehen, was so schlimm an dem war, was sie getan hatte. Soweit ich es beurteilen konnte, waren die Fotos relativ harmlos, wenn auch ihr Zweck nicht ganz so unschuldig sein mochte. Nun verstand ich auch, warum sie so geheimnistuerisch bezüglich ihres Modeljobs gewesen war, immer wortlos zu Shootings verschwand und ihre Mappe in der Tasche versteckt hielt.

»Und warum hast du für diese Bilder posiert?«, fragte ich schließlich. »Macht dir das Spaß?«

»Anfangs war es nur für meinen Freund, aber dann bekam ich ein paar Angebote. Offenbar können Fußfetischisten Füße wiedererkennen. Meine Zehen wurden in bestimmten Kreisen beliebt …«

In dem Moment entschlüpfte mir ein kleiner Lacher. Sogar Clotilde brachte ein zaghaftes Lächeln zustande, da die Absurdität dieser ganzen Situation nicht zu leugnen war.

»Clotilde, ich an deiner Stelle würde mir keine Sorgen machen. Dein Vater vergöttert dich. Warte, bis er sich ein wenig beruhigt hat, und versuche dann noch einmal, dich zu entschuldigen.«

»Ich bin nicht sicher, ob das funktioniert, Ella. Nie zuvor habe ich ihn so wütend erlebt. Er sagt, ich müsse den Wert von harter Arbeit und Geld verstehen lernen und dass er nicht immer da sein wird, um für mich zu sorgen.«

»Vielleicht solltest du dann über eine richtige Karriere als Model nachdenken, du als Ganzes und nicht nur deine Füße«, schlug ich vor.

»Das kann ich nicht«, erwiderte sie. »Wer sollte mich denn engagieren?«

»Wer denn nicht?«, hielt ich dagegen. »Sogar dein mit Wimperntusche verschmiertes Gesicht ist hinreißend.«

Nachdem Clotilde sich ausgeweint hatte, schickte ich sie ins Bett, damit sie sich ausschlief, und versprach ihr, dass wir uns am nächsten Morgen etwas wegen ihres Vaters überlegen würden. Zur Not würden wir schon eine andere Wohnung finden, das war nicht das größte Problem – vor allem wollte ich ihr helfen, sich wieder mit ihrem Vater zu vertragen. Es gefiel mir, dass die beiden einander so nahstanden, und ich konnte den Gedanken, dass Papa Jean wegen ein paar alberner Fußfotos wütend auf sie war, nicht ertragen. Ich zog in Erwägung, ihn anzurufen, entschied dann jedoch, dass es mich nichts anging und ich mich besser raushalten sollte.

Am nächsten Tag zu Serge zu gehen und mich dafür zu entschuldigen, dass ich ihm nicht früher von Gaston erzählt hatte, schien mir jedoch richtig zu sein.

Als es dämmerte, hatte ich nur ein paar Stunden unruhig geschlafen und war verwirrter denn je. Ich hatte von Serge geträumt, davon, in seinen Armen zu liegen, wie er über mein Haar streicht und mir leise ins Ohr lacht. Der Traum hatte so real gewirkt und war so schön, dass es sich nach dem Aufwachen anfühlte, als würde er tatsächlich neben mir liegen. Ich musste meine Nachttischlampe einschalten, um mich davon zu überzeugen, dass es nicht so war.

Daraufhin entschied ich, Serge und seine *fromagerie* für ein paar Wochen zu meiden, bis die Erinnerung an das versehentliche Date verblasst war. Ich war so glücklich mit Gaston und wollte das nicht aufs Spiel setzen.

Kapitel 29

Ein paar Tage nach dem Missgeschick mit Serge rief Gaston mich spätabends an und fragte, ob er vorbeikommen könne. Ich war noch wach und schrieb einen Text für die Arbeit am nächsten Tag. Also ließ ich ihn wissen, dass er eine willkommene Ablenkung sei.

Als ich langsam schon glaubte, er sei unterwegs verloren gegangen, hörte ich ein Klopfen an der Wohnungstür. Aus Sorge, er könne Clotilde wecken, lief ich schnell zur Tür, um ihn hereinzulassen. Er stolperte an mir vorbei, murmelte etwas von einem Abendessen und kicherte, als er sein Jackett auszog und es wie bei einem Striptease über dem Kopf kreisen ließ. Ich musste lachen und konnte mich nicht erinnern, ihn je so betrunken gesehen zu haben.

Sobald wir in meinem Zimmer waren, drückte Gaston die Tür hinter sich zu, packte mich und zog mich so heftig an sich, dass er beinahe das Gleichgewicht verlor. Ich versuchte, ihn dazu zu bringen, es langsamer anzugehen, aber er war sturzbetrunken, schob mich auf eine Armlänge weg und zog mich dann wieder zu sich, wie bei einem seltsamen Tanz. Dabei taxierte er mich wie eine Ware. Ich schaltete das Licht aus und führte ihn zum Bett.

Ich zog ihm das Hemd aus und fuhr mit den Händen

über seinen Oberkörper, was ihn ein bisschen zu beruhigen schien. Doch er zerrte an meiner Unterwäsche und schaffte es, den BH zu öffnen. Bei dem Rest half ich ihm, während er mich leidenschaftlich küsste. Der Sex war fast genauso abrupt vorbei, wie er begonnen hatte, und kurz darauf war Gaston eingeschlafen, schnarchte weinselig.

Ich tastete in der Dunkelheit nach meinem Pyjama, zog ihn an und verbrachte die nächsten Stunden mit der Frage, was zum Teufel das gerade gewesen war. Kurz bevor er zum Höhepunkt kam, hatte Gaston meinen Hintern gepackt, so grob, dass ich zusammenzuckte, aber das Ganze schien ohnehin nur seinem Vergnügen und nicht meinem zu gelten. *Läuft es etwa so in einer Beziehung mit einem Franzosen?*

Ich war verunsichert, und das lag nicht nur an irgendwelchen eingebildeten Problemen. Vielleicht würde ich es nie mit den Pariser Mädchen aufnehmen können, mit denen er sonst so abhing. *Wollte ich das überhaupt?*

Ich versuchte, mir vorzustellen, wie es mit mir und Gaston langfristig aussehen würde. In einem glamourösen französischen Schloss heiraten, anbetungswürdige *bébés* haben, die mich *Maman* nannten und besser Französisch sprachen als ich. Dann stellte ich mir ein Landhaus voller Blumen und großer Käseräder vor, über die unsere vielen Familienmitglieder hungrig herfielen. Obwohl ich diese Idylle genau vor mir sah, konnte ich mir Gaston darin überhaupt nicht vorstellen. Ich konnte mir nicht vorstellen, dass er Paris und seine Restaurants verlassen würde. Zum ersten Mal, seit ich ihm im Flat White begegnet war, fragte ich mich, ob wir überhaupt zusammenpassten.

Oder waren das jetzt nur schwermütige Grübeleien um drei Uhr früh?

Das Gurren der Tauben vor meinem Fenster weckte mich zeitig am darauffolgenden Morgen. Ich hatte es in der Nacht so eilig gehabt, das Licht zu löschen, dass ich vergaß, die Fensterläden zu schließen. Während ich den Tauben zuhörte, dachte ich daran, dass ich bei meinem ersten Date mit Gaston einen ihrer Verwandten gegessen hatte und sie jetzt hier waren, um sich mit ihrem Krach zu rächen. Ich glitt aus dem Bett, achtete darauf, den schlafenden Mann neben mir nicht zu stören, und entschied, zur Bäckerei zu laufen, um etwas fürs Frühstück zu besorgen.

In die frische Morgenluft hinauszutreten war äußerst belebend, doch meine Gedanken wanderten nach wie vor zu Gaston, der offenkundig nur gekommen war, weil er Sex haben wollte. So lieblos und kurz war das Ganze mit ihm noch nie gewesen. Ich versuchte, es auf seinen betrunkenen Zustand zu schieben.

Als ich die Bäckerei betrat, räumte die Verkäuferin hinter der Theke gerade kleine Walnussbrötchen von einem Tablett in die Auslage.

»C'est chaud?«, fragte ich und zeigte darauf.

»Ja, die sind warm«, antwortete sie.

Es war mir immer noch schleierhaft, warum jeder Pariser mir stets auf Englisch antwortete, wenn ich etwas auf Französisch sagte. Demonstrativ bestellte ich auf Französisch drei Brötchen.

Die Verkäuferin packte sie ein und wünschte mir einen

schönen Tag. Als ich zur Wohnung zurückging, passierte ich ein Käsegeschäft, dass ich ohnehin einmal ausprobieren wollte, und entdeckte im Fenster ein paar köstlich aussehende, in Rosinen gewälzte Ziegenkäse. *Die passen perfekt zu den Walnussbrötchen,* dachte ich und trat in den Laden, um ein paar der kleinen Bällchen zu kaufen.

Als ich wieder in der Wohnung war, fiel mir auf, dass Clotildes Zimmertür einen Spalt offen stand, und ich schaute nach, ob sie da war. War sie nicht, aber sie hatte mir auf dem Küchentisch eine Nachricht hinterlassen.

Bin im Fitnessstudio. Lass mich wissen, ob du vor der Arbeit Zeit hast, einen Kaffee mit mir zu trinken.

Gaston kam langsam aus meinem Zimmer. Er trug meinen rosa Morgenmantel.

»Ist Clotilde da?«, krächzte er vom Türrahmen aus.

»Nein, sie ist zum Sport. Lust auf Frühstück? Ich habe Brötchen und köstlich aussehenden Ziegenkäse gekauft. Hast du diese kleinen Bällchen schon mal gesehen? Sie sind außen ganz mit …«

»*Oh, non*, Ella, nicht noch mehr Käse! Nach all dem Fondue, das wir im Skiurlaub hatten …« Er schob sich hinter mich und packte mich wieder am Hintern.

Ich ignorierte seine mangelnde Begeisterung und sagte, dass wir den Käse ja nicht sofort essen müssten. Aber als ich mich hinsetzte und eines der Brötchen mit Butter bestrich, stellte ich mir vor, wie köstlich dieser Käse dazu schmecken würde, und freute mich schon auf den Moment, wenn ich heimlich hineinbeißen konnte. Gastons Kommentar über meinen Käseverbrauch und die

Tatsache, dass er mir gerade dauernd an den Hintern griff, beschäftigten mich. *Will er mir vielleicht sagen, dass ich fett bin?* Ich schüttelte den Kopf, um diesen blödsinnigen Gedanken loszuwerden.

»Wie hast du geschlafen?«, fragte ich. »Sah so aus, als hättest du einen tollen Abend gehabt. Warst du bei einer Veranstaltung?«

»Nein«, antwortete er. »Ich habe alte Freunde wiedergetroffen.«

»Jemanden, den ich kenne?« Meine Stimme zitterte bei dem Gedanken, dass er sich womöglich mit Camille amüsiert hatte.

»Nein, niemanden, den du kennst.«

Ich atmete erleichtert auf.

Ein paar Sekunden später schaltete Gaston den Fernseher ein und machte es sich auf dem Sofa bequem. Ich ging ins Bad, um mich rasch fürs Büro fertig zu machen und die Gelegenheit zu nutzen, meinen Hintern im Spiegel zu betrachten. Diesen Körperteil überprüfte ich nicht so oft. Nach einer gründlichen Inspektion fühlte ich mich bestätigt, dass alles in Ordnung war. Ja, er war ein wenig voller geworden, aber alles im Rahmen. Ich tadelte mich, dass ich die alte, unsichere Ella wieder in mein Gehirn hatte kriechen lassen, und konzentrierte mich darauf, wieder umzuschalten zu der selbstbewussten Pariserin, die ich unbedingt werden wollte. Mir war klar, dass ich nicht jeden Tag Käse essen und gleichzeitig den Hintern eines Supermodels haben konnte, aber ich hatte halt meine Prioritäten.

Ich sprang unter die Dusche und schrubbte meine verbliebenen Bedenken in einer Dampfwolke und mit Mandelmilch-Duschlotion ab. Und als ich das Badezimmer wieder verließ, tat ich das sehr viel selbstbewusster.

Ich checkte mein Handy, stellte fest, dass vor der Arbeit noch genug Zeit für einen Kaffee mit Clotilde blieb, und scheuchte den widerwilligen Gaston – der es zumindest geschafft hatte, sich anzuziehen – zur Tür hinaus, damit ich mich weiter fertig machen konnte. Er küsste mich zum Abschied nicht, sondern murmelte etwas von »bald mal zusammen zu Abend essen«. Ich entschied, ihm ein paar Tage zu geben, damit er seinen Kater loswerden konnte, bevor ich ihn wieder anrief. Abwesenheit steigerte hoffentlich die Zuneigung.

Als ich auf der Küchentheke meinen Schlüssel suchte, fiel mein Blick auf eine noch ungeöffnete E-Mail auf meinem Laptop. Sie ließ mich zur Salzsäule erstarren – denn sie war von Paul. Ich sog hörbar die Luft ein. In der Betreffzeile stand: *Es tut mir so leid, Ella, du musst mir verzeihen.*

Verdammter Mist. Ich knallte den Deckel des Laptops zu, als würden Flammen aus dem Gerät schlagen.

Reglos stand ich da und fragte mich, was Paul mir wohl zu sagen hatte, nach all den Monaten ohne jeden Kontakt. Obwohl ich überzeugt war, über ihn hinweg zu sein, hatte ich sofort wieder diesen unliebsamen Paul-Kloß im Hals. Ich versuchte, mich für eine Weile davon zu überzeugen, dass es besser sei, die E-Mail einfach zu löschen, bevor ich aufgab und den Deckel wieder hochklappte.

Ella,

es tut mir so leid, wie die Dinge zwischen uns geendet haben. Ich hätte nie gedacht, dass du nach jenem Abend, an dem ich dir von meinem Plan erzählte, so schnell nach Paris ziehen würdest.

Ich wünschte, du wärst in Melbourne geblieben. Dann könnte ich jetzt persönlich mit dir sprechen, statt eine E-Mail zu schicken, die zu formulieren mich bereits eine Stunde gekostet hat.

Ich will ehrlich zu dir sein. Nachdem du verschwunden warst, habe ich etwas mit Jessyka angefangen. Du erinnerst dich an sie vom CrossFit? Aber es hat nicht funktioniert. Es hat mir lediglich klargemacht, dass ich mein Leben mit dir verbringen will.

Bitte komm zurück. Ich denke jetzt auch gern über das Heiraten nach. Versprochen.

Ich vermisse dich, Schnuckelchen.

Paul

Ich knallte den Deckel wieder zu. *Was zum Teufel dachte er sich dabei?*

Ein paar Sekunden verstrichen, dann öffnete ich den Laptop erneut und formulierte eine Antwort.

Paul, du Arschloch!

Ich starrte auf die Wörter auf dem Bildschirm und verspürte die Welle der Endorphine, die jetzt durch meinen Körper jagten. Ja, ich konnte das!

Wie kannst du es wagen, mir eine E-Mail zu schicken, ganz zu schweigen davon, mich darin zu bitten, dir zu verzeihen und wieder mit dir zusammen zu sein?

Erstens möchte ich dir sagen, dass es mich freut, dass es mit dir und Jessyka nicht funktioniert hat. Ein bisschen Zeit ohne eine Partnerin wird dir sicher sehr guttun. Hat man dir das in deinem Retreat nicht beigebracht?

Zweitens: Melbourne zu verlassen war das Beste, was ich tun konnte. Paris mag ja der Ort sein, an dem ich mich in dich verliebt habe, aber mittlerweile weiß ich, wie blind ich gewesen bin. Du und ich waren nie füreinander bestimmt. Ich bedaure nur, das nicht schon viel früher erkannt zu haben, lange bevor du mich verlassen hast, um dich »selbst zu finden«. (Ja, das war ursprünglich der Grund, warum ich aus Melbourne wegging. Du erinnerst dich?)

Drittens: Du sagst, du DENKST jetzt auch gern übers Heiraten NACH. Wie edel von dir, aber ich bin nicht mehr interessiert. Ich würde sogar so weit gehen zu sagen, dass ich eher ein Stück Käse heiraten würde, als auch nur in Erwägung zu ziehen, mein Leben mit dir zu verbringen.

Und zu guter Letzt: Nenn mich nie wieder »Schnuckelchen«. Dieses Privileg hast du vor langer Zeit verloren, und ehrlich gesagt hat es mich schon immer genervt.

Schicke mir bitte nie wieder eine E-Mail.

Ella

Ich bewegte den Cursor zu »Senden« und war erstaunt, wie wortgewandt ich trotz meiner Wut gewesen war. Einen Moment lang zögerte ich, und mir fiel ein Rat ein, den meine frühere Chefin mir mal gegeben hatte: Verschick nie eine E-Mail, wenn du wütend bist.

Scheiß drauf!, dachte ich und drückte auf »Senden«.

Kapitel 30

Ich traf mich mit Clotilde in einem netten kleinen Café in der Nähe meines Büros. In Anbetracht dessen, dass ihr Vater gedroht hatte, ihr den Geldhahn zuzudrehen, fand ich sie erstaunlich gut gelaunt. Aber nach meinem seltsamen Morgen war ich einfach nur erleichtert, dass sie wieder lächelte.

»Anscheinend hatte eine von uns noch nächtlichen Besuch«, sagte sie zur Begrüßung und küsste mich auf beide Wangen, die sich bei ihren Worten sofort röteten.

»Oh, du hast ihn hereinkommen hören. Tut mir leid. Dabei habe ich ihn ermahnt, nicht so viel Krach zu machen.«

»Kein Problem, schließlich kenne ich ihn gut. War er zu einem beruflichen Abendessen?«

»Nein, offenbar mit Freunden unterwegs.«

»Und mit wem?«, fragte sie, woraufhin ich jedoch erwidern musste, keine Ahnung zu haben.

Ich wollte gerade zu einem Monolog über meine Beunruhigung ansetzen, dass Gaston sich seit unserer ersten Begegnung verändert habe, aber Clotilde plapperte los, noch bevor ich meine Gedanken geordnet hatte.

»Ich habe tolle Neuigkeiten«, sagte sie. »Morgen habe

ich einen Termin bei einer Modelagentur wegen eines richtigen Modeljobs.«

»Das ist ja super!«

»Der Fotograf, der meine Fußbilder geschossen hat, hat das für mich arrangiert. Es ist absolut sauber.«

»Und du willst das auch machen?«, fragte ich.

»Nun, ich habe noch nie darüber nachgedacht, richtig zu modeln, aber dieser Typ meint, ich sei dafür total geeignet. Wie auch immer, ich werde erst einmal auch weiterhin bei Food To Go Go arbeiten und abwarten, wie es läuft. Keine Ahnung, ob es etwas Langfristiges ist, aber warum sollte ich der Sache nicht wenigstens eine Chance geben? Vielleicht hilft es mir ja herauszufinden, was ich als Nächstes tun will.«

»Dann wirst du also an Modenschauen teilnehmen?«, hakte ich nach, weil ich absolut keinen Schimmer hatte, wie die Modewelt arbeitete.

»Nein, nur Kampagnen. Und nur für Marken, bei denen ich Papa Jeans Okay bekomme.«

»Hast du schon mit ihm darüber gesprochen?«, fragte ich.

»Morgen treffen wir uns zum Mittagessen. Ich habe ihm gesagt, dass ich mich mit einem schönen Essen bei ihm entschuldigen will. Falls der Termin bei der Modelagentur positiv verläuft und Papa meine Entschuldigung annimmt, werde ich ihn nach seiner Meinung fragen. Aber wenn er immer noch schmollt, ist es vielleicht besser, ein paar Wochen zu warten, bis ich es erwähne. Als ich mit ihm telefonierte, hatte ich den Eindruck, dass er sich ein wenig beruhigt hat.«

»Ich freue mich, wenn mit euch wieder alles ins Lot kommt«, sagte ich.

»Ohne dich hätte ich das nicht geschafft, Ella. Ich wäre wochenlang total deprimiert herumgelaufen. Aber du hast mich ermutigt, das mit dem Modeln ernsthaft anzugehen.«

»Es war eine naheliegende Lösung«, sagte ich lässig, aber es fühlte sich wunderbar an, einmal eine Hilfe für Clotilde gewesen zu sein.

»Und jetzt erzähl mir von dir«, fuhr sie fort. »Wie läuft es mit Gaston?« Ich war erleichtert, dass sie dieses Thema ansprach, da ich unbedingt ihre Meinung hören wollte. Ich wurde einfach das Gefühl nicht los, dass in letzter Zeit etwas zwischen uns nicht stimmte. Ein Teil von mir fragte sich, ob ich mir alles nur einbildete. Vielleicht hatte mein Misstrauen nach dem Kuss mit Serge übersteigerte Formen angenommen. Und dann war da noch die E-Mail von Paul …

Was für ein Schlamassel!

»Eigentlich gut. Wir sind gerade erst aus den Bergen zurück …«

»Hm. Ich hörte von eurem Skiurlaub«, sagte sie und schaffte es nicht, ein Kichern zu unterdrücken.

»O Gott, hat Gaston dir erzählt, was für eine Niete ich war?«

»Möglicherweise hat er etwas in der Art erwähnt.«

»Na ja, nach dem Skiurlaub habe ich ihn noch nicht oft gesehen. Er hat momentan unheimlich viele Abgabetermine.«

Clotilde hörte auf, den Zucker in ihren Espresso zu

rühren, und schaute abrupt zu mir hoch. »Tatsächlich?«, fragte sie.

»Ja, und er ist ganz oft unterwegs. Deshalb kam er gestern Abend auch erst so spät noch vorbei.«

»Das ist seltsam«, sagte sie. »Normalerweise ist zu dieser Jahreszeit in seinem Job nicht viel los. Vermutlich hat sich das einfach geändert. Vielleicht hat er einen neuen Redakteur oder so.«

Mir wurde ganz heiß, und ich versuchte, die auf mich einstürmenden Zweifel wegzuschieben, brauchte unbedingt ein bisschen Zeit, um die Situation zu analysieren, bevor ich weiter darüber sprach. Deshalb wechselte ich rasch das Gesprächsthema. »Du errätst nie, wer mir eine E-Mail geschickt hat.«

»Wer?«, fragte sie gespannt.

»Paul.«

»Nein! Was wollte er?«

Clotilde war mittlerweile im Bilde über Paul und die Trennung, und sie hielt es für richtig, dass ich ihn abserviert hatte. Sie hatte sogar versucht, mich zu überreden, ihm auf irgendeine Weise unter die Nase zu reiben, wie glücklich ich in Paris sei.

»Er will, dass wir wieder zusammenkommen.« Sogar laut ausgesprochen fühlte es sich seltsam an.

»Und?«

»Auf keinen Fall! Niemals würde ich mein Leben hier gegen den alten Trott in Melbourne eintauschen. Und auf französischen Käse könnte ich auch nicht mehr verzichten. Ich liebe mein Leben hier!«

»Hast du ihm geantwortet?«

»Yep.«

Obwohl ich mich bei Food To Go Go mit Fotos von appetitlichen Gerichten auf andere Gedanken zu bringen versuchte, fielen mir ständig Gaston und Paul wieder ein. Schon seltsam, dass sich Paul ausgerechnet in dem Moment meldete, als es mit Gaston und mir nicht so gut lief, aber das war natürlich nur Zufall.

Viel mehr nagte an mir, dass meine französische Romanze vielleicht doch nicht so perfekt war, wie ich mir eingebildet hatte.

Auf dem Nachhauseweg wollte ich mir noch schnell einen neuen Käse kaufen, den ich posten und über den ich in meinem Käsetagebuch schreiben konnte. Ich brachte es nicht fertig, zu Serge zu gehen – noch immer schämte ich mich wegen dieses unseligen, aber wunderbaren Kusses –, also probierte ich ein anderes Geschäft aus.

Mit einem breiten Lächeln und einem *Bonjour* begrüßte ich die Dame hinter der Theke, doch sie erwiderte meine Freundlichkeit nicht und fragte mich brummig, was ich haben wolle. Ich wurde nervös und bestellte schließlich ein Stück Comté. Ohne Serges Hilfe überwältigte mich der Anblick so vieler wunderbarer Käsesorten.

Was soll's, dachte ich und spazierte aus dem Laden hinaus. *Ich könnte übler dran sein als mit einem guten alten, zuverlässigen Comté.*

Kapitel 31

Am darauffolgenden Morgen schreckte ich aufgewühlt aus dem Schlaf hoch. Seit ich in der Nacht Clotilde gegen zwei Uhr hatte heimkommen hören, konnte ich nicht mehr richtig tief schlafen. Den Vormittag über schleppte ich mich durch die Arbeit, trank ein paar Espressi, vertilgte ein Buttercroissant – auf das ich noch mehr Butter strich – und begann mich langsam wieder normal zu fühlen.

Während meiner Mittagspause saß ich in einem Café und dachte über alles nach.

Pauls E-Mail hatte mir vor Augen geführt, wie toll Gaston war und wie viel Spaß wir miteinander hatten. Deshalb kam ich zunehmend zu dem Schluss, dass ich in alles zu viel hineininterpretierte – den Skiurlaub, Camille und unsere nächtliche »Begegnung« – und dass ich den Kopf abschalten und wieder auf mein Herz hören musste.

Ich beschloss, etwas Besonderes zu tun, um die Sache mit Gaston wieder in die Spur zu bringen. Plötzlich sah ich uns nackt im Bett liegen und Champagner trinken – mitten am Nachmittag!

Ich wusste, dass Gaston donnerstags von zu Hause aus arbeitete, also heckte ich einen Plan aus, um ihn zu überraschen. Zum Glück hatte ich seinen Ersatzschlüssel, den er mir bei meiner letzten Übernachtung bei ihm gegeben hatte, damit ich abschließen konnte, wenn ich ging. *Das war Schicksal!*

Ich holte mir Tims Okay, heute früher Feierabend zu machen, und als ich das Büro verließ, wurde mein Gang mit jedem Schritt federnder. Und als ich unterwegs in einem Weinladen eine bezahlbare Flasche Champagner kaufte, hatte ich das Gefühl, die Zukunft unserer Beziehung selbst in die Hand zu nehmen.

In Melbourne und mit Paul war ich oft unentschlossen und halbherzig gewesen, aber in Paris konnte ich spontan und sexy sein. Die neue Ella fand es cool, ihren Liebhaber zu überraschen und mitten in der Woche im Bett Champagner zu trinken. Bei dem Gedanken, wie sehr ich mich verändert hatte, musste ich lächeln.

Nachdem ich keuchend die Treppe zu Gastons Apartment hinaufgeeilt war, weil der Aufzug nicht schnell genug fuhr, um mit meiner Aufregung Schritt zu halten, klopfte ich an und drehte dann summend den Schlüssel im Schloss. Ich trat ein, und Sekunden später kam Gaston aus seinem Schlafzimmer geschossen.

»Ella, was machst du denn hier?«, rief er, zog die Schlafzimmertür hinter sich zu und streifte ein Hemd über.

»Hi.« Grinsend hielt ich die Champagnerflasche hoch. »Hast du geschlafen? Tut mir leid, wenn ich dich geweckt habe. Aber du kannst direkt wieder kehrtmachen, ich will nämlich mit dir ins Bett«, sagte ich und verpasste ihm einen kleinen Schubs.

»Hör zu, Ella, jetzt ist es gerade nicht so gut …«

Ich hörte eine Stimme aus der Küche und war überrascht, als im nächsten Moment noch ein Mann mit nacktem Oberkörper in den Flur spaziert kam.

Was zum Teufel war hier los? Leise Panik überfiel mich.

»Oh, hi«, sagte ich verlegen. »Sorry, ich wusste nicht, dass Gaston äh … Besuch hat.«

»Ella, das ist Camilles Freund Antoine«, sagte Gaston. »Er wohnt eine Weile hier, weil sein Apartment …«

»Gestrichen wird«, sprang Antoine ein.

Okay, das ergibt Sinn, dachte ich und war erleichtert, dass Camille offenbar wieder mit ihrem Freund zusammen war.

Ich lächelte Antoine an und schüttelte seine Hand, aber so ganz geheuer war mir die Sache noch nicht.

Gaston wollte etwas barsch wissen, warum ich nicht arbeiten war, und ich erklärte, dass ich mir den Nachmittag freigenommen hatte. Ich entschuldigte mich noch einmal für meinen Überfall und fragte, was sie gerade vorhatten.

»Also …«, setzte Antoine an, aber Gaston fiel ihm ins Wort.

»Einfach nur herumhängen und Fernsehen gucken«, sagte er. »Football.«

Ich staunte, dass Gaston sich gern Sport ansah. Möglicherweise war das Antoines Einfluss.

»Ist alles in Ordnung?«, fragte ich ihn.

Kaum waren mir die Wörter über die Lippen gekommen, da entdeckte ich etwas im Flur, das mein Herz stillstehen ließ. Ein Paar Ballerinas von Chanel. Meine Gedanken rasten nur so, während ich krampfhaft überlegte, wo ich die zuvor schon mal gesehen hatte.

»Gaston? Was ist hier los?«, fragte ich und schaute mich mit zunehmendem Unbehagen nach weiteren Hinweisen um.

»Nichts ist los. Hör zu, wir sind gerade ein bisschen beschäftigt. Können wir uns später treffen?«

Aus dem Schlafzimmer drang ein Rascheln.

»O Gott, ist da noch jemand?«, fragte ich.

»Ella …«, begann Gaston.

Der Anblick einer wunderschönen Frau in Unterwäsche, die aus dem Schlafzimmer kam, ließ ihn verstummen. Ich brauchte einen Moment, um die halbnackte Camille zu erkennen.

»Bist du die Putzfrau?«, fragte sie auf Französisch.

Ich schrie leise auf.

»O sorry, Ella, du bist es. Hast du eine neue Frisur?«

Passierte das hier gerade wirklich?

»Wie dem auch sei, wir sollten gehen, Antoine«, fuhr sie fort.

Ich starrte sie an, während sie ungerührt ihre Mähne über die nackten Schultern warf und nach ihren Klamotten suchte. Wie eine Diva spazierte sie mit ihren perfekt pedikürten Füßen über den Parkettboden.

Gaston legte die Hand auf meinen Arm. »Entspann dich, Ella. Wir blödeln nur herum. Du weißt schon, so eine *ménage à trois* …«

Er machte eine kurze Pause, blickte zu Camille und Antoine und fuhr dann fort: »Wir können eine *ménage à quatre* daraus machen, wenn du magst.«

Das war wohl kaum der romantischste Vorschlag, den ich je bekommen hatte.

»Im Ernst?«, fragte ich und sah, wie Camille und ihr Freund mit den Schultern zuckten, als würden sie sagen: »Warum nicht?«

Was zur Hölle …

»Nun, ich denke, ich gehe besser wieder und überlasse das euch dreien.«

»Ella, jetzt mach doch kein Drama daraus«, sagte Gaston lachend.

Mein Mund stand vor lauter Fassungslosigkeit immer noch weit offen, als ich die Haustür hinter mir mit einem Knall zuzog. Ich wollte nur noch weg.

Nachdem ich ein Stück die Straße hinuntergelaufen war und meine Tränen auf den Bürgersteig tropften, vibrierte das Handy in meiner Tasche. Es war Gaston. Ich jonglierte mit der Flasche, die ich idiotischerweise noch in der Hand hielt, um rangehen zu können.

»Was willst du?«, fragte ich.

»Hör zu, Ella, komm zurück und lass uns reden. Es tut mir leid. Ich habe ehrlich nicht damit gerechnet, dass du uns überraschst.«

»Gaston! Das macht es noch schlimmer.«

»Das mit Camille und Antoine war nur ein kleiner *cinq-à-sept*. Es ist doch wohl klar, dass mir das nichts bedeutet«, fügte er hinzu.

»Ist das jetzt dein Ernst?«, fragte ich.

»Sei nicht sauer, Ella. Wir sind in Frankreich …«

Was zum Teufel stimmte nicht mit diesen Leuten?

»Gaston, du bist ein Arschloch. Ich kann nicht glauben, dass du gesagt hast, du würdest mich lieben.«

»Was? Wann soll ich das gesagt haben?«

»In den Bergen, nachdem du den ganzen Tag mit Camille Skilaufen warst.«

»*O lá lá*, Ella. Ich habe nie gesagt, *je t'aime*.«

Entgeistert schwieg ich für einen Moment, fragte mich, ob ich mich verhört haben konnte. *Etwas so Wichtiges würde sich meine Fantasie doch nicht einfach nur zusammenspinnen, oder?*

»Bitte komm zurück. Ich habe Camille und Antoine weggeschickt«, sagte er. »Wir können zusammen die Flasche Champagner genießen.«

»Wie bitte? Glaubst du wirklich, ich würde jetzt mit dir ins Bett gehen? Direkt nach deiner kleinen *ménage à trois*?«

»Ella, es ist einfach so passiert. Wir hingen zusammen herum, haben Rosé getrunken, und plötzlich waren wir nackt. Es war alles ganz unschuldig.«

»Dreier sind bestimmt nicht ›ganz unschuldig‹, Gaston … Wie konnte es nur passieren, dass ich bei einem *noch Schlimmeren* als Paul gelandet bin?«

»Wer ist Paul? Wovon redest du?«, fragte er.

Ich legte auf.

Da ich Mühe hatte, gleichzeitig zu gehen, die Flasche zu tragen und zu weinen, setzte ich mich auf die nächstbeste Parkbank. Es war ein frostiger Wintertag, und der kalte Wind fegte mir ins Gesicht wie ein eisiger Schneeball. Doch da ich innerlich vor Wut kochte, spürte ich die Kälte kaum. Ich öffnete den Champagner und trank direkt aus der Flasche. Er schmeckte kühl und frisch, beruhigte mich ein wenig und, was noch wichtiger war, dämpfte die Erkenntnis, dass ich von jemandem betrogen worden war, den ich zu lieben glaubte. Mal wieder.

Ich wählte Clotildes Nummer und war erleichtert, dass sie sofort ranging.

»Gaston betrügt mich«, platzte ich heraus.

»*Merde*«, fluchte sie. »Ich habe befürchtet, dass das passiert.«

»Was? Wieso? Hat er so etwas schon mal getan?«

»Ja, aber ich wollte es dir nicht erzählen, weil ich hoffte, dass er sich geändert hat. Er hat mir erzählt, wie sehr er dich mag. Er sagte, mit dir sei alles anders.«

»Ich schäme mich so«, schluchzte ich. »Er sagte, es sei ein ›*cinq-à-sept*‹. Was bedeutet das überhaupt?«

»Männer können solche Schweine sein! Das ist Sex, den man mal eben zwischendurch am Nachmittag hat …«

»Ist es etwa eine übliche Freizeitbeschäftigung der französischen Männer?«, erwiderte ich entsetzt.

»Nicht nur für Männer, für Frauen auch. Heutzutage ist das nicht mehr so verbreitet, aber manche Menschen sind sexuell nun mal aktiver als andere.« Clotilde erklärte mir die Möglichkeiten französischer Beziehungen, als sei ich der prüdeste Mensch der Welt.

»Aber er hat gesagt, dass er mich liebt«, entgegnete ich.

»Echt? Das hat Gaston getan?«

»In den Bergen«, versicherte ich. »Warum klingst du so überrascht?«

»Weil er früher große Bindungsängste hatte. Was genau hat er denn gesagt? War es auf Französisch oder auf Englisch?«

»Spielt das eine Rolle?«

»Eine große«, antwortete sie mit ernster Stimme.

»Er sagte ›*Je t'aime bien*‹.«

»O Ella, das bedeutet, dass er dich sehr *mag*.«

Mein Herz setzte einen Schlag lang aus. *War mein Französisch wirklich so schlecht?*

Sie fuhr fort. »*Aimer* ist ein kompliziertes Verb, denn es kann sowohl lieben als auch mögen bedeuten. ›*Je t'aime bien*‹ bedeutet ›Ich mag dich sehr‹, aber nur ›*Je t'aime*‹ allein heißt ›Ich liebe dich‹. Verstehst du den Unterschied?«

»Ja«, antwortete ich, der Verzweiflung nahe.

»Wo bist du jetzt?«, fragte sie.

»In dem Park hinter Gastons Wohnung. Ich trinke Champagner«, antwortete ich weinend.

»Komm nach Hause, und wir betrinken uns gemeinsam. Das wird dir helfen, die Männer zu vergessen.«

Als ich gerade wieder die Flasche an meine Lippen hielt, spazierte ein alter Mann mit seinem Pudel vorbei.

»*Ça va, Mademoiselle*?«, fragte er besorgt.

»*Ça va, merci*«, antwortete ich.

Er wollte wissen, warum ich so traurig sei, und ich antwortete, dass das Leben nicht einfach sei. Daraufhin versicherte er mir, dass alles wieder gut werden würde, und wünschte mir Glück.

Ich musste lachen. Im ersten Moment fand ich seine Worte oberflächlich, aber er hatte recht. Das Leben kann schwer sein, aber natürlich würde irgendwann alles wieder in Ordnung kommen.

Auch wenn ich gerade herausgefunden hatte, dass mein Freund – von dem ich nur *dachte*, dass er mich liebt, weil mein Französisch so schlecht ist – mit einer anderen schläft, so war das zwar oberpeinlich, aber nicht das Ende der Welt.

Zum Glück hatte ich eine liebevolle Mitbewohnerin, die bereit war, mir dabei zu helfen, den Kummer in Champagner zu ertränken. Ich machte mich auf den Nachhauseweg.

Ein paar Blocks von unserem Apartment entfernt fiel mein Blick auf eine Plakatwand, und ich musste zweimal hinschauen. Auf dem Plakat war ein wunderschönes, spärlich bekleidetes Model zu sehen, zweifellos handelte es sich um Camille …

In der überlebensgroßen Abbildung trug sie einen BH, sehr ähnlich dem, in dem ich sie vorhin gesehen hatte, unter einem schicken Jackett zu einem kurzen Lederrock. Sie wirkte unglaublich glamourös, stolzierte eine gepflasterte Gasse hinunter, anzüglich ihre Schenkelinnenseite berührend, während sie mit Schlafzimmerblick in die Kamera blickte. Ihr rechter Mundwinkel war zu einem leisen Grinsen verzogen, als würde sie sagen: *Ich bekomme alles, was ich will, Ella. Ich werde deinen Gaston erst vernaschen und dann auffressen!*

Camilles Gesicht machte mich traurig und wütend zugleich.

»Ihr wunderschönen Arschlöcher verdient einander!«, schrie ich der Plakatwand entgegen.

»Was hast du gesagt, Ella?« Beim Klang der vertrauten Stimme wirbelte ich herum.

O mein Gott, dieser Albtraum war noch nicht vorbei …

»Jean-Pierre, was tust du denn hier?«

»Ich kam zufällig vorbei, als du plötzlich wie verrückt losschriest.«

Was Charme anbelangte, hatte er nicht gerade zugelegt. Ich fragte mich, ob er mittlerweile eine Freundin gefunden hatte …

»Ich hab jetzt keine Zeit für dich, Jean-Pierre. Geh mir aus dem Weg.« Ich eilte an ihm vorbei und auf dem schnellsten Weg nach Hause.

Was zum Teufel versucht die Welt mir eigentlich gerade mitzuteilen?

»Ich habe mit Gaston gesprochen«, sagte Clotilde und zeigte auf ihr Handy, kaum dass ich durch die Tür war. »Es tut ihm echt leid.«

Sie schnappte sich zwei Gläser und die nicht mehr ganz volle Flasche Champagner, die ich immer noch in der Hand hielt, und deutete zum Sofa.

»Was hat er gesagt?« Ich fragte mich, ob er wohl ehrlich gewesen war.

»Dass du ihn bei einem Dreier erwischt hast. Und das du ziemlich sauer warst. Er wollte wohl, dass ich Verständnis für ihn zeige, aber ich habe ihn angeschrien. Das habe ich noch nie getan. Ich glaube, er war geschockt.«

»Hat er dir gesagt, mit wem er im Bett war?

»Nein, und ich habe auch nicht gefragt. Wieso, wer war es denn?«

»Camille … und ihr Freund, Antoine.«

»Was? Diese spindeldürre Kellnerin-Schrägstrich-Model-Schrägstrich-Treuhandfonds-Zicke und ihr Hohlkopf von Modelfreund? Die beiden sind mir ein paarmal in irgendwelchen Clubs über den Weg gelaufen, eingebildet wie sonst was«, sagte Clotilde.

»Klingt ganz nach Camille.« Schon wieder liefen mir Tränen über die Wangen. »Und dann habe ich sie auch noch auf diesem Werbeplakat gesehen.«

»Für wen?«

»Balenciaga. Sie sieht natürlich umwerfend aus.«

»Keine Sorge, Ella. Ich bin sicher, dass Gaston das bedauern wird. Und Camille vermutlich auch.«

An diesem Abend ertränkte ich meine Sorgen unter Clotildes wachsamen Augen. Als ich schließlich bereit war, mich ins Bett zu schleppen, schnappte sie sich mein Handy, schaltete es aus und legte es auf den Küchentisch.

»Das solltest du heute Nacht besser hier lassen. Nur für den Fall, dass du Lust bekommst, ein paar mitternächtliche Anrufe zu tätigen«, sagte sie.

Ich mochte ja vielleicht ein paar Gläser mehr als üblich getrunken haben, aber ich hatte nicht völlig den Verstand verloren, beteuerte ich. Schwankend umarmte ich sie und stolperte dann in mein Zimmer.

Etwa eine halbe Stunde später – ich konnte nicht schlafen, weil sich die Decke immerfort drehte – schlich ich in die Küche und holte mir das Handy. Wieder im Bett, schaltete ich es ein und zog mir die Decke über den Kopf.

Ich wählte.

»Hallo«, meldete sich eine Stimme am anderen Ende.

»Billie, bist du das?«, flüsterte ich ins Mikrofon.

»Ella, was ist los? Warum flüsterst du?«

»Es geht mir gut«, versicherte ich. »Ich wollte nur mit dir reden.«

»Bist du betrunken?«, fragte sie.

»Nein, ich meine, ja. Vielleicht. Aber das ist nicht der Grund, warum ich anrufe.«

»Ist alles in Ordnung?«, fragte sie.

»Eigentlich nicht.« Ich begann zu weinen. »Die Franzosen sind bescheuert.«

»Wie meinst du das?

»Jeder schläft mit jedem! Gaston eingeschlossen. Ich bin mir ziemlich sicher, dass wir uns gerade getrennt haben.«

»Oje.« Sie seufzte.

»Genau genommen ist er ein komplettes Arschloch. Ich habe ihn bei einer *ménage à trois* erwischt.«

»Dann nehme ich mal an, dass du keine der drei gewesen bist?«, fragte sie.

»Richtig«, bestätigte ich schniefend. »Sie haben mich dann zwar eingeladen mitzumachen, aber das war eindeutig nur aus Höflichkeit.«

»Es tut mir echt leid, Ella. Bist du zu Hause? Mach dir doch eine Tasse Tee, und dann erzählst du mir in Ruhe, was passiert ist.«

»Ich kann mein Zimmer nicht verlassen«, antwortete ich. »Ich habe mir mein Handy heimlich von Clotilde zurückgeholt.«

»Verstehe …« Sie schwieg für einen Moment. »Dann eben ohne Tee.«

Während der darauffolgenden halben Stunde erzählte ich Billie, was sich am Nachmittag zugetragen hatte. Ich beschrieb ihr genau, wie toll ich meine Idee gefunden hatte, früher Feierabend zu machen und mich in Gastons Apartment zu schleichen, bereit für Sex am Nachmittag. Wie überrascht ich dann gewesen war, als dieser Antoine halbnackt aus der Küche kam – und auch erleichtert, dass Gaston mich nicht mit Camille betrog, wie ich insgeheim befürchtet hatte. Bis hin zu meinem Entsetzen, als dann Camille höchstpersönlich und halbnackt vor mir stand und fragte, ob ich die Putzfrau sei.

Unterbrochen von gelegentlichem Schniefen oder Schnäuzen kam ich schließlich zum Ende und stellte erleichtert fest, dass Billie immer noch zuhörte. Behutsam fragte sie, ob ich fertig sei, und atmete dann tief durch.

»Also echt, Ella, du weißt, dass ich dich liebe, aber die Situation, in die du dich da gebracht hast, ist absolut lächerlich. Du hast die gleichen Fehler gemacht wie früher schon.«

»Wie meinst du das? Paul hat mich nicht betrogen«, erwiderte ich hicksend. »Oder?«

»Vergiss Paul. Ich will ganz ehrlich zu dir sein: Du suchst dir immer irgendwelche Arschlöcher aus.«

Der gute Bulle war offenbar durch; jetzt war es Zeit für den bösen Bullen. Ich wappnete mich, und sie fuhr fort: »Die Typen, auf die du dich einlässt, passen einfach nicht zu dir. Sie mögen ja attraktiv, aufregend, reich oder was auch immer sein, aber hast du dich je gefragt, warum sie dich behandeln, als seist du unwichtig?«

»Nein.« Ich schniefte leise, während sie mich mit lauter Wahrheiten konfrontierte.

»Weil du zulässt, dass sie es tun. Sie verstehen nicht,

was du vom Leben willst, oder es ist ihnen egal, weil du dich ihnen gegenüber nicht behauptest.«

»Doch, das mache ich«, protestierte ich – wenig überzeugend.

»Paul war ein Idiot, und auch wenn er manchmal süß sein konnte, hätte er dir nie das Leben geboten, das du dir wünschst, weil er sich immer an die erste Stelle gesetzt hat. Und diesen Gaston finde ich schrecklich, nach allem, was du mir von ihm erzählt hast. So wie Paul gibt er sich mit dir ab, solange es ihm passt, aber sobald es anfängt ernst zwischen euch zu werden, lässt er dich wissen, dass nach seinen Regeln gespielt wird. Vertrau mir, mit diesem Model und ihrem Freund ist er besser dran, und du bist es ohne ihn.«

»Aber ich habe ihn geliebt!« Ich merkte, wie verzweifelt ich klang, aber die Mischung aus gebrochenem Herzen und Wein war einfach zu viel für mich.

»Ach Unsinn, du hast das perfekte *Bild* von ihm geliebt.«

»Dann ist also alles meine Schuld?«, hielt ich dagegen und fühlte mich verletzt.

»Nein, natürlich ist es nicht deine Schuld, aber du musst aufhören, dich mit Idioten einzulassen. Du solltest nie wieder mit einem Paul oder Gaston etwas anfangen. Und ja, Trennungen passieren trotzdem, aber bitte nicht, weil er ein Auge auf ein anderes Mädchen geworfen hat oder einen Jungen und ein Mädchen. Du musst dich selbst mehr wertschätzen und das auch jedem klarmachen, mit dem du ausgehst.«

»Ich werde nie die Liebe finden«, schluchzte ich.

»Natürlich findest du sie irgendwann«, schaltete Billie wieder zurück auf den guten Bullen. »Du musst nur Ausschau nach einem Mann mit mehr Substanz halten.«

»Aber ich dachte, Gaston sei dieser Mann.«

»Wieso?«

»Weil er so gut aussieht und Franzose ist«, jammerte ich.

»Ella …« Billie klang erschöpft. »Was ist mit dem Typen aus dem Käsegeschäft, diesem Serge? Er schien nett zu sein.«

»Wir haben uns geküsst«, gestand ich kleinlaut und konnte nicht glauben, dass ich vergessen hatte, ihr von dem katastrophalen Abendessen mit Serge zu erzählen. Es war einfach zu viel anderes passiert.

»Na also!«, rief sie und klang zuversichtlich.

»Aber er ist immer noch nicht mein Typ«, fügte ich rasch hinzu.

»Warum nicht? Weil du denkst, er sei nicht weltmännisch genug? Weil du ihn als Freund betrachtest, da er nett zu dir ist und sich dafür interessiert, was dir wichtig ist? Fällt dir auf, was ich da sage?«

»Irgendwie ja, aber ich glaube, mir wird schlecht …«, sagte ich und rannte ins Bad. Nachdem ich jede Menge Wein ausgekotzt und mein elendes Gesicht im Spiegel betrachtet hatte, ging ich ins Bett zurück.

Am darauffolgenden Morgen fielen mir Bruchstücke des Gesprächs mit Billie wieder ein, als ich eine SMS von ihr sah. Nervös las ich sie.

El, hoffe, es geht dir gut. Tut mir leid, falls ich zu hart war und dich verärgert habe. Ich habe echt nicht erwartet, dass du dich in Paris wieder auf so einen Paul-Typen einlässt. Als ich dich kürzlich sah, wirktest du so zuversichtlich und glücklich. Tut mir leid, dass es so enden musste. Ruf mich jederzeit an, wenn du reden willst.

Ich versuchte, alles zusammenzubekommen, was Billie mir erzählt hatte. Es war irgendetwas darüber gewesen, dass ich mich auf die falschen Typen einließ, und etwas über Serge.

Obwohl ich es nur ungern zugab, vor allem bei meinem Kater, hatte sie nicht unrecht. Ich neigte dazu, auf Ego-Typen abzufahren. Und ich war ganz sicher hin und weg von der Vorstellung gewesen, mit Gaston eine französische Romanze zu erleben. Hatte mir eingebildet, den perfekten Freund gefunden zu haben, und hatte die Warnzeichen ignoriert, dass er mit anderen Frauen flirtete und so unnahbar blieb. Ich schickte Billie eine Antwort, in der ich mich für meine Betrunkenheit entschuldigte und sie wissen ließ, wie sehr ich ihren Rat schätzte.

Den Großteil der darauffolgenden Woche verbrachte ich damit, durch die Straßen von Paris zu spazieren. Es kümmerte mich nicht, dass es bitterkalt und meine Nase ständig taub war. Dieses Gehen war das Einzige, wobei ich mich besser fühlte. Wenn ich nicht im Büro oder im Café war, ging ich längs der Seine von Bercy bis zum Eiffelturm und versuchte herauszufinden, wann alles so kompliziert geworden war.

Ich drehte ein paar Runden durch den Jardin des Plantes, grübelte, warum sich mein Jahr in Paris so verwandelt hatte: Gerade hatte ich noch die *joie de vivre* entdeckt, doch eh ich michs versah, platzte ich bei einem Dreier herein und mied meine Lieblings-*fromagerie*. Ich kämpfte gegen die Tränen an, als ich daran dachte, wie schwierig meine Beziehungen mit Gaston und Serge geworden waren.

Eines Tages, als ich durch den Square du Temple spazierte, entdeckte ich eine vertraute Gestalt. Es war Serge. Er stand ganz allein an einem kleinen Teich und fütterte die Enten mit einem Baguette, das er in winzige Stücke riss. Mir war klar, dass ich zu ihm gehen und mich entschuldigen musste, weil ich an jenem Abend einfach so davongestürmt war. Es fehlte mir so, in sein Geschäft zu gehen und Käse zu kaufen! Mir fehlten die Gespräche mit ihm.

Aber bevor ich den Mut aufbrachte, ging er mit eiligen Schritten in Richtung seines Ladens davon. Ich hätte ihm folgen und mich ihm in der vertrauten Umgebung erklären können. Aber stattdessen fand ich mich im Le Progrès wieder, wo ich eine halbe Flasche Rotwein bestellte.

»*Avec un seul verre?*«, fragte der Kellner und sah mich mitleidig an.

»*Oui*«, antwortete ich mit Tränen in den Augen, »nur ein Glas.«

In der Wärme des Cafés kehrte das Gefühl langsam in meine Finger und meine Nase zurück. Bei jedem Schluck Wein versuchte ich zu entscheiden, was ich als Nächstes tun sollte. Die Flasche leerte sich schnell, während ich das

Pro und Kontra abwog, in Paris zu bleiben. Dafür sprach: Clotilde, meine Arbeit, die mir Spaß machte, köstlicher Käse, der Wein! Dagegen sprach: Heimweh, die Kälte, Gaston, Serge und französische Männer im Allgemeinen.

Ich kam zu dem Schluss, dass es vielleicht an der Zeit war, nach Australien zurückzukehren. Ich hatte ein paar tolle Erfahrungen gemacht und viel über mich selbst gelernt – vor allem, dass mein Geschmack in Bezug auf Männer grauenhaft war –, doch momentan würde ich vielleicht eher davon profitieren, von meiner Familie, Freunden und Englisch sprechenden Menschen umgeben zu sein. Daheim war jetzt auch Sommer, und während ich den Nebel und die sich langsam über Paris legende Dunkelheit betrachtete, kam es mir vor, als sei das beinahe schon Grund genug, hier Feierabend zu machen.

Ich leerte die Weinflasche und machte mich auf den Heimweg, war entschlossen, mich über Flüge zu informieren. Zu Hause bereitete ich mir eine Tasse Tee zu und setzte mich mit meinem Laptop ins Bett. Aber bevor ich auch nur mein Passwort eingegeben hatte, war ich bereits eingeschlafen.

Am nächsten Morgen erwachte ich mit einem Dröhnschädel. Ich kochte mir einen Kaffee und grübelte über meinen weinseligen Entschluss nach, nach Australien zurückzugehen.

Sosehr ich mich auch bemühte, mich davon zu überzeugen, dass es das Beste sei, wurde ich doch ein nagendes Gefühl in meinem Innern nicht los. Ich kam mir dumm vor, das auch nur zu denken, aber ich war echt nicht bereit, bei dieser Käsewette das Handtuch zu werfen. Die Wette um ein Abendessen mit Serge, dem ich momentan aus dem Weg ging, schien zwar kaum ein hinreichender Grund zu sein, in Paris zu bleiben. Andererseits konnte ich nicht abreisen, ohne zumindest meine Wettschulden beglichen zu haben. Und was war mit meinem Instagram-Account? Die Zahl meiner Follower war während der vergangenen sechs Monate ständig gewachsen, und ich wollte diese Community nicht verlieren.

Käse war der Impuls für meinen Umzug nach Paris gewesen, aber war er auch wichtig genug, um hierzubleiben? Und wieso machte ich so viel Theater wegen einer einzigen Lebensmittelgruppe?

Als mein Blick auf eine leere Flasche Crémant de Bourgogne auf der Arbeitsplatte fiel, musste ich an die Trüffelpasta denken, die Serge gekocht hatte, an jenem Abend, als er mich küsste. Ich erstarrte, während mein dehydriertes Gehirn versuchte, etwas klarzubekommen, was mein Unterbewusstsein schon längst wusste. Ich musste die Sache mit Serge in Ordnung bringen.

Ich schluckte eine Kopfschmerztablette, warf einen kurzen Blick auf meine Armbanduhr und eilte hinaus.

Kapitel 32

»Wo ist Serge?«, fragte ich auf Französisch, als ich die Tür zum Käsegeschäft aufstieß. Ich war während des Hochbetriebs vor der Mittagszeit hergekommen, und der Laden war voll. Sämtliche Kunden drehten sich um und starrten mich an.

»Warum? Und wer sind Sie?«, fragte Fanny.

»Ich bin Ella«, antwortete ich. »Ich habe bei Ihnen schon einmal Käse gekauft. Erinnern Sie sich?«

»Oui?«, fragte sie mit hochgezogenen Brauen und sah mich verständnislos an.

»Egal. Können Sie mir sagen, wo Serge ist?«

»Er besucht Lieferanten *dans la Loire*«, sagte sie und fügte kurz angebunden hinzu: »Und jetzt, bitte, ich habe Kunden. Falls Sie nicht vorhaben, etwas zu kaufen …«

»Wann ist er wieder zurück?«, fragte ich verzweifelt.

»Vielleicht nächsten Montag. Er hat es noch nicht bestätigt.«

»Können Sie mir bitte sagen, welchen Lieferanten er besucht?«

»Non, je ne sais pas. Er wollte noch mehr Ziegenkäse kaufen. Rufen Sie ihn doch an.«

Und dann wandte sie sich von mir ab und bediente eine Kundin. Ich hörte sie auf Französisch sagen, dass diese amerikanischen Mädchen alle verrückt seien, woraufhin beide kicherten.

»Ich bin keine Amerikanerin«, sagte ich laut und verließ ernüchtert das Geschäft.

Ich hatte Serges Handynummer nicht und auch keine Ahnung, woher ich sie bekommen sollte. Ich hätte vor seiner Wohnung auf ihn warten können, aber ich wusste ja nicht einmal, an welchem Tag er kommen würde. Und draußen war es ziemlich kalt. Was sollte ich nur tun?

Zum Glück war Clotilde zum Mittagessen gegangen, als ich nach Hause kam, so dass ich mich mit gebrochenem Herzen und Kater sofort wieder ins Bett verkriechen konnte.

Ich konnte nicht aufhören, an Serge zu denken, und erst nach einer Weile döste ich voller Bedauern ein.

Es dauerte jedoch nicht lange, da schreckte ich wieder hoch und riss die Augen in einer Mischung aus Panik und Aufregung auf.

Und ein paar Stunden später saß ich im Zug nach Tours.

Ich hatte geträumt, ich würde auf Serge und seine neue glamouröse Freundin treffen, die in Sainte-Maure einen Käsehersteller besuchten. Plötzlich war ich mir sicher, ihn dort zu finden.

Nach kurzer Online-Recherche hatte ich den Namen des B&B von Serges Freund gefunden, den er beim Weihnachtsessen erwähnt hatte. Ich wählte die Nummer, aber es ging niemand ran. Also riss ich ein leeres Blatt aus meinem Käsetagebuch und notierte rasch die Adresse. Es war nur ein

Schuss ins Blaue, aber ich fand, dass ich ein bisschen Glück verdient hatte. Und selbst wenn er nicht dort war, konnten seine Freunde mir bestimmt helfen, ihn zu finden.

Ich hatte eine Nachricht für Clotilde hinterlassen und war zum Bahnhof gefahren, wo ich gerade noch den Zug erreichte.

Während wir durch die Vororte von Paris ruckelten, hatte ich Zeit, zu Atem zu kommen.

Was tue ich da nur? Ich fahre einem Mann hinterher, dessen genauen Aufenthaltsort ich nicht kenne und der mich womöglich hasst, dachte ich selbstkritisch, sobald sich der Adrenalinschub gelegt hatte.

Ich war ja so blind gewesen zu glauben, diese Käsewette würde mir mehr bedeuten als der Mann, der dahinter stand! Je länger ich darüber nachdachte, desto deutlicher erkannte ich, dass es in Wahrheit von Anfang an nur um Serge gegangen war. Billie hatte recht gehabt, er war ein toller Typ, warum also sollte er nicht mein Typ sein? War es nicht einen Versuch wert?

Beim letzten Quietschen der Bremsen schnappte ich meine Tasche, stürmte aus dem Zug und rannte durch den Bahnhof zu einem Taxi. Nach ein paar verschwendeten Minuten, weil der Fahrer mich mit meinem Akzent nicht verstand, erklärte er mir, dass es ziemlich weit bis dorthin sei. Ich lehnte mich zurück, zückte mein Portemonnaie und sagte, er solle Gas geben.

Nach fast einer halben Stunde auf kurvigen Landstraßen fuhr das Taxi in den ruhigen Ort namens Sainte-Maure-de-Touraine. Meine Hände zitterten vor Nervosität.

»Ist es das?«, fragte der Fahrer und zeigte auf ein kleines Schild, während er in eine Einfahrt bog.

»*Oui*«, krächzte ich und verglich es noch einmal mit der Adresse, die ich mir in Paris aufgeschrieben hatte.

Während wir uns dem Steincottage mit dem üppigen grünen Garten näherten, sah ich zwei Männer neben einem Stapel Holzscheiten stehen. Einer hielt eine Axt in der Hand. Der andere war Serge.

Erleichterung durchströmte meinen Körper.

Serge unterhielt sich mit dem Inhaber des Bed and Breakfast, Jacques. Ich erkannte ihn von dem Foto auf seiner Website. Zum Glück hatte ich zugehört, als Serge mir von den Käseherstellern in Sainte-Maure erzählte. Seine Lektionen über Käse hatten mich also direkt hierhergeführt.

Beide Männer wandten sich dem näher kommenden Taxi zu und blinzelten in der Wintersonne, um erkennen zu können, wer auf dem Rücksitz saß. Ich bemerkte das Erstaunen in Serges Gesicht, als er mich erkannte, und begann zu bedauern, so weit gereist zu sein, um ihn quasi zu überfallen.

Er ließ Jacques stehen und kam mit schnellen Schritten auf das Taxi zu. Ich gab dem Fahrer eine Hand voll Euros, bat ihn jedoch, noch kurz zu warten – ich musste erst sichergehen, dass Serge mich nicht wegschickte. Ich stieg aus, und der Fahrer gab sofort Gas. Offenbar behagte ihm diese peinliche Situation nicht, und er verzog sich lieber.

Ich wusste nicht, was ich sagen sollte. Warum hatte ich mir während der Zugfahrt nicht etwas überlegt? Mir war schleierhaft, wie ich Serge vermitteln sollte, dass es mir leidtat, ich mir wünschte, dass wir noch einmal von vorn anfingen, und ich es nicht erwarten konnte, ihn wieder zu küssen.

»Hi, Serge«, sagte ich. *Super Einstieg, Ella!*

»Ella, was tust du denn hier?«, fragte er und klang verwirrt. »Machst du Ferien?«

»Serge, ich mag dich sehr«, platzte ich heraus.

»Wie meinst du das?«, erwiderte er. »Ich dachte, du hättest einen Freund?«

»Er ist ein großer Haufen *merde*. Wir haben uns getrennt.«

Serge sah mich mit seinen tiefblauen Augen eindringlich an und schwieg. Ich schluckte. Hatte ich meine Chance vertan?

»Ich hoffe, es ist nicht zu spät«, sagte ich.

»Zu spät wofür?«

»Dafür«, sagte ich, stellte mich auf die Zehenspitzen und küsste ihn fest auf den Mund.

Im ersten Moment stand er wie erstarrt da, aber dann umschlossen seine zarten Lippen meine, breitete sich die Wärme dieser Umarmung in meinem Körper aus, als wäre ich in ein warmes Bad geglitten.

Die Erinnerung an unseren ersten Kuss durchfuhr mich. Die Freude, die Verunsicherung, alles war wieder da. Aber dieses Mal war ich nicht so dumm wegzulaufen. Ich zog Serge noch fester an mich, und er erwiderte glücklich die Umarmung.

Nach einer schieren Ewigkeit hörte ich Jacques rufen: »*O lá lá*«, woraufhin wir uns voneinander lösten, atemlos und lachend. Ich hatte ihn völlig vergessen und stellte erleichtert fest, dass auch Serge verlegen errötete.

Ich winkte und rief: »*Bonjour*«, ehe wir zu ihm gingen. Die beiden Männer redeten kurz auf Französisch miteinander, und ich stand vor Glück dümmlich grinsend daneben.

Nachdem Serge Jacques' Hand geschüttelt und sich von ihm verabschiedet hatte, führte er mich zu seinem kleinen blauen Citroën, der neben der Einfahrt parkte. Das Auto wirkte so durch und durch authentisch vor dem Hintergrund des Ackerlands und dem wolkenlosen blauen Himmel, dass ich mir vorkam, als wären wir die Hauptfiguren in einem französischen Film. Serge hielt mir die Tür auf, bevor er selbst einstieg.

»Ella … Ella …« Er sagte meinen Namen ganz langsam, als würde er jede Silbe auskosten. »Das nenne ich eine Überraschung.«

»Hoffentlich eine schöne«, sagte ich.

»Wie hast du mich überhaupt gefunden?«

»Das ist eine lange Geschichte.«

»Hast du schon gegessen?«

»Nein, ich bin am Verhungern«, sagte ich erleichtert. Das alles war beinahe zu schön, um wahr zu sein.

Bevor er den Wagen startete, küsste Serge mich noch einmal, zärtlich, aber voller Verlangen. Seine Berührung elektrisierte mich.

Als er sich wieder von mir löste, sah er mir in die Augen und sagte: »Ella, *je t'aime*.« Atemlos wartete ich auf das *bien*, so wie Clotilde es mir erklärt hatte, aber nichts davon kam. »Ich weiß, dass es früh ist und du mich noch gar nicht gut kennst, aber von dem Moment an, als du an diesem wunderschönen Morgen zum ersten Mal meinen

Laden betreten hast und mit der Tür kämpftest, wusste ich, das ist mein Mädchen.«

Noch nie hatte mich jemand »mein Mädchen« genannt, und es fühlte sich großartig an.

»Es war, wie wir in Frankreich sagen, ein *coup de foudre*«, fuhr er fort.

»Liebe auf den ersten Blick?«, fragte ich und war erschrocken, dass er an jenem Tag sogar mitbekommen hatte, wie tollpatschig ich sein konnte.

»Ja, so heißt es wohl bei euch.«

Ich hätte vor Aufregung platzen können. Möglicherweise war ich ja wirklich die Letzte, die es gemerkt hatte, aber Serge war offen und ehrlich, nett und liebevoll. Aber eine Sache musste ich noch klären.

»Serge, was verstehst du unter ›*Je t'aime*‹?«

Er lachte. »Ella, ich liebe dich«, wiederholte er auf Englisch und legte die Arme um mich.

»Ich liebe dich auch«, sagte ich zu meiner eigenen Überraschung. »Und es tut mir leid, dass ich so lange gebraucht habe, um das zu erkennen. Ich war eine Idiotin.«

Kapitel 33

Nachdem wir einander unsere Liebe gestanden hatten, genossen Serge und ich an diesem Abend unser erstes richtiges Date. Bei einem Drei-Gänge-Menü mit Käse und einer Flasche Chinon unterhielten wir uns fröhlich, wechselten zwischen Französisch und Englisch hin und her und brachten uns auf den neuesten Stand, was alles passiert war seit dem Abend, an dem Serge für mich gekocht hatte. Er entschuldigte sich dafür, mich damals voreilig geküsst zu haben, und ich versicherte ihm, dass ich an diesem Kuss lediglich bedauerte, ihn beendet zu haben und weggelaufen zu sein.

»Ich hatte Angst, dass ich dich nie wiedersehen würde«, sagte er. »Ich fand es schrecklich, dass du nicht mehr in den Laden gekommen bist.«

»Ich wollte ja kommen, um mich zu entschuldigen, aber ich war nicht sicher, ob du mich sehen wolltest.«

»Das wäre einfacher gewesen, als den ganzen Weg hierherzufahren.«

»Aber auch nicht annähernd so romantisch, oder?«, erwiderte ich verlegen.

Ich erzählte ihm, was mit Gaston vorgefallen war, dass er seine Untreue darauf schieben wollte, ein typischer Franzose zu sein, und wie dumm ich gewesen war, mich überhaupt auf ihn einzulassen. Serge verdrehte die Augen und versicherte mir dann, dass ganz sicher nicht alle französischen Männer so wie Gaston waren.

Als ich Serge zum Schluss auch noch beichtete, dass mich Gastons Geliebte für die Putzfrau gehalten hatte, lachte er so laut und herzlich, dass die Gäste an den anderen Tischen lächeln mussten. Es tat gut, über diese wirklich alberne Situation lachen zu können.

Als der Kellner mit einem großen Servierwagen voller Käse zu uns an den Tisch kam, empfahl mir Serge, den Chabichou du Poitou und den Selles-sur-Cher zu probieren.

Während ich ein Stück von dem ersten Käse in den Mund schob, der weich und leicht süßlich war, fragte er: »Und wie steht es mit der Käsewette? Oder hast du aufgegeben, seit du mir aus dem Weg gegangen bist?«

»Ha! Bilde dir bloß nichts ein«, sagte ich. »Ich mache immer noch weiter und habe mittlerweile 231 französische Käse probiert, 233, wenn man die beiden hier mitzählt«, fügte ich hinzu und zeigte auf meinen Teller.

»Ich bin beeindruckt«, sagte er. »Und da wir jetzt wieder miteinander reden, kann ich dir helfen, die 365 zu schaffen. Was fehlt denn noch auf deiner Liste?«

Ich schaute ihn an, übersprudelnd vor Zuneigung.

»Das ist ein Pouligny-Saint-Pierre«, sagte er und hielt mir ein Stück hin. »Er hat die Form einer Pyramide ohne Spitze. Er ähnelt einem Valençay, ist jedoch weißer. Er gehört zu meinen persönlichen Favoriten.«

»Noch ein Favorit?«, fragte ich. »Warum hast du ihn nie zuvor erwähnt?«

»Ich esse ihn nicht sehr oft. Er ist für mich ein Käse für besondere Gelegenheiten. Ihn spare ich lieber dafür auf, wenn etwas Gutes passiert.«

Ich wurde rot.

»Normalerweise erzähle ich die Sache den Leuten nicht, aber da du mir gestanden hast, dass die Geliebte deines Freundes dich für die Putzfrau hielt, kann ich wohl ehrlich zu dir sein.«

Ich lachte. »Nur zu.«

»Nun ja«, begann er verlegen, »dies ist der Käse, der mich dazu gebracht hat, ein Käsegeschäft eröffnen zu wollen.«

»Klingt nach einer positiven Geschichte«, sagte ich.

»Nicht so ganz. Direkt nach der Trennung von meiner Frau saß ich allein zu Hause und fühlte mich elend. Irgendwann aß ich zufällig diesen Käse und war so begeistert, dass ich die Energie bekam, mein Leben zu ändern. In den darauffolgenden Wochen verkaufte ich mein Haus, kündigte meinen Job und ging nach Paris, um die *fromagerie* zu eröffnen.«

Irgendwie kam mir das alles bekannt vor.

»Ich wusste nicht, dass du verheiratet warst«, sagte ich und fügte hinzu: »Oder geschieden.«

»Keine Sorge. Es ist gut so. Wir haben viel zu jung geheiratet und schon kurz nach der Hochzeit gemerkt, dass wir gar nicht zusammenpassten. Alles, was mir gefiel, konnte sie nicht ausstehen, und umgekehrt genauso.« Er holte tief Luft, bevor er fortfuhr: »Sie mochte nicht einmal Käse …«

»Wow. Was für ein Verlust.«

»Wir haben uns freundschaftlich getrennt. Trotzdem nagt es noch an mir, dass ich nicht in der Lage war, eine glückliche Ehe zu führen. Die Trennung war nötig, damit ich erkannte, wie unglücklich ich in all den Jahren gewesen bin, nicht nur mit meiner Frau, sondern mit meinem ganzen Leben. Ich hasste meinen Job als Steuerberater und hasste das Leben in einem Pariser Vorort. Ich hatte Angst, weil ich nicht mehr wusste, wie es ist, allein zu sein, aber gleichzeitig wurde mir klar, dass ich nicht so weitermachen konnte. Also entschied ich, ein Käsegeschäft in Paris zu eröffnen. Mein Vater hat früher hier an der Loire Käse hergestellt, bevor er sich zur Ruhe setzte, und er half mir, den Laden aufzubauen.«

Ich nickte und hatte mehr Verständnis, als Serge sich vorstellen konnte. Wer konnte besser den Wunsch verstehen, nach einer Trennung sein Leben vollständig zu verändern? Ich beschloss, noch ein paar Tage zu warten, ehe ich ihm von Paul erzählte. *Eine miese Exfreund-Geschichte pro Tag genügt,* dachte ich.

»Ich bin froh, dass der Käse dich nach Paris geführt hat«, sagte ich.

Genüsslich schob ich mir ein Stück von der Apfeltarte mit Vanilleeis in den Mund. Wenn ich mit Gaston essen war, hatte ich mich immer unter Beobachtung gefühlt. Ständig glaubte ich, dafür verurteilt zu werden, wenn ich etwas zu sehr oder zu wenig mochte.

Mit Serge fühlte ich mich wohl; sein Wunsch, mich glücklich zu machen, war beinahe greifbar. Zugegeben, es war ein bisschen seltsam, einander von unseren Verflossenen zu erzählen, aber mein Bauch – der jetzt gesättigt war mit einem herzhaften, bodenständigen Essen – sagte mir, dass diese Beziehung es wert sei, etwas zu wagen. Serge kam mir vor wie ein alter Freund, bei dem ich mich schon auf den nächsten Kuss freute.

Letztlich landeten wir mit Serges Citroën vor einem Hotel, denn die Vorstellung, uns bis nach Paris nicht wirklich anfassen zu können, war für uns beide schrecklich.

Am nächsten Morgen, nach einem Frühstück mit noch mehr Ziegenkäse – dieses Mal köstlich ergänzt durch Honig –, fuhren wir übers Land, wo überall die ersten Vorboten des Frühlings zu sehen waren. Ich war aufgeregt, zu den Herausforderungen und Freuden unserer Pariser Leben zurückzukehren, die nun miteinander verflochten waren – hoffentlich für immer.

Epilog

»Ein Dessert ohne Käse ist wie eine schöne Frau, der ein Auge fehlt.«
Brillat-Savarin

Drei Monate und drei Tage nach meinem ersten – richtigen – Date mit Serge war ich immer noch in Paris, um zu erleben, wie die Stadt langsam ihre sommerliche beste Seite zeigte. Ich lebte nun schon lange genug in der Stadt, um den Zustrom der Touristen im Frühling zu bemerken und auch, wie immer mehr Pariser sich zurückzogen, um mit der Ankunft des Sommers für lange Wochenenden und an Feiertagen an die Küste zu fliehen. Gelegentlich blieb ich stehen, um verloren wirkenden Fremden zu helfen und ihnen den Weg zum Louvre oder zur Avenue des Champs-Élysées zu erklären. Endlich fühlte ich mich zu Hause.

Seit jenem wunderbaren Tag an der Loire verlief zwischen Serge und mir alles geschmeidiger als ein Stück Brillat-Savarin. Irgendwann erzählte ich ihm von der Trennung von Paul und auch, wie es damals in Paris mit uns anfing und ich seinen »Kenntnissen« über französischen Käse erlag. Witzigerweise hatte ich die Lücke, die Paul in meinem Leben hinterließ, mit genau den beiden

Dingen gefüllt, die uns damals zusammenbrachten und die mich schließlich zu Serge führten.

Billie hatte recht gehabt, als sie sagte, dass ich mich immer auf die falschen Männer einlassen würde. Ich hatte ja keine Ahnung, wie glücklich ich in einer Beziehung sein kann.

Um den ersten Jahrestag meines Umzugs nach Paris zu feiern, organisierte ich in Serges Wohnung – *unserer* Wohnung, obwohl ich mich immer noch nicht daran gewöhnt habe, sie so zu nennen – einen Sonntagsbrunch. Ich lud meine zusammengewürfelte Truppe aus Pariser Freunden und Kollegen ein und hatte mich die ganze Woche vorher beim Kochen richtig ins Zeug gelegt – oder besser gesagt, Serge.

Als erste Gäste trafen Clotilde und Papa Jean ein. Seit wir nicht mehr zusammenwohnten, sah ich Clotilde seltener, als mir lieb war, und ich drückte sie beim Eintreffen ganz besonders fest. Papa Jean überreichte mir als Geschenk eine Magnumflasche Champagner, und sobald Clotilde es nicht hören konnte, dankte er mir leise, dass ich seiner geliebten Tochter durch ihre »schwierige Phase mit den Füßen« geholfen hatte.

Lachend schaute ich hinüber zu Clotilde, die strahlte wie eh und je. Sie war das Gesicht der neuen Balenciaga-Kampagne, zierte Zeitschriften und Plakatwände in ganz Paris. Camilles Laufbahn war nur von kurzer Dauer gewesen, nachdem sie dabei erwischt worden war, wie sie am Set mit dem Artdirector schlief. Mit Clotildes Modelkarriere war es hingegen steil nach oben gegangen, und sie war ständig auf Reisen – so viel, dass sie sich kaum noch in dem Apartment aufhielt. Schließlich entschieden sie und ihr Vater, es zu verkaufen. Und wenn sie jetzt nach Paris kam, wohnte sie bei Papa Jean. Zum Glück war seine Haltung gegenüber ihrem Job lockerer geworden. Solange sie angezogen blieb und es anständige, stilvolle Fotos waren, hatte sie seinen Segen.

Clotilde bot an, Serge in der Küche zu helfen, und ich beeilte mich, ihr zu versichern, dass er alles unter Kontrolle habe. Aus Erfahrung wusste ich, dass sie in fünf Minuten so viel Schaden anrichten konnte wie ich in einer Stunde. Stattdessen bat ich sie, den Champagner zu öffnen, eine Aufgabe, die sie überragend meisterte. Während wir anstießen, dachte ich wehmütig an unser altes Apartment.

Als es an der Zeit gewesen war, bei Clotilde auszuziehen, schlug Serge vor, dass ich bei ihm wohnen sollte. Ich fand es zu früh dafür und sagte, dass ich mich lieber nach einem Zimmer in einer WG umsehen würde, aber er ließ nicht locker.

Ich hegte jedoch weiterhin Bedenken und erzählte, dass ich mich in der Beziehung mit Paul verloren hatte, sobald wir erst einmal zusammenwohnten. Und ich hatte nicht vor, das zu wiederholen. Aber da sich meine Suche nach einem Zimmer als genauso mühsam erwies wie beim ersten Mal, bettelte Serge mit unwiderstehlichen Worten, es auf einen Versuch ankommen zu lassen. Schließlich gab ich nach und willigte ein. Tief in meinem Inneren wusste ich, dass ich inzwischen ein anderer Mensch war und Serge auch kaum mit Paul in einen Topf werfen konnte. Er hatte sogar gesagt, wenn er merken würde, dass ich mich veränderte, würde er mich rauswerfen und zwingen, nach Australien zurückzukehren. Diese Maßnahme fand ich zwar ein bisschen drastisch, aber ich vertraute ihm.

Als nächster Gast kam mein Pariser Lieblings-Barista Chris. Er brachte mir einen Kaffee mit, der zwar unterwegs kalt geworden war, aber ich fand die Geste wunderbar. Er machte Witze, das Flat White sei nicht mehr dasselbe ohne seine beste Tellerwäscherin, aber ich war mir sicher, dass er übertrieb. Seit ich dort aufgehört hatte, fehlte es mir an den Wochenenden manchmal, aber zum Glück konnte ich ja jederzeit dort einen Kaffee trinken gehen. Chris sah, dass Clotilde schon da war, und strich sich das Haar glatt. Er würde vermutlich nie den Mut aufbringen, sie um ein Date zu bitten, aber dem Ausdruck in seinen Augen nach zu urteilen, war er immer noch sehr interessiert.

Bevor ich die Tür wieder schließen konnte, kam Tim die Treppe heraufgerannt und rief: »Ella, wir haben die Finanzierungsrunde abgeschlossen!«

Ich sah ihn verständnislos an.

»Es ist noch mehr Geld reingekommen!«, sagte er.

»Im Ernst?«

Tim hatte unermüdlich gearbeitet, um für Food To Go Go Investoren zu gewinnen. Ein paar Tage vor Weihnachten war seine Tochter auf die Welt gekommen, und spätestens seit dem Zeitpunkt hatte er sich in einen sehr ernsten und engagierten Chef verwandelt – wenn er nicht gerade am Schreibtisch einschlief. »Schluss mit den niederen Arbeiten, Mädchen. Ich glaube, wir können uns sogar eigene Büroräume leisten.«

Ich lächelte bei dem Gedanken daran, wie eng es mittlerweile in dem Geschäftsraum war, den wir nur als Untermieter nutzten. Die Firma war in den vergangenen Monaten rasant gewachsen, so sehr, dass Tim mir einen Monat zuvor eine volle Stelle anbieten konnte, einschließlich Gehaltserhöhung und Arbeitsvisum, das es mir erlaubte, in Paris zu bleiben.

Tim ging im Zimmer umher und begrüßte alle, bis er dann bei Serge stehen blieb und ihm die guten Neuigkeiten mitteilte.

Ich sah, dass Serge nickte, obwohl er recht unsicher wirkte. Vermutlich war er von Tims schottischem Akzent überfordert, jedoch zu höflich, ihn zu bitten, langsamer zu sprechen.

Als wir uns alle um den Tisch versammelt hatten – mein Freund, mein Chef, mein Barista, meine beste französische Freundin und ihr Dad –, hielt ich eine fürchterliche Rede, um allen für ihre Unterstützung während des vergangenen Jahres zu danken. Es war rührselig und peinlich, aber ich hatte das Gefühl, das bei diesem Anlass tun zu müssen. Wenn ich daran dachte, wie sehr diese Menschen mein Leben in Paris mitgeprägt hatten, wurde ich nun mal sentimental.

Mir war die Entscheidung, in Paris zu bleiben, leichtgefallen, aber Mum hatte es weniger gut aufgenommen. Zum Glück hatten Ray und ich vorher gemailt, und er hatte mir geholfen, eine Überraschungsreise für die beiden zu organisieren. Ende des Sommers würden sie mich erneut besuchen. Mum war gerührt, als sie erfuhr, dass er und ich die Sache zusammen ausgeheckt hatten, und ich glaube, es milderte ein wenig den Schlag ab, dass ich nicht nach Melbourne zurückkehren würde. Und ich kann es kaum erwarten, dass die beiden Serge besser kennenlernen.

Was die Käsewette betrifft, so fand ich mich schließlich mit der Tatsache ab, dass es mir wohl kaum gelingen würde, 365 Käse in 365 Tagen zu probieren. Ich hatte es ernsthaft versucht und war dem Ziel recht nahe gekommen – 320, um genau zu sein –, aber mir wurde klar, dass ich die fehlenden 45 nicht in einer Woche schaffen konnte, jedenfalls nicht, ohne gesundheitlichen Schaden zu nehmen.

Natürlich probierte ich weiterhin bei jeder Gelegenheit neue Käsesorten und entdeckte ihre einzigartigen Entstehungsgeschichten – die Serge nicht müde wurde mir in wundervollen Details zu schildern –, aber die restlichen wollte ich in aller Ruhe genießen.

Wenn ich jetzt mit Serge Käse aß, bereitet mir das auf andere Weise Freude. Als ich neu in Paris war, hatte ich durch die Käsewette eine Aufgabe und ein Ziel. Sie lieferte meinen Tagen eine gewisse Struktur, und ich klammerte mich an diese Wette, als sei es mein *raison d'etre*. Käse war auch mein *entrée* in die französische Kultur und – im Nachhinein betrachtet – eine Möglichkeit zu engerem Kontakt mit meinem Käsehändler. Mittlerweile aß ich Käse aus reinem Genuss. Dabei führte ich aber meinen Instagram-Account weiter, um meine immer noch steigende Zahl an Followern glücklich zu machen und um die Freuden des französischen Käses mit der Welt zu teilen.

Als Serge mich vor ein paar Wochen auf die Wette ansprach, gestand er, mir nicht zugetraut zu haben, mehr als 100 Sorten zu probieren. Es beeindruckte ihn, wie beharrlich ich war. Zum Glück fand er meine Käsebesessenheit – und meinen scheinbar unstillbaren Appetit darauf – liebenswert und ermutigte mich sogar, mein Ziel doch noch zu erreichen. Doch seine wahre Motivation, mich zum Weitermachen zu überreden, bestand wohl darin, dass er mich ins Tour d'Argent zum Dinner einladen wollte. Ich fand das süß, aber da wir nun zusammen sind, ist das nicht mehr notwendig.

Serge und Clotilde räumten die Teller zusammen und verschwanden in der Küche. Als ich gerade nachschauen wollte, wo die beiden blieben, schob Serge einen großen hölzernen Servierwagen, voll beladen mit Käse, in den Essbereich. Der Duft erreichte uns, noch bevor wir die ganze Pracht sehen konnten. Für einen Moment war ich sprachlos. Es sah aus, als hätte Serge seinen halben Laden hierhergeschafft.

»Was habt ihr denn da gemacht?«, fragte ich lachend.

»Um dir einen glücklichen ersten Jahrestag in Paris zu wünschen, haben wir 45 neue Käsesorten für dich zum Probieren«, sagte Serge, und Clotilde strahlte.

»Aber woher weißt du, welche ich noch nicht probiert habe?«, fragte ich perplex.

»Na ja, ich habe eine Liste der Käse geführt, die du bei mir gekauft hast«, sagte Serge. »Denn ehrlich gesagt war ich in Sorge, dass du deine Bemühungen ein bisschen übertreiben könntest. Und dann ist Clotilde deinen Instagram-Account durchgegangen, um mir die fehlenden Puzzlestücke zu liefern. Es stellte sich heraus, dass du quasi ein Tagebuch deines Käseabenteuers auf diesem Social-Media-Ding hast.«

»Ihr seid unglaublich!«, sagte ich, und Tränen traten mir in die Augen.

»Jetzt musst du die hier nur noch probieren, und dann weißt du mehr über französischen Käse als der Großteil der Franzosen«, sagte Serge. »Und ich führe dich natürlich zum Abendessen aus.«

Wir machten uns also an die Arbeit, und Serge versorgte uns während des Essens mit den jeweiligen Namen und mit Anmerkungen zum Geschmack. Chris und Tim sahen aus, als würden sie gerade das beste Essen ihres Lebens genießen, und Clotilde und Papa Jean schmückten Serges Beschreibungen mit kleinen Anekdoten aus.

Schließlich stießen wir auf einen Käse, den niemand außer Serge bisher gekostet hatte, und während wir alle den ersten Bissen taten, herrschte ehrfürchtige Stille.

Meine Bewunderung für Serge war in diesem Moment auf ihrem Höhepunkt. Ohne ihn und Clotilde hätte ich ganz sicher nicht so ein tolles erstes Jahr in Paris verbracht und wäre vermutlich auch nicht mehr hier, um zu feiern, dass ich mich endlich zu Hause fühlte. Ich hatte mich dafür von meinem australischen Freund trennen, ans andere Ende der Welt reisen und kämpfen müssen, um meinen Platz in Frankreich zu finden. Aber das war es wert gewesen.

Von all dem Käse, den ich probiert habe, ist der Comté immer noch mein Favorit, und ich danke ihm insgeheim dafür, dass er mich nach Paris gelockt und dazu gebracht hat, verschiedene Käsesorten zu probieren und schließlich eine neue Art der Liebe zu entdecken.

Danksagung

Als dieses Buch noch ein Entwurf war, fragte mich meine Schwester, warum Ella so oft Champagner trinkt. Vermutlich lag das daran, dass ein Großteil meines Schreibprozesses von Gläsern voller Champagner befeuert wurde (oder Sekt, wenn das Geld knapp war). Manchmal ist es katastrophal, beim Arbeiten zu trinken, manchmal ist es magisch. Bei einem Buch, das in Paris spielt, schien es mir unerlässlich.

Frankreich (und sein ganzes Angebot an Lebensmitteln und Wein) ist mir eine stete Quelle der Freude und Inspiration. Ich verliebte mich in Paris, als ich im Alter von sechzehn Jahren das erste Mal dort war. Und nun, mehr als ein Jahrzehnt später, entdecke ich immer noch Dinge, die mich überraschen und begeistern.

Noch wichtiger als der Ort, der mich zu diesem Buch inspirierte, sind aber vielleicht die Menschen, die mir geholfen haben, es fertigzustellen.

Der erste Dank geht an meinen Agenten Gregory Messina für seine Begeisterung und Entschlossenheit, diese Geschichte in die Welt zu bringen, und meine Lektorin in UK, Emily Yau (sowie die Teams bei Quercus und Amberjack), die als Erste das Potenzial darin sahen und das Buch Realität werden ließen.

Ein riesiges Dankeschön gilt meiner Familie. Meiner mich unermüdlich ermutigenden Mum und meinen beiden Schwestern, Lorna und Jules, für ihre Begeisterung und ihr aufschlussreiches Feedback und meinem Dad dafür, dass er etwas außerhalb seines üblichen Genres gelesen hat, und für die wunderbaren Geschichten, die er sich ausdachte, als ich noch klein war. *Der Hohle Baumstamm* war vermutlich eine Vorstufe, um hier anzukommen.

Ich danke meiner Lieblingsteepartnerin, Shaz, dass sie es so einfach aussehen ließ, ein Buch zu schreiben – das waren noch Zeiten! –, und Robin Wasserman (sowie den Lehrern in der Pariser Schreibwerkstatt), die mich motiviert haben weiterzumachen und mir das Werkzeug an die Hand gaben, um das tun zu können; und all meinen Freunden, die ertragen mussten, dass ich beim Schreiben so oft »in mich ging«.

Zum Schluss danke ich meiner wunderbaren Tochter Clementine, dass sie mir eine neunmonatige Deadline verschafft hat, um dieses Projekt abzuschließen. Und meinem Mann Jamie – es ist schwer, in Worte zu fassen, wie sehr ich deine unentwegte Unterstützung schätze. Danke, dass du den ersten (und ziemlich fürchterlichen) Entwurf gelesen hast und auch die besseren Versionen, die darauf folgten. Du bist mein Serge.

Unsere Leseempfehlung

550 Seiten
Auch als E-Book erhältlich

Nancy ist vier Jahre alt, fast fünf und plappert wie ein Wasserfall. Doch an einem kalten Wintermorgen wird alles anders. Nancys Eltern trennen sich – und sie verstummt. Nancys Tante Eva ist vierundvierzig, fast fünfundvierzig. Vor Jahren verliebte sie sich Hals über Kopf in den deutlich älteren Michael. Es ist das große Glück – bis er unerwartet stirbt und Eva allein zurückbleibt. Doch dann tritt ihre Nichte Nancy unerwartet in Evas Leben. Und bald entwickelt sich eine besondere Freundschaft zwischen dem stillen Mädchen und der Frau, die erkennt, dass das Glück einen manchmal von ganz allein findet ...